中国近现代稀见史料丛刊【第三辑】

张剑 徐雁平 彭国忠 主编

校辑民权素诗话廿一种

王培军 庄际虹 校辑

凤凰出版社

图书在版编目（CIP）数据

校辑民权素诗话廿一种 / 王培军，庄际虹校辑. -- 南京 : 凤凰出版社，2016.9（2024.10重印）
（中国近现代稀见史料丛刊. 第三辑）
ISBN 978-7-5506-2421-4

Ⅰ. ①校… Ⅱ. ①王… ②庄… Ⅲ. ①诗话－中国－民国 Ⅳ. ①I207.22

中国版本图书馆CIP数据核字(2016)第188305号

书　　名	校辑民权素诗话廿一种
著　　者	王培军　庄际虹 校辑
责任编辑	陆　扬
责任监制	程明娇
出版发行	凤凰出版社(原江苏古籍出版社) 发行部电话025-83223462
出版社地址	江苏省南京市中央路165号,邮编:210009
照　　排	南京凯建文化发展有限公司
印　　刷	唐山楠萍印务有限公司 河北省唐山市芦台经济开发区场部
开　　本	880毫米×1230毫米　1/32
印　　张	9
字　　数	234千字
版　　次	2016年9月第1版
印　　次	2024年10月第2次印刷
标准书号	ISBN 978-7-5506-2421-4
定　　价	69.00元

(本书凡印装错误可向承印厂调换,电话:022-69381996)

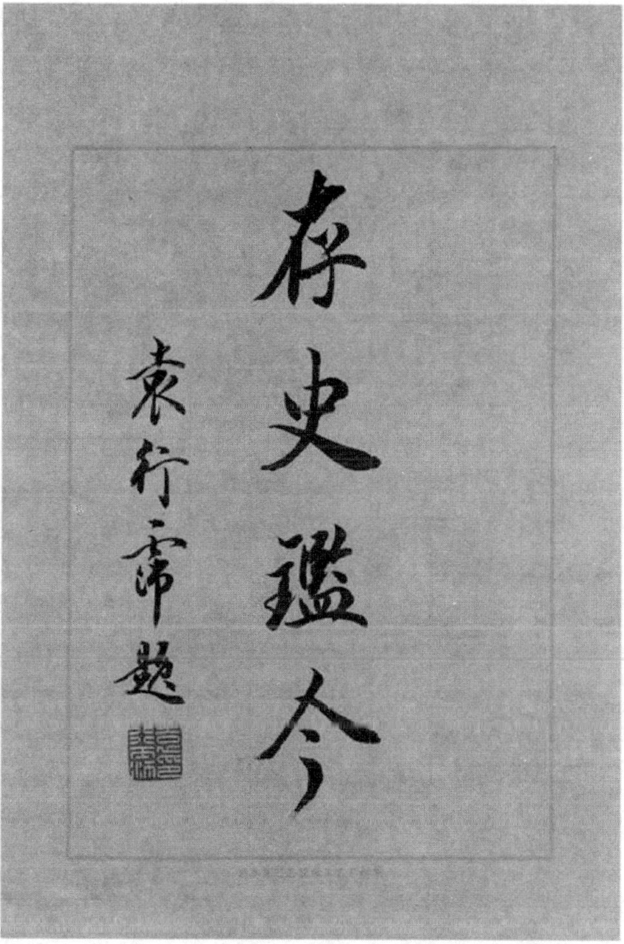

袁行霈先生题辞

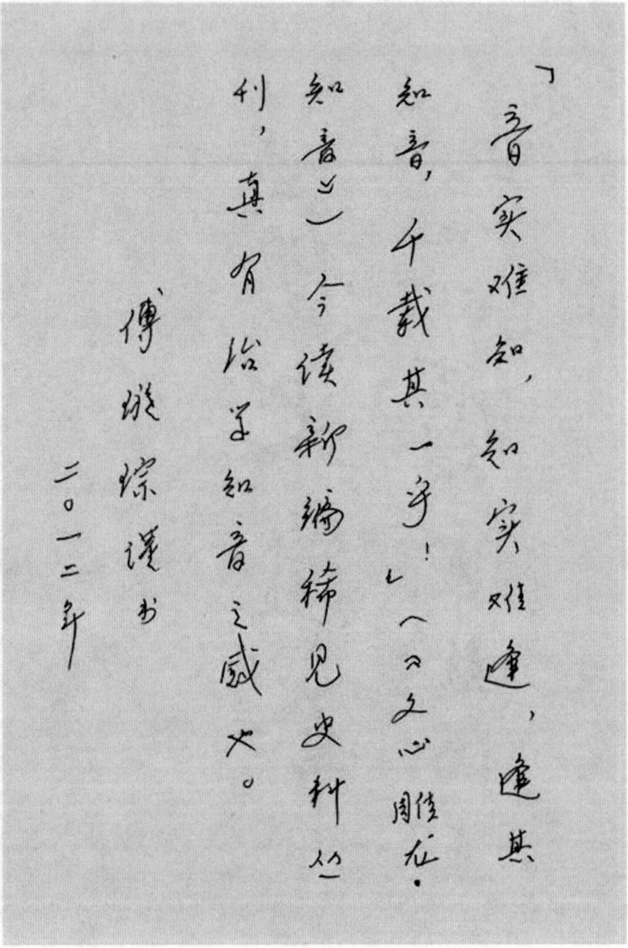
「音实难知，知实难逢，逢其知音，千载其一乎！」（文心雕龙·知音）今读新编稀见史料丛刊，真有治学知音之感矣。

傅璇琮谨书

二〇一二年

傅璇琮先生题辞

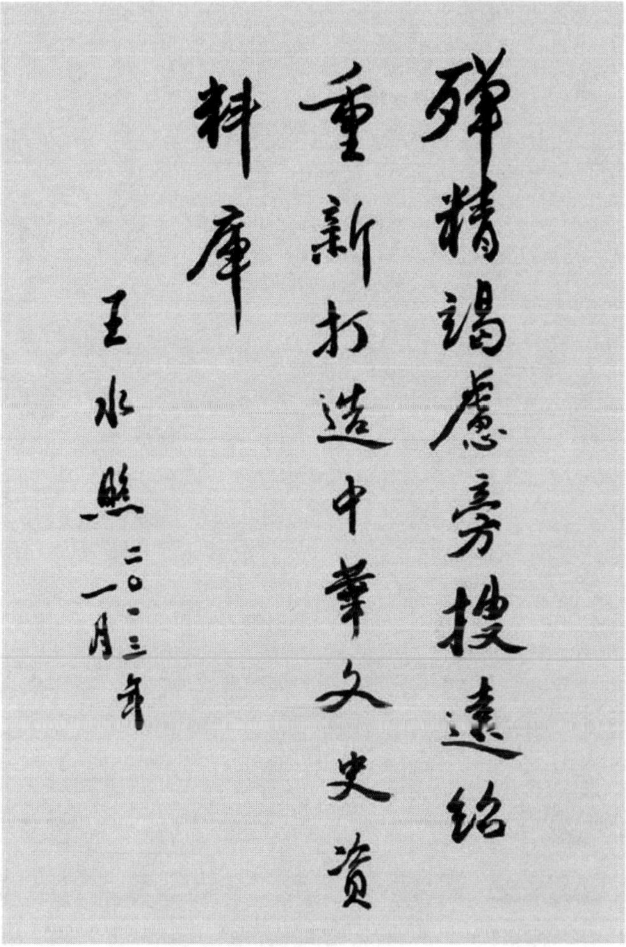

王水照先生题辞

《中国近现代稀见史料丛刊》总序

在世界所有的文明中，中华文明也许可说是“唯一从古代存留至今的文明”（罗素《中国问题》）。她绵延不绝、永葆生机的秘诀何在？袁行霈先生做过很好的总结：“和平、和谐、包容、开明、革新、开放，就是回顾中华文明史所得到的主要启示。凡是大体上处于这种状况的时候，文明就繁荣发展，而当与之背离的时候，文明就会减慢发展的速度甚至停滞不前。”（《中华文明的历史启示》，《北京大学学报》2007年第1期）

但我们也要清醒看到，数千年的中华文明带给我们的并不全是积极遗产，其长时段积累而成的生活方式与价值观具有强大的稳定性，使她在应对挑战时所做的必要革新与转变，相比他者往往显得迟缓和沉重。即使是面对佛教这种柔性的文化进入，也是历经数百年之久才使之彻底完成中国化，成为中华文明的一部分；更不用说遭逢“数千年来未有之变局”、“数千年未有之强敌”（李鸿章《筹议海防折》），“数千年未有之巨劫奇变”（陈寅恪《王观堂先生挽词序》）的中国近现代。晚清至今虽历一百六十余年，但是，足以应对当今世界全方位挑战的新型中华文明还没能最终形成，变动和融合仍在进行。1998年6月17日，美国三位前总统（布什、卡特、福特）和二十四位前国务卿、前财政部长、前国防部长、前国家安全顾问致信国会称：“中国注定要在21世纪中成为一个伟大的经济和政治强国。”（徐中约著《中国近代史》上册第六版英文版序，香港中文大学2002年版）即便如此，我们也不能盲目乐观，认为中华文明已经转型成功，相反，中华文明今天面对的挑战更为复杂和严峻。新型的中华文明到底会怎样呈现，又怎样具体表现或作用于政治、经济、文化等层面，人们还在不断探索。这个问题，我们这一代恐怕无法给出答案。但我们坚信，在历史上曾经灿烂辉煌的中华文明必将凤凰浴火，涅槃重生。这既是数千年已经存在的中华文明发展史告诉我们的经验事实，也是所有为中国文化所化之人应有的信念和责任。

不过，对于近现代这一涉及当代中国合法性的重要历史阶段，我们了解得还过于粗线条。她所遗存下来的史料范围广阔，内容复杂，且有数量庞大且富有价值的稀见史料未被发掘和利用，这不仅会影响到我们对这段历史的全面了解和规律性认识，也会影响到今天中国新型文明和现代化建设对它的科学借鉴。有一则印度谚语如是说："骑在树枝上锯树枝的时候，千万不要锯自己骑着的那一根。"那么，就让我们用自己的专业知识与能力，为承载和养育我们的中华文明做一点有益的事情——这是我们编纂这套《中国近现代稀见史料丛刊》的初衷。

书名中的"近现代"，主要指1840—1949年这一时段，但上限并非以一标志性的事件一刀切割，可以适当向前延展，然与所指较为宽泛的包含整个清朝的"近代中国"、"晚期中华帝国"又有所区分。将近现代连为一体，并有意淡化起始的界限，是想表达一种历史的整体观。我们观看社会发展变革的波澜，当然要回看波澜如何生，风从何处来；也要看波澜如何扩散，或为涟漪，或为浪涛。个人的生活记录，与大历史相比，更多地显现出生活的连续。变局中的个体，经历的可能是渐变。《丛刊》期望通过整合多种稀见史料，以个体陈述的方式，从生活、文化、风习、人情等多个层面，重现具有连续性的近现代中国社会。

书名中的"稀见"，只是相对而言。因为随着时代与科技的进步，越来越多的珍本秘籍经影印或数字化方式处理后，真身虽仍"稀见"，化身却成为"可见"。但是，高昂的定价、难辨的字迹、未经标点的文本，仍使其处于专业研究的小众阅读状态。况且尚有大量未被影印或数字化的文献，或流传较少，或未被整合，也造成阅读和利用的不便。因此，《丛刊》侧重选择未被纳入电子数据库的文献，尤欢迎整理那些辨识困难、断句费力、裒合不易或是其他具有难度和挑战性的文献，也欢迎整理那些确有价值但被人们习见思维与眼光所遮蔽的文献，在我们看来，这些文献都可属于“稀见”。

书名中的“史料”，不局限于严格意义上的历史学范畴，举凡日记、书信、奏牍、笔记、诗文集、诗话、词话乃至序跋汇编等，只要是某方面能够反映时代政治、经济、文化特色以及人物生平、思想、性情的文献，都在考虑之列。我们的目的，是想以切实的工作，促进处于秘藏、边缘、零散等状态的史料转化为新型的文献，通过一辑、二辑、三辑……这样的累积性整理，自然地呈现出一种规模与气象，与其他已经整理出版的文献相互关联，形成一个丰茂的文献群，从而揭示在宏大的中国近现代叙事背后，还有很多未被打量过的局部、日常与细节；在主流周边或更远处，还有富于变化的细小溪流；甚至在主流中，还有漩涡，在边缘，还有静止之水。近现代中国是大变革、大痛苦的时代，身处变局中的个体接物处事的伸屈、所思所想的起落，藉纸墨得以留存，这是一个时代的个人记录。此中有文学、文化、生活；也时有动乱、战争、革命。我们整理史料，是提供一种俯首细看的方式，或者一种贴近近现代社会和文化的文本。当然，对这些个人印记明显的史料，也要客观地看待其价值，需要与其他史料联系和比照阅读，减少因个人视角、立场或叙述体裁带来的偏差。

知识皆有其价值和魅力，知识分子也应具有价值关怀和理想追求。清人舒位诗云“名士十年无赖贼”（《金谷园故址》），我们警惕袖手空谈，傲慢指点江山；鲁迅先生诗云“我以我血荐轩辕”（《自题小像》），我们愿意埋头苦干，逐步趋近理想。我们没有奢望这套《丛刊》产生宏大的效果，只是盼望所做的一切，能融合于前贤时彦所做的贡献之中，共同为中华文明的成功转型，适当“缩短和减轻分娩的痛苦”

（马克思《资本论》第一卷第一版序言）。

《丛刊》的编纂，得到了诸多前辈、时贤和出版社的大力扶植。袁行霈先生、傅璇琮先生、王水照先生题辞勖勉，周勋初先生来信鼓励，凤凰出版社姜小青总编辑赋予信任，刘跃进先生还慷慨同意将其列入"中华文学史史料学会"重大规划项目，学界其他友好也多有不同形式的帮助……这些，都增添了我们做好这套《丛刊》的信心。必须一提的是，《丛刊》原拟主编四人（张剑、张晖、徐雁平、彭国忠），每位主编负责一辑，周而复始，滚动发展，原计划由张晖负责第四辑，但他尚未正式投入工作即于2013年3月15日赍志而殁，令人抱恨终天，我们将以兢兢业业的工作表达对他的怀念。

《丛刊》的基本整理方式为简体横排和标点（鼓励必要的校释），以期更广泛地传播知识、更好地服务社会。希望我们的工作，得到更多朋友的理解和支持。

2013年4月15日

目　录

整理弁言

此书所收诗话，凡二十一种，俱刊于《民权素》。《民权素》为民初著名杂志，创刊于1914年4月，1916年4月结束，共出十七集。编者初为刘铁冷、蒋箸超，自第二集起，由蒋一人主之。《民权素》原有“诗话”专栏，所刊诗话，后辑为《民权素粹编》第二卷第三集乙种，《民国诗话丛编》即据以收入，名为《民权素诗话》。惟所收种数，仅为十四，为原刊诗话的三之二。又每种诗话之条数，亦经过部分删削，非原刊之旧；总计之，原刊诗话廿一种共571条，《粹编》中所收仅331条，相差甚大。故此次即据《民权素》杂志，重为之纂辑，并易名为“校辑民权素诗话廿一种”。

《民权素》所刊诗话的内容，以近代诗人为主，于近代诗学研究，具有较大的参考价值。其作者，则所署大抵为别号，如《庄庄诗话》作者署惆百，据考实为庄先识，字通百，江苏武进人，著有《惜日短室文篦》、《短夜长斋诗筒》、《有性情簃词篚》等；《琴心剑气楼诗话》作者署肝若，据考为沈翀，江苏无锡人，著有《飞行之怪物》等；《装愁盦诗话》作者署怀霜，据考为李葭荣，字怀霜，广东信宜人，著有《不知老斋诗集》、《斐然庵集》等；《愿无尽庐诗话》作者署钝剑，实为高旭，字天梅，为南社名诗人，有《天梅遗集》；《摅怀斋诗话》作者署南邨，姓杨，湖南人，著有《呵冻笔记》、《南邨赘墨》、《摅怀斋诗稿》等；《大须诗话》作者署大须，为冯幵，字君木，浙江慈溪人，著有《回风堂诗文集》；《澹园诗话》作者署太牟，为沈宗畸，字孝耕，广东番禺人，著有《南雅楼诗斑》、《便佳簃杂钞》等；《今日诗话》作者署古香，实为蒋箸超作，而托伯氏名;《网庐诗话》作者署昂孙,实为蒋箸超弟;《绮梦轩诗话》作者秋梦,姓韦,为广西人;《集隽诗话》作者之一吁公,姓徐,为上海崇明人;又《燕子龛诗话》作者为苏曼殊,《唐宋诗别说》作者为八指头陀,均望而可知,不必殚说。凡此略为著数语,以为读此书者参考。其他作者名姓,一时寻检未获者,请俟诸异日。

此书编次之先后,则据刊布时间,先刊者在前,后刊者在后,依次序辑之;所刊之集数,亦用"以上载第某集"句式,为之注明于后,俾读者之核焉。至于校勘,凡明显譌字,属手民误植者,径行改正之,不复出校语;属作者误忆、误说,或必须说明、否则易滋误会者,皆著"编者按"以明之。凡作者所引诗句,与通行本异,而亦文理可通者,则不一一校,盖当日作者引诗,每凭记忆,校之亦不胜校也。

此书之辑与标校,在丙戌、丁亥间,复勘一过,亦三年前事,时光之迅,良可慨已。蒙樊昕先生惠允,获于凤凰出版社出版,古道热肠,厚意可感;"中国近现代稀见史料丛刊"的主编张剑、徐雁平、彭国忠诸先生及责编陆扬女史,重劳心力,亦均此致谢!

乙未仲冬培军

绮霞轩诗话

秋　梦撰

一

咏物诗之有寄托者，如吾乡商麓原先生《咏秋燕》四律云："遨游京国计全非，王谢堂前故侣稀。絮语梁间犹剌剌，离情江上转依依。小楼欲雨寻春过，深巷无人带月飞。云水万重须道远，长安虽好不如归。""西风斜日客天涯，何事差池去复回。杨柳应怜旧门巷，梧桐空忆好楼台。半帘凉月同清冷，一路秋山独往来。犹自呢喃听未了，谁知《懊恼》别心灰。""乌衣门巷是家乡，衰草离离塞路荒。不尽春江思旧雨，那堪秋水傍斜阳。关心帘箔身如寄，瞥目莺花梦易凉。自顾红襟毛羽敝，问侬底事一身忙？""曾记斜飞万绿新，无端枨触也伤春。归来村路迷黄叶，梦入江洲冷白蘋。摇落情深缘作客，炎凉阅尽奈依人。海梁玳瑁双栖稳，不向繁华踏软尘。"客中况味，慨乎言之。先生名书濬，为"杉湖十子"之一。其诗可传者甚多，惜余不复记忆耳。

二

龙翰臣先生《咏春柳》三律云："昨夜东风展翠条，江南江北路迢迢。曾怜瘦影披寒渚，又写浓痕上板桥。齐殿风流犹在眼，楚宫婀娜半垂腰。谁知镇日浓烟里，一例春愁锁未消。""绿水红桥旧梦非，柔丝踠地忽依依。年光惜别歌《金缕》，眉黛娇春试舞衣。残月晓风人已去，碧波新草燕初飞。陌头不是莺花好，绾住长条未得归。""清明村店酒旗斜，漠漠青堤间白沙。隔岸马声嘶远道，临风莺语唤谁家。戍楼望断芳菲节，江水生憎泛白花。惆怅渭城攀折处，离愁应比去时加。"数诗神味风韵，不减渔洋，特春兰秋菊，各殊其致耳。

三

诗词有用俗字而愈传神者，稼轩词中往往见之。《倚晴楼诗馀》中，亦有《蝶恋花》一阕云："客衣单，人影悄。越是天涯，越是秋来早。雨雨风风增懊恼。越是黄昏，越是虫声闹。　别情浓，归梦渺。越是思家，越是乡书少。一幅疏帘寒料峭。越是销魂，越是灯残了。"一阕之中"越是"二字，凡八见，而愈用愈灵活，愈叠愈悲感。以视浪用俗字而不知拣择者，真所谓"差以毫釐，谬以千里"矣。编者按：此词非

《蝶恋花》,据《词谱》,实为《苏幕遮》,作者盖误忆。

四

尝见《馀墨偶谈》中《咏诗魂》一律云:"一缕炉烟尚未消,酒痕灯影夜迢迢。轻盈每向花前断,缥渺还从月下招。或共离怀吟碧草,偶随清梦度红桥。梅花咏罢香侵骨,细管银笺淡淡描。"描写"魂"字,运思入微。余仿其意,作《花魂》一律云:"一缕飘零绕锦帏,漫寻柳色斗芳菲。黯然销处愁蜂采,偶尔离时化蝶飞。惊向风前容易断,招从雨后总难归。瓣香爇尽何曾返,玉砌雕阑又夕晖。"噫,千古名花,飘零黄土,香魂渺渺,恨也何如?难寻返魂之香,聊谱招魂之曲,花神有知,当亦黯然魂销矣。

五

作诗限韵,余雅不喜,因有时韵与题相凿枘,颇难牵合也。犹记《随园诗话》中,有《咏蝶》二句云:"有时飞到江边去,跟过卖花人上船。"真匪夷所思。一日,余与内弟张筠士谈及,颇欲效颦,因拟二题共咏,《咏鱼》押"山"字,《咏鸡》押"波"字。余诗先成。《咏鱼》云:"濠梁流水碧潺潺,戏藻嘘萍意自闲。避世早知高处险,幽人何苦尚渔山。"《咏鸡》云:"栖埘莫问夜如何,壮士军中尚枕戈。茅店一声天未曙,浮云如水月如波。"录成覆视一周,而筠士之诗亦成矣。《咏鱼》云:"圉圉洋洋岂等闲,扬鬐常在碧波间。几时乘浪来东海,也睹蓬瀛第一山。"《咏鸡》云:"毛羽虽丰飞不起,鸡冠钩距待如何?临流羡煞双双鸭,日日溪头浴晚波。"东施之诮,自知不免,然见猎心喜,文人结习,终难忏除耳。

六

《西青散记》中,亦有善用叠字填词者,录其《凤凰台上忆吹箫》一阕云:"寸寸微云,丝丝残照,有无明灭难消。正断魂魂断,闪闪摇摇。望望山山水水,人去去、隐隐迢迢。从今后,酸酸楚楚,只似今宵。问天不应,编者按:"问天"句前,脱"青遥"二字。看小小双卿,袅袅无聊。更见谁谁见,谁痛花娇?谁望欢欢喜喜,偷素粉、写写描描?谁还管、生生世世，夜夜朝朝？”连用四十馀叠字，脱口如生，灵心慧舌，不让易安专美于前矣。

七

以新名词入诗，不善运用，往往流于粗率，至用入艳体诗中，尤难融洽。尝见某杂志中，有某君《无题》五首云：“眼帘耳鼓日迢迢，两处心旌一样招。色界从何寻起点，爱根容易茁情苗。鸩媒误托从之子，龙力难驯奈此宵。秒忽华严成众乐，未来过去总魂销。”“拚将戒体破阿难，散到天花知耐看。昵枕肌肤同舍利，接唇唾息胜旃檀。云常绕峡浑疑雨，水不生波顿起澜。旧事思量成一笑，怜侬歌就《懊侬》翻。”“莲台九品认前身，位置龙华第几人？眼界已教空色相，情天底又着根尘。雌雄混合无遮会，风月因缘大法轮。要演大同新学派，思量终恐逊卿真。”“擘笺拟赋《定情诗》，应是嫣红惨绿时。负我头颅空对镜，愁卿婚嫁已逾笄。灵魂要向文鸳惜，心病难教扁鹊医。壁上鸣钟还解事，宵来速率故迟迟。”“悟到风幡不自由，脑丝魄电不禁钩。恨无抟土同团体，难得花开是并头。上乘禅参千手眼，微生物战一阎浮。轻怜软惜慈悲意，要把群生孱脑收。”“深宵幻影记模糊，积雪团云句欲骚。（骚字出韵。）帐底燕飞疑夜视，怀中蛮舞要郎扶。十年幻梦《樊川集》，十幅新描《裸国图》。莫怪迩来词赋少，有人消渴类成都。”喁喁软语，脉脉柔情，虽稍涉轻佻，然能冶佛语、新名词于一炉，亦“香奁体”中之别开生面者。编者按：此诗凡六首，前云“五首”，盖误。

八

萍乡文芸阁阁读之妹晚芳女士，颇娴吟咏，于归数年而卒。其遗稿多散佚无存。曾记有《咏针》一律云：“白战争教寸铁持，红炉锻炼想难施。夜工欲学灵芸法，天巧宜传织女丝。绣作文鸳留妙诀，压将金线庋幽思。闺中日日常偕伴，不惜三馀当读时。”又《登越王台》云：“朝汉高台尚宛然，凭栏遥望思绵绵。雄图海峤三千里，大长蛮夷四九年。才见重冈罢歌舞，俄闻横海下楼船。呼銮道上游人集，霸气苍茫吊木棉。”一则才思沉雄，一则刻画精细，各臻其妙。

九

丹徒李吟白先生长于七绝，兹于《江乡渔话》中录其《题桃花扇院本》三首云：“艳绝清溪水一钩，媚香楼胜顾眉楼。诸君也自耽声色，争怪官家不解愁。”“《玉树》歌残璧月凉，碧山依旧送降王。南朝亡国都风雅，诗酒乾坤翰墨场。”“一夕金城铁锁开，过江青盖总堪哀。桃花扇子梅花冢，都自情天血性来。”又《与人话南朝旧事》云：“清谈名辈系兴亡，襟带逍遥似老庄。何物能支江左局，唾壶麈尾紫罗囊。”“山贼纵横启径行，蔚宗末路误彭城。才人作计都如此，不为披猖损盛名。”《咏昭君》云：“马上红颜塞上霜，阏氏位号抵昭阳。蛾眉也有虬髯志，笑抱琵琶别汉皇。”慷慨之中，杂以议论，可与论古，可与言诗。

一〇

以韵语发挥种族思想，除岳武穆《满江红》一阕外，陈白沙《厓山题壁》一诗，久已脍炙人口。近读《张苍水集》，见有《戊戌冬怀》八律，其于种族之辨，亦凛若秋霜，特当时民权之说未明，不免迷于君臣之义。兹录其一律云：“九边锁钥断胡烽，醪纩先朝费岁供。猾夏已无秦塞险，防秋岂复汉家封。黄河冻解应回马，碧海波扬欲起龙。寄语金微多旧戍，草枯蓬折为谁从？”又《和定西侯张侯服留题金山》六首之一云：“飞椎十载误逋臣，蹀血凭谁破女真。霸就鸱夷原去越，兵连牛女正当闽。投鞭不觉江流隘，传檄兼闻铙吹新。正为君恩留一剑，莫教龙气渡延津。”爱国之情，溢于言表，数百年后读之，犹有生气。先生又有句云：“独笑中华皆妇孺，几回膜拜捧胡雏。”不知清德宗及宣统帝登极时，举朝大臣，亦有曾读此诗者否？

一一

皖江吕惠如女士，工诗，数年前于友人处，得阅其诗稿。近多遗忘。曾记其《秋日杂书》五古二首云：“斜阳下疏柳，秋蝉时一鸣。落叶黏我衣，似诉飘摇情。我生亦萧瑟，岁月忽相惊。感此摧中怀，怆焉将泪倾。”“炊烟不在树，化作秋云碧。西风引微凉，吹此凭楼客。遥山招欲来，为有疏林隔。相对寂无言，夕阳红脉脉。”又《咏霜》一律云：“乍疑疏雪落林间，细看空濛薄玉颜。昨夜微黄上新橘，晓来一白接秋山。钟飘残月初沉水，雁逐征人正度关。指点板桥朝日出，马蹄犹可认连环。”稿中佳句极多，不能尽忆，然丰神秀韵，亦可窥见一斑矣。女士有妹名碧城，亦工诗词，于女学界最知名。其诗虽尝寓目，然已不复记忆。惟其《清平乐》二阕，其第一阕云：“晚烟新敛，红冷芙蓉院。银汉迢迢更漏浅，风动云华微卷。　水边处处珠帘，月明时按管弦。不是一声孤雁，秋声那到人间。”第二阕云：“大千世界，总是销魂地。粉怨香愁无限意，吹得满空红泪。　临风犹弄娉婷，回看能不关情？愿诵《楞严》一卷，忏渠藩溷飘零。”前一阕未标题，后一阕则《咏落花》也。编者按：以上载第一集。

一二

能言人所欲言而不能言之意，其诗必佳。吴縠人先生诗云：“愁集灯前如有约，诗成枕上半无题。”二语确为人所欲言而不能言者。

一三

闺阁诗之有须眉气者，殊不多觏。《梅神吟馆诗草》中，有《放言》四绝云：“天涯扰扰尽风尘，欲报君恩愧此身。若使朝廷用巾帼，高凉应有冼夫人。”“恨不沙场万里行，岂辞马上请长缨。笑他碌碌称男子，投笔何尝为圣明？”“对酒当歌感慨生，唾壶击缺气难平。卞和空抱瑶华泣，未遇良工岂得名？”“人呼灵运为山贼，众指曾参妄杀人。今古谤言同一例，汨罗不独有灵均。”音节悲壮，气概雄豪，使怯弱男儿读之，定当愧死。

一四

昌黎作诗，好用僻韵，然只古诗为然，近体亦殊罕见。兹于《西青散记》中，得《登诸天阁》一律云：“到处负奇不碍廉，半生傲骨向松谦。花蒸野粟香于米，雪煮山蔬味胜盐。疲马卸肩原未息，晚莺饶舌有谁箝。扫云愿闭诸天阁，清磬声中检藏签。”履险如夷，是能善用偏师者。

一五

袁简斋论诗云："诗人者，不失其赤子之心者也。"旨哉斯言，洵足为千古骚人之代表矣。试观《三百篇》中，呼彼苍、呼父母者，数见不鲜。屈原作《离骚》，史迁亦为之解曰："人当劳苦倦极，未尝不呼天；疾痛惨怛，未尝不呼父母。"然则古今诗文，可以传世而行远者，何一非本赤子之心而发见者乎？至太白"小时不识月，呼为白玉盘"及"举杯邀明月，对影成三人"诸诗，尤为天真烂漫，流露自然。可见古人诗以道性情之说，不我欺矣。吾乡汪任之先生，亦有五古一首云："儿时视青天，谓仅高于屋。竟欲借梯登，星辰盈一掬。长成始自笑，神志太超忽。忽忽念馀年，且插尘中足。青天不可上，儿时不可复。翘首望穹窿，青苍还郁郁。"读此诗，觉万千悲感，萃于一身，转恨儿时光阴，去之太骤。

一六

吾乡马君武先生旧有句云："甘以清流蒙党祸，耻于亡国作文豪。"人因呼之为"亡国文豪"。呜呼！曾几何时，"亡国文豪"竟一变为兴国志士，诚非当时所及料。然今日权奸当国，民生涂炭，共和政治，渐就澌灭，文豪在今日，诚负有指导国民之责者。

一七

庚子暮春，余与诸同志结"海棠社"于羊城，拈题分咏，得"玉人词"数十首。追录于后，聊志雪鸿之迹云尔。致远诗曰："沉香亭北倚阑干，解语花原胜牡丹。最是寂寥难慰藉，珍珠不博玉人欢。""何须傅粉与施朱，淡扫娥眉意态殊。杏靥樱唇谁得似，看花宜与玉人俱。"警秋诗曰："溶溶春色正无边，洞口桃花景倍妍。携得刘郎同采药，天台好结玉人缘。""连宵归梦到乡关，绿树千重水一湾。遥望远山云里现，依稀疑是玉人鬟。"怡情诗曰："金风瑟瑟动萧斋，红叶潇潇下玉阶。恰喜东篱秋色好，黄花淡似玉人怀。""灯光如水浸帘青，花外琴声响又停。月正明时人半醉，倚屏闲共玉人听。""轻舟荡入碧波心，十里回塘暑气沉。不见鸳鸯交颈宿，拨花闲与玉人寻。”醉血诗曰：“落红满地覆苔阴，嘹呖莺声不忍闻。偶立帘前调燕子，浓香薰透玉人裙。”“东风吹雨细如埃，点点苔痕绿上阶。瞥见隔帘花影乱，鹦哥低报玉人回。”“冷风吹雨湿秋千，柳睡花慵蝶梦闲。妒煞出墙桃似锦，一枝红斗玉人颜。”四君之诗，幽艳欲绝，而怡情与醉血尤佳。予作虽多，而拙陋不堪，亦全录之，以志丑焉。诗曰：“海棠时节正春阴，风景无多及早寻。三月莺声娇巧甚，隔花疑是玉人音。”“暮春天气雨霏微，女伴相邀出绣帏。三月长安风景晚，落花轻上玉人衣。”“千红万紫斗芳菲，苔径行行气力微。昨夜柳眠花睡后，小鬟扶得玉人归。”“踏青三月兴无涯，雨霁苔痕绿上阶。结伴游来芳草地，香泥偷染玉人鞋。”“松阴十里带斜曛，小立闲看出岫云。野鹤似矜毛羽白，翩翩飞入玉人群。”“花枝如笑倚妆楼，素手拈来绿叶稠。插向鬓边香更好，游蜂争上玉人头。”“莺啼燕语艳阳天，白玉栏边万卉妍。恰喜高楼春色好，花枝相并玉人肩。”“深红浅碧豁清眸，满径浓阴宿雾收。粉蝶寻香寻不着，双双常伴玉人游。”“描鸾刺凤夜偏长，倦后斜欹七宝床。恼煞邻家机杼动，声声催起玉人忙。”“院门深锁雪飞扬，六曲阑干绕画廊。为爱宫中春色好，梅花也助玉人妆。”“采莲相约到湖滨，双桨飞来浪作鳞。恰是邻舟初过处，花间现出玉人身。”“绿肥红瘦又花朝，歌舞楼台接九霄。二月长安城外柳，临风软似玉人腰。”“高楼百尺耸层霄，银烛当筵夜漏迢。醉后那知春色好，杏花空胜玉人娇。”“箫声隐隐出城闉，宛转歌喉一曲清。听罢凭栏凝望处，樱桃红似玉人唇。”“闲邀女伴到湖边，双桨临流共采莲。凉月满池新叶展，夜深疑坠玉人钿。”“云山万里送行舟，佩剑辞家作远游。柳陌春风梨院月，几回望断玉人眸。”“关河迢递雁书迟，万里行踪只梦知。怕听江边砧杵动，闺中触起玉人思。”“水晶帘卷露华滋，小院沉沉月上迟。几次欲窥窥不得，秋风冷透玉人肌。”“夜深梅影压阑干，风入丛林鹤梦寒。闲抱瑶琴明月下，隔墙偷效玉人弹。”“声声弦管绝尘嚣，曲谱求凰寄意遥。怪底檀郎轻薄甚，琴心暗把玉人挑。”“月光如水夜迢迢，对景能令俗虑消。残酒醒时无赖甚，戏言闲把玉人调。”“花阴满径月三更，邻院微闻笑语清。恰喜天风如有意，隔墙送到玉人声。”“落花满地月明天，庭院深深怕卷帘。只为伤春眠不得，炉香屡唤玉人添。”“云鬟挽就态葱茏，学画双娥黛色浓。恰喜晓妆犹未罢，镜中偷觑玉人容。”“月光如水桂香稠，三五良宵景倍幽。红友不来清兴减，还家且向玉人谋。”“蟾光如镜画帘垂，飕飕清风入绣帏。花鼓墙东摇不定，夜深疑是玉人窥。”“清歌妙舞总超尘，路隔仙源莫问津。只为贪看春色好，卜居争与玉人邻。”“阳春烟景遍尘寰，新月墙头露一弯。只恐夜深风露冷，花间强促玉人还。”“芰荷香里独凭阑，月入清池夜漏残。却喜鸳鸯情态好，卷帘笑唤玉人看。”“香车宝马逐清尘，游女如云共赏春。爱向花间闲伫立，静中领取玉人神。”“金炉香尽漏声迟，花傍纱窗影自移。记得画阑月色好，夜深还共玉人欹。”“枕边梦醒堕钗横，风入窗棂逼短檠。夜半故为离别语，违心小试玉人情。”“闲庭酌酒共徘徊，更漏沉沉烛已灰。只恨新诗吟未就，当筵苦被玉人催。”“歌喉宛转似穿珠，笑问莺声比得无。犹忆昨宵残梦里，卿卿恍听玉人呼。”“游蜂浪蝶太逍遥，梦入花丛意也消。只爱夭桃颜色好，画图争倩玉人描。”“记从南浦送征帆，别泪盈盈透碧衫。此日忽传青鸟至，闻声知是玉人函。”“羽觞飞处月光明，醉倚银床又五更。雪藕冰调太多事，只因留解玉人酲。”弄斧班门，予滋自恧。逾时，以其事闻之漱石，漱石亦补作十四首。诗曰：“纱窗人倦燕来迟，花落闲庭总不知。爱煞画栊鹦鹉慧，隔帘低诵玉人诗。”“无端蜂蝶过西邻，招去闲庭多少春。犹忆昨宵残醉里，轻狂惹得玉人嗔。”“溶溶春色景无涯，桃李阴阴覆绿苔。喜得酿花天气好，踏青相约玉人来。”“海棠香里梦初甜，小院沉沉薄暮天。怪底侍儿庭外戏，笑声惊起玉人眠。”“酒浓香软厌游嬉，女伴诙谐妙解颐。知否今朝春色好，十分都在玉人眉。”“东风飒飒撼丛林，乳燕低飞弱不禁。最好藕花亭子畔，笛声清和玉人吟。”“蝉鸣高树晚风生，荷芰香来水国清。最好凭栏闲望处，隔花遥见玉人行。”“茫茫烟树影模糊，淡淡山云望若无。恰是一番新雨过，海棠娇倩玉人扶。”“隔帘烟雨望中迷，叶满庭阶秋色凄。买得金陵三尺绢，新诗笑倩玉人题。”“碧梧叶落雁初来，为赏秋光且举杯。却忆画楼人静夜，戏拈红豆玉人猜。”“修篁摇翠冷萧斋，飞絮盈空玉满阶。昨夜寻梅踏月去，花间拾得玉人钗。”“行行踏遍路三叉，水阁山亭夕照斜。欲访寒梅无觅处，一枝春在玉人家。”“花飞六出白如银，砌下梅开一树春。故遣小鬟和雪舞，娇憨博得玉人嚬。”“风风雨雨晚凉天，料理花幡彩槛边。不是海棠娇艳甚，那能博得玉人怜。”呜呼，十年以来，诸同志之散处四方者，虽尺素亦鲜通焉，欲续为文酒之会，此乐胡可复得？王子安序云：“胜地不常，盛筵难再。”每诵斯语，感慨系之矣。

一八

六代繁华，萃于金陵，千古词人，莫不慕其名胜。《汉南春柳词钞》中，亦有《江南好》八阕云：“江南好，风景画难描。游客花间来荡桨，玉人月下教吹箫。相忆黯魂销。”“江南好，士女面如脂。护到茜纱春昼永，浣来薇露晓妆迟。生怕好风吹。”“江南好，最好是秦淮。风定蒲菰渔唱起，月明箫鼓画船来。兴尽不须回。”“江南好，最好是扬州。璧月照来元自满，琼花生就不知愁。歌舞几时休？”“江南好，少小浪游踪。桃叶渡头团扇影，杏花村里酒帘风。相遇莫匆匆。”“江南好，名迹几应存。陵阙苍凉经暮雨，楼台金碧炫朝暾。怀古待重论。”“江南好，形胜有谁同？钟阜龙蟠山色外，石城虎踞浪声中。成败几英雄？”“江南好，兵燹感而今。图画几回供想像，江山何日快登临？只向梦中寻。”按翰臣先生生于前清咸同间，时金陵为洪、杨所据，正在战争中，故感慨深情，溢于言表。今冯张又为曾左之续，江左人民，复陷于水深火热之中，读先生词者，当与先生洒一掬同情之泪也。

一九

汪精卫先生，民党中之优秀者也，以谋刺前清摄政王系狱，曾有《狱中感怀》四律云：“西风庭院夜阴沉，彻耳秋声感不禁。伏枥骅骝千里志，经霜乔木百年心。南冠未改支离态，画角中多激楚音。幸有青燐慰岑寂，残宵犹自伴孤吟。”“煤山云树总凄然，荆棘铜驼屡变迁。行去已无干净土，忧来徒有奈何天。瞻乌不尽林宗恨，赋鹏应伤贾傅年。一死襟期殊未了，此头须向国门悬。”“落叶空庭万籁微，故人梦里两依依。风萧易水今犹昔，魂度枫林是也非。入地相逢应不愧，劈山无路欲何归？记从痛洒新亭泪，忍使啼痕又满衣。”“忧来疾病亦绵绵，一读《黄书》一泫然。瓜蔓已都无可摘，豆箕何苦更相煎。箭中霜月凄无色，画里江城黯自怜。莫向金台回首望，荆榛落日带寒烟。”数诗以凄惋之词，写悲慨之意，怨而不怒，哀而不伤，深得诗人温柔敦厚之旨。

二〇

《返生香词钞》，为明才媛叶小鸾遗著，清词丽句，飘飘欲仙。然倩女离魂，已于此露其先兆矣。录其《浣溪纱》五阕云：“红袖香浓日上初，几番无力倩风扶，绿窗时掩闷妆梳。　一向多慵嫌刺绣，近来聊喜学临书。鸟啼春困落花疏。”“曲曲阑干绕树遮，半庭花影带帘斜，渐看暝色入窗纱。　楼外远山横宝髻，天边明月伴菱花。空教芳草怨年华。”“曲榭莺啼翠影重，红妆春恼淡芳容，疏香满院闭帘栊。　流水画桥愁落日，飞花飘絮怨东风。不禁憔悴一春中。”“春色三分付水流，风风雨雨送花休，韶光原自不能留。　梦里有山堪遁世，醒来无酒可浇愁。独怜闲处最难求。”“几欲呼天天更赊，自知山水此生遐，谁教生性是烟霞。　屈指数来惊岁月，流光闲去厌繁华。何时骖鹤到仙家？”予素不信诗谶之说，今读小鸾诸词，一若真有可凭者，乃知天下之事，未可尽以常理论也。

二一

古今悼亡之作，当以元微之《遣悲怀》三首为最，以其真情流露，不假修饰也。曩读《汉南春柳词钞》，亦见有悼亡二十馀阕，兹择录四阕于后。《浣溪纱》云：“八九年前忆画眉，玉堂花底面如脂，南来尘土锁燕支。　但道眼前终有恨，若论身后总难追。天生薄命可怜伊。”

"心怯空房不忍归，夜凉禁得旧罗衣，银缸无语麝兰微。　画里传神都仿佛，梦中握手也歔欷。镜台犹在玉容非。"《菩萨蛮》云："绿窗月下莺声软，罗帏斜掩春人倦。角枕绣鸳鸯，渠依同一双。　而今春梦醒，云去无留影。昨夜五更寒，觉来衾枕宽。"《忆萝月》云："夜凉无寐，往事从头忆。梦里相逢难尽意，何况梦儿不至？　清晨独上芳阶，无人料理妆台。惟有远山眉黛，隔窗犹自飞来。"词旨凄凉，令人不忍卒读。编者按：以上载第二集。

二二

余乡龙翰臣方伯，工诗古文词，著有《经德堂诗文集》若干卷、《汉南春柳词钞》一卷，皆入古人堂奥。其继室何莲因夫人，亦工诗词。方伯终于江西任所，夫人殉焉，一时士夫，莫不高其节烈。其遗著有《梅神吟馆诗草》一卷。闻有句云："韩冯妇死夫同誓，化为连理不分开。"又云："池有比目鱼，山有连理枝。微物有情尚如此，人不如物生何为？"读此诗，知夫人之节烈，殆非偶然，盖早与方伯誓同生死矣。

二三

予家旧有《倚晴楼诗馀》一卷，缠绵清丽，直与后主、易安相颉颃。予酷爱之。未几失去，懊恼殊甚，久而忘之。一日忽得之于故纸堆中，不禁喜极欲狂，乃不数月，忽又失去，至今杳如黄鹤。每一忆及，如丧良朋。犹记有《浪淘沙》一阕云："秋意入芭蕉，小雨潇潇。闲庭如此好良宵。月自缠绵花自媚，人自无聊。　别恨几时消，认取红绡，凤筝音苦雁书遥。醒着欲眠眠着醒，灯也心焦。"其他佳句，美不胜收。著者为海盐黄韵甫，殆黄九之后身欤？

二四

词之善用叠字者，除李易安《声声慢》一阕外，殊不多觏。《倚晴楼诗馀》中，有《卜算子》一阕云："浅浅玉池波，点点苍苔雪。淡淡轻烟恻恻风，香在濛濛月。　寂寂旧时春，渺渺谁家笛？曲曲栏干楚楚人，无奈依依别。"句句用叠字，而丰神栩栩，情态翩翩。易安而后，当以此为嗣者。

二五

咏物诗贵有寄托,否则精心刻划,细腻熨贴,只须不着迹相,亦自可观。此体元人最为擅长。瞿宗吉《咏凤仙花》诗云:"金盆玉露捣仙葩,解使纤纤玉有瑕。一点愁凝鹦鹉喙,十分春在牡丹芽。娇弹粉泪抛红豆,戏掐花枝镂绛霞。女伴相逢频借问,几回错认守宫砂。"又《咏玉簪花》诗云:"白露初凝气候凉,花神献宝助新妆。移来银色三千界,压尽金钗十二行。秋水为神冰琢骨,龙涎作炷麝传香。不须石上忧磨折,长在佳人髩发旁。"锦心绣口,鬼斧神工,非此生花妙笔,不能为花神写照。

二六

德清俞绣孙女士,荫甫先生女也。工诗,早卒。尝见其《游天宁寺》七律一首云:"东风吹絮暮春时,客到禅扉有鹤知。松树两行青嶂立,籐花一架紫云垂。无缘佛地生欢喜,但祝人间少别离。归去也应更回首,暮钟声里意迟迟。"又《咏梅》云:"横斜疏影旧题诗,独占东风第一枝。雪满空山孤鹤守,香浮纸帐美人思。殷勤不厌冰容冷,珍重休教玉笛吹。淡月黄昏无限好,赏心偏爱未开时。"《咏水仙》云:"细细幽香鼻观通,珊珊瘦质玉玲珑。半窗清影黄昏后,一点芳心冷淡中。自有因缘联水石,不将荣落托东风。莫嫌相对浑无语,花意诗情处处同。"孤芳落落,不染尘氛。读其诗,可想见其人。

二七

吴绶卿先生,革命军中之健将也。辛亥武汉起义后,清廷忌之,嗾贼刺之于石家庄。天下共愤,欲得奸人之首而甘心焉。先生置身军界,有儒将风,尤工吟咏。余酷爱其《步王梧生己酉守岁原韵》十律,恐久而遗忘,特录存之。诗云:"梭掷双丸任往还,白云终古自闲闲。一生稊米浮沧海,万里风云望故山。醉眼重邀燕市月,蹄痕曾遍汉时关。抚摩髀肉增惆怅,陈迹无端俯仰间。""十年泛宅复浮家,万里边风拂髩华。未必出山终小草,何辞倾国对名花。浮踪笑比风前絮,诗句谁笼壁上纱。结习年来忘未得,吟髭撚断手频叉。""锦帙牙签列四围，读书日日侍慈闱。春晖爱护争驹隙，乡梦瞢腾逐雁归。五夜闻鸡犹起舞，一时屠狗亦雄飞。戎装笑把宫袍换，聊当娱亲莱子衣。”“壮年跃马赋西征，仗剑思吞海底鲸。葱岭万重轻举足，秦关百二惯宵行。霸图凭吊班都护，飞将长怀李北平。几辈雄兵谈纸上，扶桑日丽说东瀛。”“苦将事业望旗常，山上云偏出岫忙。高视敢夸千里目，忧时徒转九回肠。长安观奕成残局，列国争雄启战场。沧海无情天地窄，驰驱容易误年光。”“乘轺持节去悠悠，万里临边玉塞秋。肯使龙蛇据山泽，直教狐兔匿林丘。一丝知否牵全局，大错何堪铸六州。孤愤满腔郁谁语，竟思披发大荒游。”“底事王郎斫地歌，敢将身世怨蹉跎。骨经锻炼丰裁峻，眼阅兴亡涕泪多。好友乍来棋一著，旧书补读砚重磨。朅来五夜闲吟惯，数尽残更跃鼓鼍。”“乍辞艰巨脱钩鱼，宦味萧闲意自如。官阁梅花春酒艳，天阶杨柳晓风疏。若非息壤难弥谤，岂是虞卿始著书。勘破云枯心止水，小园新辟濬清渠。”“风人雅旨托于诗，三复流连有所思。时事是非千古定，缠绵忠爱几人知。高情宁有饥寒惧，顾影谁怜冰雪姿。太息穷愁孟东野，象谁毁齿豹留皮。”“从来江汉郁云雷，士气而今消歇才。三顾谁论天下计，九边未见战云开。汉皇前席难为用，骚客离魂招不来。金粟堆前松柏老，人间谁唱得龙媒？”才思俊逸，气象雄杰。读此诗，觉诸葛亮之羽扇纶巾，羊叔子之轻裘缓带，犹未足拟其风雅也。

二八

河南陆子明，性豪爽，曾任南洋爪哇某校教职。余初不相识，南游后，晤于巴城，因订交焉。子明好吟咏，所为诗多不经意，然往往有精警可诵之句。曾记其七绝一首云：“西走咸阳北雁门，中原到处唤黄魂。铸成十万横磨剑，只为仇雠不为恩。”颇有雄豪之概。又《吊万丹王故宫》一律云：“一片残碑矗道旁，万丹雄主旧时场。故宫冷落埋荒径，遗垒依稀卧夕阳。战死原甘为厉鬼，偷生未肯作降王。当年霸气今消歇，赢得千秋姓字香。”第三联英气奕奕，不亚吴道子写生之笔。噫！吴夫差不受甬东之封，饮剑而死，后人壮之，今万丹王一南蛮之酋长耳，不谓雄心壮志，亦足以震耀古今。彼受四万万人之托付，不思为国家尽力，伈伈伣伣，甘受外族之欺陵，而对于国内同胞，则日肆其蛮力，若而人者，读子明此诗，定当愧死矣。

二九

阮孚金貂换酒，千古播为美谈。余乡唐薇卿先生，主讲蓉湖经舍时，编者按："蓉湖"当作"榕湖"。曾出"典衣买菊"诗题课士，有张某七律二首云："小园秋好且勾留，却少寒花点缀幽。扫径尚迟良友至，开箱先与细君谋。轻衫持去书新券，归路拚将插满头。一事古人差仿佛，青莲换酒脱貂裘。""爱花清兴未阑珊，搜箧休云割爱难。质库偿他三倍利，疏篱供我一秋看。始知佳色来非易，从此吟肩耸更寒。堪笑豪门夸富贵，黄金偏买牡丹看。"风人韵事，足与金貂换酒，并传千古矣。又周某有《晓起闻卖花声》二律，亦应先生校课之作，附录于后。诗曰："晓起书窗报嫩晴，无端花市送春声。双鬟松绿妆慵理，一路呼红耳乍倾。似共莺歌齐宛转，陡惊鸳梦不分明。最怜雏婢搴帘听，疑隔房栊唤小名。""清晨唤醒画楼春，最是儿家听倍真。有价先寻金粉地，此声偏动绮罗人。昨宵雨迹迷深巷，同伴花资赠隔邻。况复卖饧天气暖，来宵红紫更翻新。"浓艳清新，雅与题称。

三〇

余乡张婉依女士，性耽书史，工吟咏，著有《绿梅花馆吟草》。未嫁而夭。所为诗词，多涉哀感，言为心声，宜乎其不永年也。兹录其《自輓》四律云："夜半风声挟雨声，一灯如豆暗魂惊。生原是幻无非寄，死尚难忘独有名。草草年华归短劫，匆匆幽梦隔三生。醒来不禁临风笑，此事须知亦近情。""生死虽然各异途，来踪去迹未模糊。百年事业终归尽，一枕荒唐谅不诬。聊向梦中骑幻蝶，怕从花底听啼乌。凄惶欲问幽冥路，亦有金闺绮阁无。""一梦迷离赋《大招》，凄风咽雨碧天寥。柔魂缥缈怜孤影，热泪飘零泣暮潮。栀子香浓空惹恨，海棠力弱不禁销。生平最是难忘处，多少名篇手自钞。""瞬息韶华念四年，归踪应返四禅天。花飞绮阁馀残锦，月冷吟窗有断笺。一梦已成蕉下鹿，寸心原是水中莲。三生慧业都休问，合赋《招魂》第二篇。”情词哀感，于此可见一斑。又《除夕咏雪》一律云：“腊鼓声声报岁终，纷纷瑞雪满雕栊。卷帘错认梨花月，把笔偏吟柳絮风。残腊只随今日尽，好春都待隔年逢。羊羔酒熟诗情健，银海光摇烛影红。”此则兴会淋漓，与前数首诗境迥异，然此类集中殊不多见。又《待月》寄调《虞美人》五阕云：“耐寒独自窗前坐，没个红炉火。待看明月上雕栊，争奈嫦娥深避广寒宫。　夜深犹自慵临镜，那管离人闷。三分怨与七分愁，并作十分幽恨在心头。”“几回怕见银蟾影，为恐添愁恨。早垂帘幕掩重关，独抱一腔幽意向邯郸。　者番愁绪浑无着，拟对嫦娥说。偏他终夜只朦胧，恰是玉人深病绣帏中。”“莲花漏急铜壶泻，又是更残也。鸭炉香冷水沉烟，寒气侵肌陡觉缕衣宽。　浓愁压损眉峰翠，已分成憔悴。倩谁传语问嫦娥，知否宵来赢得泪痕多。”“晨曦渐渐明窗纸，错认心惊喜。卷帘惟见晓星稀，始觉一宵空自太情痴。　离魂销尽罗衣重，那有邯郸梦。回头腊泪已成堆，賸有中心一寸不曾灰。”“残宵易尽愁无尽，酿得朝来病。病愁自解自相怜，镇日临窗伏枕思恹恹。　妆迟岂是耽娇懒，只为柔肠断。就中多半未分明，应怪如何直恁不关情。”又《忆萝月》云：“浇愁无酒，独自沉吟久。心是梧桐身是柳，禁得怎般消瘦？　生来不解眉颦，秋风断送痴魂。一样闲庭凉月，恼人最是黄昏。”《卜算子》云：“酒边诗思空，眼底莺花过。　抹凉痕上碧纱，幽梦残钟破。　闷已没支持，愁更如何可。秋雨秋风黄叶堆，著个伤心我。”《踏莎行·咏晓妆美人》云：“暖日烘檐，凉飔穿牖。开帘花气浓薰袖。云鬟绿腻玉钗斜，枕痕红晕胭脂透。　一味悲秋，三分病酒。镜中影比年时瘦。长眉原不解愁颦，无端也学春山皱。”《送春》寄调《如梦令》云：“留也留他不住，一霎韶光忽去。肠断落花天，满径嫣红无语。风雨，风雨，添得离愁几许？”《重九前一夕夜雨》调寄《虞美人》云：“寒窗一夜风兼雨，凑合愁心绪。天公着意做重阳，不管凄风楚雨断人肠。　孤灯一点荧荧碧，黯淡浑如泣。秋声搅碎不堪听，独对瓶花如醉思冥冥。”以上诸词，均饶风韵，合而观之，词似较胜于诗也。

三一

善化何镜海先生，以行伍出身，官至道员，工诗，著有《镜海诗稿》。稿中佳句，以《无题》为多。余幼时酷爱之，讽诵常不去口。今强半遗忘，所能仿佛记忆者，尚有十馀首，录之于后。诗曰："锦鞯金勒七香车，回首城南碧玉家。花绽小红初系马，树多垂柳好栖鸦。寒云吹断不成雨，丽日当空散作霞。襟上酒痕衣上泪，那堪重与诉琵琶。""漫说蓝桥是夙因，青衫红袖两风尘。飘零岁月人如昨，掩映珠帘梦似真。中酒情怀还对月，落花时节易伤春。汉皋玉珮分明在，不比陈思赋《洛神》。""欲把红儿赋百篇，泥他酒后与花前。翠裙仿佛三千拜，锦瑟凄凉五十弦。罗袜已随香共冷，镜台空祝月同圆。尘缘未断仙源隔，可许飞琼下九天。""银钩初控月三更，地久天长此夜情。忍使明妃真远嫁，几曾红拂自宵行。陌头柳色春将老，楼上花枝眼独清。覆水敢言君薄倖，玉钗金盒证前生。""念四桥边两桨斜，悔将身世诉琵琶。薛涛旧是韦皋误，神女生憎宋玉夸。空谷卖珠珠有泪，重泉埋玉玉无瑕。可怜七尺珊瑚树，不及东风陌上花。""见日无多别日长，碧云深锁莫愁堂。宓妃自是怜曹植，神女谁云恋楚王？银烛蜡消愁听漏，茜纱窗暖暗闻香。愿凭青鸟传言道，一首诗成一断肠。""棠梨花发已经年，旧事思量一惘然。杜宇啼残还有血，炉香消尽更无烟。云迷楚岫风初定，凤去秦楼月又圆。为问女娲今在否，可能炼石补情天？""悠悠银汉隔蓬莱，何日重逢倦眼开。杜牧钟情仍是恨，左思无貌却多才。梦中蛱蝶飞长倦，天际青鸾望不来。寄语瑶池诸女伴，碧桃虽好不须栽。""金雀搔头翡翠钿，谢娘风致本娟娟。鸟非鹦鹉人休避，花是琼瑶蝶亦仙。佳句巧能调宋玉，深情端底负非烟。刘郎久厌人间世，却怪天台有夙缘。""飒飒凉飙动百忧，暮天人倚夕阳楼。阮生善哭偏无路，王粲多愁易感秋。弱柳莫教风骤舞，残花空逐水东流。年来尘虑都消尽，醉卧清江范蠡舟。""滴尽铜龙梦不成，眼前风景感离群。玉豁才调神仙侣，杜牧风狂薄倖名。洛浦寒波涵夜月，杉湖微雨断春莺。玉琴休谱求凰曲，回首当年泪已倾。”“罗绮休从时世妆，锦韉不羡善和坊。谈禅未必输龙女，击剑何曾逊隐娘。十载莺花思峤岭，半帆风月梦潇湘。怜卿更念卿怜我，话到沉沦总断肠。”“棨戟门庭冠列侯，锦衣白皙旧风流。分明造膝难为语，才学低眉已自羞。此别可能重会面，临行那得不回头。杏花春雨江南梦，翠袖单寒独倚楼。”“不怨东风只自嗟，懒施膏沐对菱花。何曾剑术输红线，若论才名逊大家。狡狯偶然抛玉颗，幽娴犹可试宫砂。秦淮水榭长千里，忍令哀吟赋落华。”“藏娇休说屋成金，一寸愁肠万感侵。匝地落花春后恨，在天孤月夜来心。定知故剑非无意，况识焦桐自赏音。百幅鸾笺千种恨，镜台今日几沉吟。”“洗尽繁华却翠钿，瓣香经夜礼金仙。鸟非精卫难填海，石遇娲皇莫补天。已分乌衣辞故国，无端锦瑟思华年。沈园桥下春波绿，犹向西江望月圆。”清丽缠绵，置之玉谿生集中，几不能辨。余爱之深，故不避钞胥之诮，特将所能记忆者，尽录存之。世有与余同癖者，必以多多为善也。

三二

德清俞荫甫先生，经学家也，五年前，得阅其诗稿，读至终篇，殊少惬意处。惟记有《咏西瓜灯》四律，典雅贴切，且有寄托，洵为此题杰作，特追录之。诗曰：“一场瓜战夜初停，幻出团圞满月形。圣火养成千岁绿，仙丹炼就十分青。擎来何减琉璃椀，望去偏疑翡翠屏。不是金刀能割膜，痴皮那得化空灵？”“剥尽层层皮与肤，此中原自费工夫。光明岂减燃脐董，空洞真成剖腹胡。笑尔烛奴无位置，比他云母略模糊。世间何物堪相拟，只有回回青亚姑。”“宵深移近读书堂，伴我青灯兴更长。要使腹中无磊块，自然顶上有圆光。莫嫌焰焰膏将灭，只觉荧荧火亦凉。不解朱门歌舞地，高烧红烛照红妆。”“漫说光华竟夕增，居然清似一轮冰。也同天上青藜火，不比人间黑漆灯。我辈生涯原淡淡，个中消息自腾腾。玉堂不少青莲炬，让与西清旧友朋。”此题不难于刻划，而难于寄托。先生四诗，于刻划之中，仍寓深远之意，故称佳构。

三三

七绝之工，难于七律。盖七绝以意胜，有词无意，亦不足观也。前见某报载有七绝若干首，下署啸郙，不知其为何许人。余爱其丰神秀韵，特录存之，兹更择尤，钞录数首，实余《诗话》。《瓜渚》云："树接平堤草满汀，花飞两岸短长亭。怪他山色偏分别，只在江南一带青。"《燕子矶》云："燕子何从化作矶，苔深片石羽毛肥。年年高卧非关懒，许大江南没处飞。"《青溪即事》云："粉墙红扫落花痕，一带楼台树影昏。雨细风斜帘未卷，纵无人在亦销魂。"《出郭》云："乍晴出郭日初长，草浅沙柔柳欲黄。一样春风分厚薄，梅花吹老杏花香。"《春寒》云："炉火从新簇夜阑，阴霾天色太无端。东风欲酿梅花雪，故作春深料峭寒。"《访友人村居》云："柴门松径竹篱笆，一样沿村十几家。遥望即知君住处，春风墙角有梅花。"以意运词，迥非空逞词华者比。又五律二首，《登北固山》云："扼要当京口，中流指顾间。天低全入海，岸远竟无山。铁塔应难朽，丹梯尚可攀。古来争战地，长此得宽闲。"《泊紫沙洲》云："紫沙明水际，泊岸各争先。乡远人千里，江空月一船。冷吟对花笑，薄醉枕书眠。宵柝无烦警，安危久任天。"写野景及旅况，历历如绘，亦佳作也。

三四

古今词客，往往喜为扶鸾之戏，又或故为清词丽句，托于神仙鬼狐之名，以自欺欺人。文人结习，牢不可破。刘芙初所书萧红仙子诗，亦其例也。诗云："翠袖佳人井臼操，洞天无力敢辞劳。片时万里攀龙角，一匹三年织凤毛。捣雪教成灵碧饭，烘霜亲制广寒糕。传宣奉敕裁宫锦，半夜踌躇下剪刀。"词旨瑰异，飘飘欲仙，虽非仙人手笔，读之亦可扑去俗尘三斗。

三五

吕惠如女士，诗工雅秀韵，前已钞录数首，实余《诗话》。兹更于故纸堆中，觅得昔年手钞数首，补录于后。《即景》云："疏林下黄叶，飞鸟倏已返。寒烟淡欲没，夕阳红更远。新诗不可吟，秋心托层巘。"

《长江舟中杂咏》云："念载京江路，重来认爪鸿。云栖高士宅，草绿寄奴宫。北固青山在，南朝铁骑空。幼安词笔健，感慨古今同。"《二月初三寓金陵第一楼》云："杨柳青青绾客舟，朅来此地共勾留。春生天上初三月，人在江南第一楼。贝阙蛟宫窥海藏，珠檠玉敦集名流。开筵且酌金陵酒，明日分飞各自愁。"《清明感赋》云："行乐原当及盛时，折枝须听杜娘诗。春风如水花如锦，泉下幽魂知未知？""郭外风回野哭声，纸钱飞处泪纵横。人间骨肉终难别，但愿生时各尽情。"数诗风华掩映，神韵悠然。七绝二首，尤哀感沉挚，足以激发读者天性，不仅赏其词句之工也。编者按：以上载第三集。

攄怀斋诗话

南　邨 撰

一

诗话之作，滥觞《小序》，唐宋以降，其制大具。盖其纪人事，绘风物，集一代之菁华，阐百家之妙绪，诗道因以大光，诗义因之愈露，厥功固甚伟也。而况岩穴毕登，残编罔遗，补史乘之不周，表幽光于沉没，亦世上不可少之典籍，又乌能与寻常文字，一例作娱玩观哉。

二

保邑僻处万山中，交通梗窒，民俗慓悍，然能文之士，代不乏人，亦山水之清奇有以胎胚之者也。予生晚，未获亲炙前贤，惟每于侍膳之馀，闻家君子述一时名辈，辄默志其万一。然疲驽善忘，不崇朝而十忘二三，困世以来，所忆更鲜矣。

三

田鹤亭，世居田家岗，乡贡士也。性散诞，才学极朴厚，为前辈中最负声望者。家君子尝从之游，先生赠诗曰："迁陵佳气育琼瑰，几度名流几辈陪。东道昔从三益友，（谓罗、李诸公。）南庄今赏二诗才。（兼称谢古溪。）幽兰十步闻香至，骏骨千金买价来。愧我衰年思力尽，也将老眼向君开。"先生佳句颇多，于当日诗坛中，独标一帜。而社友如罗、李诸君子，亦骎骎不相下。一日，群会于某园，刻烛赌诗，题为"南粤王"，限"文"字，以先成者胜。先生操笔直书，有句云："帝号终须让汉文。"于是座中咸赞服，因阁笔焉。

四

过桃源之诗，古今不少作者，如"草木自生无税地，子孙常读未烧书"之类，皆新颖可诵也。鹤亭先生一律云："红墙低亚水迢迢，何处溪烟锁野桥。山寺疏钟村艇酒，江楼明月玉人箫。喧天豺虎伤秦世，绝代衣冠想晋朝。隔岸渔家如可问，桑麻鸡犬定非遥。"风致娟娟，别饶感慨。

五

罗、李齐名，而李稍逊于罗，然论诗才，则两无多让也。李字南支，官至同知，所为诗亦无完本，予家旧有杂钞一册，载其遗章若干首。予尤爱其《古意》一篇云："桃花三月开，桂花八月黄。妾年才十五，误嫁读书郎。读书轻别离，去观上国光。不思早归来，留妾守空房。西风当户起，吹我罗衣裳。冷冷伤妾心，泪下自成行。不如嫁农夫，恩爱两不忘。郎耕陇上田，妾采陇上桑。树作连理枝，花作并头香。"又《悼亡》云："归宁曾约早还家，一日三秋望眼赊。那识西风黄叶里，扶来却是病人车。""参凉服尽药无灵，虔许高皇一藏经。唯望慈悲施法雨，偏然相遇忍观音。""夜雨孤灯一枕凉，携儿同上旧时床。娇生未惯同爷宿，梦里声声只唤娘。"情词凄凉，不堪卒诵。他如《山居》之"山多风雨门常掩，村有牛羊路不平"，俱有画意。

六

向笑吾，溆浦人，移居金陵，亦负诗名。生平风流放诞，诗多随意挥洒，然有不可澌灭者。予仅记其《小乔》一咏云："千古美人半可怜，小乔独有福齐天。江东嫁得周公瑾，又是英雄又少年。"地下蛾眉，闻之亦当色喜。晚年境遇不佳，豪情日减，遂为《疑梦吟》百首，盖以香温玉软之词，作暮鼓晨钟之忏也。就中如"门外青山埋骨好，世间红粉误人多"之句，皆过来人痛定语也。又其纳妾诗云："爱听邻家诸妹说，新来人似牡丹花。"亦颇风骚可味。

七

谢古溪，讳桂森，聪悟多辩，其生较晚于罗、李。生平作诗不多，而又经散失，故世几无人知之者。予仅识其《竹鸡塘》一章云："竹鸡塘里竹鸡啼，塘在湖天树里迷。白鹭鸶飞秋水阔，绿杨烟重晚风低。远山掩翠如横黛，软浪摇青要上堤。一片清光谁写得，蓼花红过断桥西。"一斑之窥，足见全豹。

八

余子刚与古溪同时，诗才极高。家君子尝诏予曰："使子刚不早死，其造诣正未可量也。"顾乃久困场屋，抑抑不得志，客京师，坎轲以死。遗稿无存者，世唯传其《送胡春舫守杭》一绝云："长沙一月作勾留，绿酒红灯夜夜游。寄语西湖小儿女，明年司马领杭州。"或谓此诗本一律，中两联既失，传者遂凑为绝耳。辛亥冬，予过潭城，晤哲臣，彼尝诵所得子刚先生之《秋感》八首，盖其旅都门时所作也。惜未获留稿，今惟记其七字云："经霜庭树杂新红。"此外则皆予所及见者，如熊瑞阶、向敏吾、李翰仙、方子东，凡三四辈。熊、向俱已即世，后嗣亦式微，其遗稿不可得。方又不得意于世，遁居乡曲，好谈堪舆、相术，为诗极少。然每出一什，法义极整，唯沉闷无流亮之致，是其病也。予不好读，故亦不能忆一语矣。

九

李翰仙于予家有葭莩亲，相貌颀伟，善诙谐，诗才亦清妙。录其《有斐亭》一律云："谁开避暑傍招提，只隔江尘不隔溪。松菊就荒陶令杳，(亭为邑宰陶公建。)楼台留与浪仙栖。(亭前有佛阁曰观音。)犬知客到迎门吠，鸟解禅参傍佛啼。鸥鹭忘机常过我，纸窗相伴到日西。"厥后忽好为冷词峭语，极意雕镌，如"两字芳名人定可，五更同梦夜何其"之类，浸入魔障矣。然予不读其近著，几二十年，今已归赋遂初，霜雪盈髩矣，想必庾信之文章老更成也。

一〇

与予同时之士，号称能诗，而其诗又予尝亲睹者，则有陈子哲臣。哲臣之能诗，予旧不闻。辛亥冬，偶于汉湘邂逅，煮酒言欢，茗话之馀，承挑灯录其近稿以示，盖谬目予为知诗者也。明日更以七律一章索和，诗曰："三年远隔湖南北，邂逅潭州两未期。萍水相逢偏絮语，容颜共道胜初时。樽前共劝客中酒，灯下同抄别后诗。儿戏世归途去好，共和酒国建诗旗。"予答之云："离乱亲朋多阻隔，逢君客里喜难期。欣看神采犹当日，惭愧飘零胜旧时。莫问黄粱皆是梦，且浮白著共论诗。更阑醉颊留馀渴，茗话重烹雨后旗。"

一一

哲臣有姊曰梦棠，吾乡闺阁中之麟凤也。聪慧能诗，首倡天足，且著为诗文，刊以劝世。如"频操井臼身无主，久立花阴动亦难"，及"月下嫦娥应笑问，卿何步步倚阑干"，俱可哦咏也。又《送弟》五字一首云:“送我黄花瘦,送君白雪飞。老梅千树冷,孤艇一身归。骨肉情多梗,风云愿又违。临歧浑怆恻,清泪满裳衣。”是则其近日所作,工力较前厚到矣。其弟曰叔纬,学诗习画,俱有可观。诗如《别姊》之“从兹隔秋水,何日侍诗坛”等句,居然圆劲可诵也。

一二

《竹枝词》本巴渝间俚歌,唐贞元中刘梦得守巴土,恶其里歌之亵陋,遂自著十二章,教市儿唱之,情词尽妙,于是艺苑中乃有此体。《竹枝》之作,其难殆不亚于诗,或且过之,盖其欲清新、欲隽永,而更欲雅俗共赏也。如世传之“收拾厨房挂着麻,红裙脱却步如车。邻东有事邻西去,记得姑姑要杏花”诸什,则是其正宗矣。予幼闻人诵《田家峒竹枝》二十首,词率鄙俚不足道,唯予家旧抄本有两章云:“垂髫弟弟慢前行,路在田边记不清。东岸桃花西岸柳,乱飞蝴蝶乱啼莺。”“屋边包谷十分收,火炕焦干满竹楼。老土财东真享福,热伏常煮腊猪头。”予绝爱第一章,窃谓此诗前后颇有悬殊,疑非一手之作也。又某学使有《五溪竹枝词》一章,亦隽峭可喜,而蛮溪土俗,因之可以想见矣。词曰:“五溪山水清且鸦,五溪女子会当家。五溪男儿不识字,火墨壁上画叉叉。”编者按:以上载第一集。

一三

西水发源于黔,西南流入湘境,后折而北,东流至沅陵之浦,与沅水合。其流域自保邑而下,凡三百里,险滩怪石,几占里之半,其名乃不下数十。而滩之最以险恶称者,则惟茨、凤。茨滩据凤滩之上游,相距约八九里,水流极陡急,然不若凤滩之悠长也。凤滩凡三叠,每间不逾百丈,立岸观之,若三凤之联翼而翔者,故名之曰“凤滩”。滩之左倚山枕河,有居人数十家,自成村镇。镇西首有伏波祠,祠中题联颇夥。祁文端公有二绝云:“伏波祠庙凤滩头,祠下滩声三叠流。賸有誓蛮铜柱在,勒铭不是汉家侯。”“茨滩滩水矫游龙,一线银涛万弩冲。最是山僧闲看客,夕阳红处寺楼钟。”镌以花楠,悬诸厅左,盖其视学溪州时所著也。“铜柱”二语,亦当时事。盖州属之会溪坪,有楚王马希范征蛮时所立之纪勋铜柱。公尝以此为赋题，场中人率误之为伏波旧事，故有“勒铭不是汉家侯”之语。

一四

易复三，诗才极清丽，风韵珊珊，读之神往。著有《迷[眉]心室悔存稿》一卷，刊诸都门。寄售处绝少，故颇难购得，予未之获览。尝闻哲臣诵一律云：“樱桃花下叩朱门，小别江南恨莫论。无可奈何空握手，不曾真个也销魂。春风杨柳人千里，秋水蘼芜梦一痕。惆怅画楼西畔月，更谁同到倚黄昏。”剩馥馀膏，溉人不少。

一五

文庭式，醴陵人也，工于倚声，所作多健迈不可当，豪气千斛，直流字里。有词钞一册行世。予雅爱其《浪淘沙》一阕云：“高唱大江东，惊起鱼龙。何人横槊太匆匆？未锁二乔铜雀上，那算英雄？ 杯酒酹长空，我亦飘蓬。被襟聊快大王风。长剑几时天外倚，直上崆峒。”

一六

暇日寡欢，小步市衢，见出售之画幅两帧，上有诗云：“野水平沙落日遥，半山红树影萧萧。酒楼人倚孤樽坐，看我骑驴过板桥。”“寻春独自到山家，寂寂柴门鸟语哗。流水半湾人不至，辛夷初放两三花。”颇清逸可喜。画亦简古，惜不着姓氏。惟第一绝，曾见之于《阅微草堂笔记》中。

一七

孙甚堂，浙江人，流宦成都，遂家焉。性和易，以风流自喜，故所为诗，专学《香奁》。予尝见其一绝云：“别时红泪点青衫，盼我青云志不凡。苦说扬州无好梦，至今犹忆语喃喃。”盖赠眷妓四章之一也。前秋相晤长沙，以萍水之逢，缔文章之友，赌酒战诗，极一时之乐。同寓曹振三，亦能事吟咏，犹忆和予《送别》二绝，有句云：“绝妙词章眼底留，敢因才短忌杨修。”恰好关合语，令人失笑。至今思之，亦一番佳话也。

一八

辛亥光复之前，予在武昌，睹时局日急，遂约同志数人，结“摅怀诗社”，以文字联知交。一时社中，健者如鲫，而以老友石音为最。石音盖予之畏友也，其所作诗，俱入本社诗词选中，兹不多赘，聊录一二章于下。《塞上曲》云：“日落平沙塞草黄，轻骑那识铁衣凉。尽擒胡虏交河北，夜半归来满地霜。”《无题》云：“碧玉堂西碧草齐，碧栏杆外月华低。夜怜私语鸳鸯病，鸟忆同心杜宇啼。春暖更教人缱绻，髩松无奈梦痴迷。银蟾渐转纱窗晓，恼杀催欢碧树鸡。”《杂感》云：“酒醒月如弓，兵戈离乱中。古人悲异域，吾亦怅飘蓬。徒作广武叹，空怜焦尾桐。丰城三尺剑，不复气如虹。”

一九

方子云诗云：“小亭四面叠云根，坐对浇愁酒一樽。西下斜阳东上月，一般花影有寒温。”眼前景，写来入妙，殆白石所谓“想高妙”者耶。

二十

予少宿舅家，于窗纸上见一诗云：“远山横黛水横腰，百尺红阑柳万条。中有骑驴人一个，灞陵桥上雨潇潇。”爱而识之。后读《蛰庐遗草》，乃知为集中隽作。集凡一卷，诗俱不恶，而五古如《剑阁》诸篇，尤精警可诵也。

二一

袁吉六聪慧好学，以文名于世，诗则鲜见也。丙午冬，予侨寓长沙，适与之同舍。相聚月馀，尝出诗稿示予。录其《口占》云：“扁舟不有脚，九次过洞庭。狂风吹水立，隔断君山青。”《西施咏》云：“才从女伴浣春纱，忽入姑苏拥翠华。养女竟成亡国恨，西家悔不若东家。”俱清健不落恒臼。五古学昌黎，亦极完整。

二二

卜萼生宰吾邑，治尚严厉，不得于大吏，以酷虐被参。去任之日，作诗四章，留别士民。一时和者不下百馀人，然无一能驾原作者。兹录其原唱云："宦海浮沉二十年，今朝归去始翻然。生成傲骨难为吏，偷得闲身便是仙。陆绩舟轻装有石，郑虔坐冷客无毡。飘茵堕溷寻常事，搔首何妨更问天。""一官簿领在岩阿，无计逢时可若何。巧宦耻居司马后，谤书翻类乐羊多。杯蛇弓影由来幻，市虎人言自古讹。三十三滩滩水恶，只凭忠信涉风波。""琴堂日日理棼丝，梦醒槐根有所思。毁誉姑随舆论定，廉能曾受大贤知。劳心苦志嗟何补，鞅掌勾机枉自持。庭桂不知人意懒，今年花胜去年时。""得失鸡虫未是真，者番来去悟前因。也知有泪挥耆老，自信无惭对鬼神。朝野政声思召杜，豫章风气慕徐陈。山川险隘苗民悍，抚缉还须望后人。"

二三

社友石音语予，尝见其窗友扇头一绝云："曾从海外访麻姑，闻道君山自古无。本是昆仑山上石，因风吹落洞庭湖。"颇奇警可喜，惜不知作者谁氏也。编者按：以上载第二集。

二四

颐和园去京师数十里，枕山襟湖，形胜天然。清孝钦后移千万海军经练费，创造斯成。危楼崇殿，砌玉泥金，较建章之万户千门，阿房之怀川庄地，犹无过其奢丽。词臣文士，题咏纷繁，类皆不能发皇《大雅》，衣被绮罗，亦时势有以禁格之也。民国既兴，王气中歇，翠华消沉，霓旌不至，珠宫贝阙间，游屐渐多，凭吊兴亡，益足歌咏。比见海宁王国维长词一首，佳丽无伦。以长庆之清词，写开元之艳迹，缠绵往复，感慨淋漓，诚此题之绝作也。词曰："汉家七叶钟阳九，澒洞风埃昏九有。南国潢池正弄兵，北沽门户仍飞牡。仓皇万乘向金微，一去宫车不复归。提挈嗣皇绥旧服，万几从此出宫闱。东朝渊塞曾无匹，西宫才略称殊绝。内殿频闻久论思，外家颇惜闲恩泽。六王辅政最称贤，诸将专征捷奏先。迅扫欃枪回日月，八荒重睹中兴年。联翩方召升朝右，北门独付元臣手。因治楼船凿汉池，别营台沼追文囿。西直门西柳色青，玉泉山下水流清。新锡山名呼万寿，旧流湖水号昆明。昆明万寿佳山水，中间宫殿排云起。拂水回廊千步深，冠山杰阁三重峙。嶝道盘纡凌紫烟，上方宝殿放祈年。更栽火树千花发，不数明珠彻夜悬。是时朝野多丰豫，年年三月迎鸾驭。长乐深严苦敝神，甘泉爽垲宜清暑。高秋风日过重阳，佳节坤成启未央。丹陛大陈三部伎，玉卮亲举万年觞。嗣皇上寿称臣子，本朝家法严无比。问膳曾无赐座时，同怀罕讲家人礼。六王小女最承恩，远嫁归来奉紫宸。卧起每偕宁寿主，笑谈差喜缪夫人。尊号珠连十六字，大官加豆依前制。别启琼林贮羡馀，更营玉府蒐珍异。月地云阶蔽上方，宫中习静夜焚香。但祝时平边塞静，千秋万岁未渠央。五十年间天下母，后来无继前无偶。却因清暇话平生，万事何堪重回首。忆昔先皇北狩年，属车常是受恩偏。因看批答亲教写，为制金章特与钤。一朝铸鼎降龙驭，后宫髯绝不能去。北渚方深帝子愁，南衙复遘丞卿怒。手夷端肃反京师，永念冲人未有知。为简儒臣严豫教，别求名族正宫闱。无端白日西南驶，一纪恩勤付流水。甲观曾无世嫡孙，后宫并乏家人子。提携犹子付黄图，劬苦还如同治初。又见法宫凭玉几，更劳武帐坐珠襦。国事中间几翻覆，近年最忆怀来辱。草地闲关下泽车，邮亭仓卒芜蒌粥。上相留都拥大牙，东南诸将翊王家。坐令佳气腾金阙，复道都人望翠华。自古忠良能活国，于今母子仍玉食。宗庙重闻钟鼓声，离宫不改池台色。一自官家静摄频，含饴无异弄诸孙。但看腰脚今犹健，莫道伤心迹已陈。两宫一旦同绵惙，天柱偏先地维折。高武子孙复几人，哀平国统仍三绝。是时长乐正弥留，茹痛还为社稷谋。已遣伯禽承大统，更扳公旦觐诸侯。别有重臣升御榻，紫枢元老兼黄阁。安世忠勤自始终，本初才气尤腾踔。复数同时奉语言，诸王刘泽号亲贤。独总百官称冢宰，共扶孺子济艰难。社稷有灵邦有主，今朝地下告文祖。坐见弥天戢玉棺，独留末命书盟府。原庙丹青俨若神，镜奁遗物尚如新。那知今日新朝主，却是当年顾命臣。离宫一闭经三载，绿水青山不曾改。雨洗苍苔石兽间，风摇朱户铜蠡在。云韶散乐久无声，甲帐珠帘即渐倾。岂谓先朝营鼎殿，翻教今日作尧城。宣室遗言犹在耳，山河盟誓期终始。寡妇孤儿要易欺，讴歌狱讼终何是。深宫母子独凄然，却似滦阳游幸年。昔去曾逢天下养，今来翻受属人怜。虎鼠龙鱼无定态，唐侯已在虞宾位。且语王孙慎勿疏，相期黄发终无变。定陵松柏郁青青，应为兴亡一拊膺。却忆年年寒食节，朱侯亲上十三陵。”

二五

检己酉家书，得家君手写《春柳》诗二章云：“春含绿意柳先知，弹指缫成满树丝。从此天涯多惜别，有人楼上正相思。谢娘才调传千古，张绪风流忆往时。回首杭州飘泊日，六桥烟雨最凄其。”“柔情缕缕意摇摇，舞遍山亭更野桥。攀折难禁羌笛怨，婆娑犹令老魂消。绝怜腰瘦惊风易，翻为春多作态劳。何处新栽最相忆，武昌无限短长条。”仲兄子言《消夏》七绝云：“炎炎夏日苦骄阳，喜得桐阴半亩凉。团扇缓摇闲散步，疏篱风过紫藤香。”“满院蝉声落照斜，绕篱行过比邻家。门庭清寂无他事，闲看园丁种菜瓜。”呜呼！墨沈犹新，而兄之亡有日矣。抚念旧迹，涕泪无已。书竟有残纸半幅，上系一绝云：“草草家书信手涂，墨痕浓淡影模糊。不须更问龙钟态，纸上分明见老夫。”亦家君手笔。风木崦景之惧，令人悚然。男儿至此，何以为情也。

二六

“绿醅新开菊正黄，与君薄醉倚秋光。人生无病无愁日，得意花前能几场？”此华亭张女士《对酌和外》诗也，艳情旷思，读之妒且羡。秋窗风雨，寂寞无聊，时复低吟，亦足以一消魂磊也。

二七

易淑班《除夕》诗云：“欲望儿成欣改岁，却愁姑老怕添年。”此真人间无可奈何语，读之黯然。

二八

郭筠仙抚粤，以不能筹饷，奉旨开缺。临行，赋《留别》诗有云：“积雨翻成曀曀阴，刺桐拂槛影萧森。粤台澒洞龙蛇窟，虞宛销沈草木林。尢纵诡随民病亟，是何濡滞主恩深。谁言肺腑干戈起，惭愧生平取友心。”盖郭之去，左文襄实忮之，故云云。

二九

洪秀全据金陵时，立女馆于秦淮间，令人自择配，设女官媒以司其事。惟月晦许同宿，馀日不得犯。上元吴家桢诗有云：“六军女馆重闲防，廿五娇娃聚一房。轮盼今宵逢月建，满城飞遍野鸳鸯。”即记其事也。

三〇

曩读《孽海花》，观其遣词敷事，颇有感兴，恨未能尽其书，时憾于心。近得樊樊山先生所为前后《彩云曲》读之，乃洞颠末。而原诗缠绵绮丽，词正义严，不愧一代作手。遂褁如下，以永风流。引曰：“傅彩云者，苏州名妓也。年十三，依姊居沪上，艳名噪一时。某学士衔恤归，一见悦之，以重金置为篴室。待年于外，祥琴始调，金屋斯启，携至都下，宠以专房。学士持节使英，万里鲸天，鸳鸯并载。既至英，六珈象服，俨然敌体。英故女主，年垂八十，雄长欧洲，尊无与并，彩出入椒风，独与抗礼。尝偕英皇并坐照像，时论奇之。学士代归，从居京邸，与小奴阿福奸生一女。学士逐福留彩，寖与疏隔。俄而文园消渴，竟夭天年。彩故与他仆私，至是遂为夫妇。居无何，私蓄略尽，所欢亦殂，仍返沪为卖笑计，改名曰赛金花。苏人公檄逐之，转至津门。虽年逾三十，而艳名不减畴昔。己亥长夏，与客谈此事，因记以诗。先是学士未第时，为人司书记，居烟台，与妓爱珠有啮臂盟。比再至，已魁天下，遽与珠绝。珠冤痛累月，竟不知所终。今学士已矣，若敖鬼馁，燕子楼空，唱《金缕》者出节度之家，过市门者指状元之第，得非霍小玉冥报李十郎乎？余为此曲，亦如元相所云，甚愿知之者不为，而为之者不惑耳。”曲曰：“姑苏男子多美人，姑苏女子如琼英。水上桃花知性格，湖中秋藕比聪明。自从西子湖船住，女贞尽化垂杨树。可怜宰相尚吴绵，何论红红兼素素。山塘女伴访春申，名字偷来五色云。楼上玉人吹玉管，渡头桃叶倚桃根。约略鸦鬟十三四，未遣金刀破瓜字。歌舞当先菊部头，钗梳早入《妆楼记》。北门学士素衣人，蹔踏毬场访玉真。直为丽华轻故剑，况兼苏小是乡亲。海棠聘后寒梅喜，待年居外明诗礼。两见泷冈墓草青，鸳鸯弦上春风起。画鹢东乘海上潮，凤凰城里并吹箫。安排银鹿娱迟暮，打叠金貂护早朝。深宫欲得皇华使，才地容斋最清异。梦入天骄帐殿游，阏氏含笑听和议。博望仙槎万里通，霓旌难得彩鸾同。词赋环球知绣虎，钗钿横海照惊鸿。女君维亚乔松寿，夫人城阙花如绣。河上蛟龙尽外孙，虏中鹦鹉称天后。使节西来娄奉春，锦车冯嫽亦倾城。冕旒七毳瞻繁露，槃敦双龙赠宝星。双成雅得西王意，出入椒庭整环佩。妃主青禽时往来，初三下九同游戏。妆束潜随夷俗更，语言总爱吴娃媚。侍食偏能餍海鲜，书报亦解缮英字。凤纸宣来镜殿寒，玻璃取影御床宽。谁知坤媪山河貌，只与杨枝一例看。三年海外双飞劲，还朝未几相如病。香息常教韩寿闻，花头每与秦宫并。春光漏泄柳条轻，郎主空嗔梁玉清。只许大夫驱便了，不教琴客别宜城。从此罗帐怨离索，云蓝小袖知谁托。红闺何日放金鸡，玉貌一春锁铜雀。云雨巫山枉见猜，楚襄无意近阳台。拥衾总怨金龟婿，连臂犹歌《赤凤来》。玉棺昼下新宫启，转麈王郎长已矣。春风肯坠绿珠楼，香径还思苎萝水。一点奴星凭玉台，樵青婉娈渔童美。绕帷尚挂郁金堂，飞去玳梁双燕子。那知薄命不犹人，御叔子南先后死。蓬巷难栽北里花，明珠忍换长安米。身是轻云再出山，琼枝又落平康里。绮罗丛里脱青衣，翡翠巢边梦朱邸。章台依旧柳毵毵，琴操禅心未许参。杏子衫痕学宫样，枇杷门傍换冰衔。吁嗟乎，情天从古多缘业，旧事烟台那可说。微时管蒯得恩怜，贵后萱芳成弃掷。怨玉争传紫玉钗，春游未遇黄衫客。君既负人人负君，散灰扃户知何益？歌曲休歌《金缕衣》，买花休买马塍枝。彩云易散琉璃脆，此是香山悟道诗。”编者按：以上载第四集。

三一

《后彩云曲》引曰：“光绪己亥居京师，制《彩云曲》，为时传诵。癸卯入觐，适彩云虐一婢死，婢故秀才女也。事发到刑部，问官皆其相识，从轻递籍而已。同人多请补记以诗。余谓其前随使节，俨然敌体，鱼轩出入，参佐皆屏息鹄立。陆军大臣某，时为舌人，亦在引列。后乃沦为淫鸨，流配南归，何足更污笔墨？顷居沪，有人于夷坊见之，盖不知偃蹇几夫矣。因思庚子拳匪之乱，彩侍德帅瓦尔德西居仪鸾殿，尔时联军驻京，惟德军最酷，留守王大臣，皆森目结舌，赖彩言于所欢，稍止淫掠，此一事足述也。仪鸾殿灾，瓦抱之穿窗而出。当其秽乱宫禁，招摇市廛，昼入歌楼，夜侍夷寝，视从某侍郎使英德时，尤极烜赫。今老矣，流落沪渎，仍与厕养同归，视师师白发青裙，就檐溜濯足，抑又不逮。而瓦酋归国，德皇察其秽行，卒被褫遣。此一泓祸水，害及中外文武大臣，究其实，一寻常荡妇而已。祸水何足溺人，人自溺之，出入青楼者可以鉴矣。此诗著意庚子之变，其他琐琐，概从略焉。”曲曰："纳兰昔御仪鸾殿，曾以宰官三召见。画楼珠帘谒御香，金床玉几开宫扇。明年西幸万人哀，桂观蜚帘委劫灰。虏骑乱穿驿道走，汉宫重见柏梁灾。白头宫监逢人说，庚子灾年秋七月。六龙一去万马来，柏灵旧帅称魁杰。红巾蚁附端郡王，擅杀德使董福祥。愤兵入城恣淫掠，董逃不获池鱼殃。瓦酋入据仪鸾座，凤城十家九家破。武夫好色胜贪财，桂殿秋清少眠卧。闻道平康有丽人，能操德语工德文。状元紫诰曾相假，英后珠旒并写真。柏灵当日人争看，依稀记得芙蓉面。隔越蓬山二十年，琼华岛畔邀相见。隔水疑通银汉槎，催妆还用天山箭。彩云此际泥秋衾，云雨巫山何处寻。忽报将军亲折简，自来花下问青禽。徐娘虽老犹风致，巧换西装称人意。百环螺髻满簪花，全匹鲛绡长拂地。鸦娘催上七香车，豹尾银枪两行侍。细马遥遵辇路来，袜罗果踏金莲至。历乱宫闱飞野鸡，荒唐御座拥狐狸。将军携手瑶阶下，未上迷楼意已迷。骂贼翻嗤毛惜惜，入宫自诩李师师。言和言战纷纭久，乱杀平人及鸡狗。彩云一点菩提心，操夷獠在纤纤手。胠箧休探赤侧钱，操刀莫逼红颜妇。始信倾城哲妇言，强于辩士仪秦口。后来虐婢如虺蝮，此日能言赛鹦鹉。较量功罪相折除，侥幸他年免环首。将军七十虬髯白，四十秋娘盛钗泽。普法战罢又今年，枕席行师老无力。女闾中有女登徒，笑捋虎须亲虎额。不随粲弧卧花单，那得驯狐集金阙。谁知九庙神灵怒，夜半瑶台生紫雾。火马飞驰过凤楼，金蛇談䑛燔鸡树。此时锦帐双鸳鸯，皓躯惊起无襦裤。（见古乐府。）小家女记入抱时，夜度娘寻凿坏处。撞破烟楼闪电窗，釜鱼笼鸟求生路。一霎秦灰楚炬空，依然别馆离宫住。朝云暮雨秋复春，坐见珠粲和议成。一闻红海班师诏，可有青楼惜别情。从此茫茫隔云海，将军也有连波悔。君王神武不可欺，遥识军中妇人在。有罪无功损国威，金符铁券越消毁。叹息联邦虎将才，终为旧院蛾眉累。蛾眉重落教坊司，已是琵琶弹破时。白门沦落归乡里，绿草依稀具狱词。世人有情多不达，明明祸水褰裳涉。玉堂鹓鹭愆羽仪，碧海鲸鱼丧鳞甲。何限人间将相家，墙茨不扫伤门阀。乐府休歌杨柳枝，星家最忌桃花煞。今者株林一老妇，青裙来往春申浦。北门学士最关渠，西幸丛谈亦及汝。古人诗贵达事情，事有阙遗须拾补。不然落溷退红花，白发摩登何足数？”

三二

田鹤亭先生诗，旧曾录之实诗话，近复收得二律，一为《南粤王》，即当日罗李搁笔，压倒元白者也。诗曰：“扫尽秦灰与楚氛，粤王梗命诏书焚。舆图不肯归刘季，帝号终须让汉文。兵甲百蛮开绣壤，桄榔一曲唱钗裙。老夫也有风流意，扬燧曾夸赵氏坟。”其一为《会溪坪铜柱》，诗曰：“八蛮不与九州同，半壁南天一柱封。宝气流光滩有凤，神峰倒影水游龙。至今牧竖敲碑火，终古河山靖塞烽。过客漫增兴废感，马王祠庙认芳踪。”脂粉不施，自是力学人本色。

三三

罗子源诗才极清丽，每读其残篇，辄有裁花戛玉之想。如《碧沙》云：“碧沙窗外午风凉，小院无人昼漏长。把卷不知春已去，落花红上读书床。”《桃源道中》云：“度尽山层与水层，桃源回首失峻嶒。大心似爱五溪好，不放青山到武陵。”《花枝》云：“花枝月上夜迢迢，门掩银屏香懒烧。一枕清寒眠不得，可人天气可怜宵。”语言灵妙，想见公子之翩翩。一才子之名，何尝诬负哉！

三四

老友蓝田，摅怀社中旧吟侣也。从军万里，不见经年。比知南村有诗话之辑，抄寄数语，菉之以永风流。和予“红粉青衫涕泪新”韵云：“黄绢千端蚕尾苦，青衫一领酒痕新。”《咏史》云：“一剑龙蛇分楚汉，杯羹父子况君臣。”《保阳感怀》云：“燕赵已无豪侠气，澧沅犹有芷兰香。”“三千世界花开遍，九万前程鸟倦飞。”“最是江关萧瑟后，陵夷雅颂待谁陈。”《咏春草》云：“花间不老英雄气，化作流萤尚有光。”皆可诵之句也。

三五

“韩园秋老汉宫荒，歌伎游归恋夕阳。塘内莲花千万朵，不知谁是美人香?”此大涤子自题墨莲句，风致娟娟，画亦清癯称逸品，亦一双绝之作也。

三六

纪阿男，诗人紫伯之妹，名映淮，著《秦淮柳枝词》。有“栖雅流水点秋光”之句，王阮亭极叹赏之，《秦淮杂诗》所云“十里秦淮水蔚蓝，板桥斜日柳毵毵。栖雅流水空萧瑟，不见题诗纪阿男”者是也。

三七

明初于金陵聚宝、石城、西关诸处，建轻烟、淡粉、梅妍、柳翠等十四楼，以聚四方宾客，有“花月春风十四楼”之称。厉樊榭《卖花声》云：“花月秣陵秋，十四妆楼。”盖是也。而秦伯虞太史《题板桥杂记》有云：“茉莉香中送晚凉，渡头桃叶趁潮忙。十三楼上春如许，草草山河已夕阳。”樊云门“调爽翁卜妾秦淮”《高阳台》词亦云：“堕策闲坊，一株红柏遮门。十三楼下秦淮碧，侧乌丝、亲访桃根。”俱有“十三楼”之语，尚不悉所本。

三八

饶汉祥在湖北民政长任时，有献诗求用者。饶氏答以诗曰：“广厦无万间，大裘无万丈。惟有爱士志，方寸自来往。安得出肺肝，化作弥天网。鹏鸠与鹏鸟，巨细皆收养。近将挂冠去，身与心俱爽。白云倘可悦，与子同游赏。”此公狡狯，正复使人哭不得亦笑不得。

三九

吴佩湘女士著有《遗室吟稿》，诗清妙可诵。如《春日绝句》云：“流莺啼上绿杨枝，人倦纱窗刺绣迟。花压阑干寒食近，一帘微雨燕归时。”可见一斑也。编者按：以上载第五集。

四〇

戊戌被难六君子，最以名闻者厥为谭壮飞，生平诗文尤脍炙人口。湖南有郭四者，郭嵩焘之子，以文自矜，目空千古。尝评定前此文章之士，独谭浏阳得六十分，其他如韩、柳、归、方诸贤，率在四十分以下也。所为诗有《莽苍苍斋集》行世。说者谓其谨严豪放，才兼杜、苏。兹获其遗稿数章，迻录如下。《狱中题壁》诗云：“望门投止思张俭，忍死须臾待杜根。我自横刀向天笑，去留肝胆两昆仑。”《述怀》云：“海外羁身客影孤，模糊谁辨故今吾？事如顾曲偏多误，诗似围棋总讳输。燕市臂交屠狗辈，楚狂名溷牧猪奴。放歌不用敲檀板，欲借王敦缺唾壶。”《过战鸟山》云：“珠玉相生愧独顽，可儿豪胆镇心关。悲秋賸有桓宣武，雪涕重经战鸟山。”《罂粟米囊谣》一首，词曰：“罂空粟，囊无米，室如悬磬饥欲死。饥欲死，且莫理。米囊可疗饥，罂粟栽千里。非米非粟，苍生病矣。”《六盘山转饷谣》云：“马足蹩，车轴折。人蹉跌，山岌嶪。朔雁一声天雨雪。舆夫舆夫尔勿嗔，仅用尔力，尔胡不肯竭？尔不思车中累累物，东南万户之膏血。呜呼车中累累物，东南万户之膏血。”《宋徽宗画鹰》云：“落日平原拍手呼，画中神俊世非无。当年狐兔纵横甚，只少台臣似郅都。”《秦岭韩文公祠》云：“绿雨笼烟山四围，水田千顷画僧衣。我来亦有家园感，一岭梨花似雪飞。”“自题小照”《望海潮》词云：“曾经沧海，又来沙漠，四千里外关河。骨相空谈，肠轮自转，回头十八年过。春梦醒来波。对春帆细雨，独自吟哦。惟有瓶花，数枝相伴不须多。　寒江才脱渔簑。剩风尘面貌，自看如何？鉴不似人，形还问影，岂缘酒后颜酡？拔剑欲高歌。有几根侠骨，禁得揉搓？忽说此人是我，睁眼细瞧科。”又有《天香亭联》曰:“鸠妇雨添三月翠,鼠姑风里一亭香。”《夕佳楼联》曰:“夕阳山色横危槛,夜雨河声上小楼。”俱皆隽丽。

四一

谭复生之次有唐才常,世称浏阳二杰。戊戌之变,才常痛极,欲航海复仇不果。唐子汉口之役,事败被难,论者痛之。素所为诗,传者甚少,仅就见闻所及,一一录之,片羽吉光,亦足以景行一世也。《赠友》云:“沉沉苦海二千载,叠叠疑峰一万重。旧衲何因困虮虱,中原无地走蛇龙。东山寥落人间世,南海慈悲夜半钟。用九冥心湘粤会,行看铁轨蹋长空。”又一绝云:“叶叶天心不可常,茫茫尘世几沧桑。灯花剑蕊深深绿,海国自多南面王。”其輓谭浏阳联云:“与我公别几许时,忽警电飞来,恨不携二十年刎头交,同赴泉台,唯赢将去楚孤臣,箫声呜咽;近至尊刚十数日,被群阴构死,忍抛弃四百兆为奴种,长理地狱,只賸得扶桑英杰,剑气摩空。”血泪淋漓,为世传诵。

四二

林旭字暾谷,闽人,戊戌六君子之一,诗文不多见。顷得其《感秋》一首云:“清晨负手行,蟋蟀鸣我前。因知秋气厉,感此悲流年。病夫日掩户,一月不窥园。颇闻梧桐树,飘叶聚其根。岁寒皆黄落,而汝胡为先。我将种长松,不与时推迁。小庭数盆花,青青亦堪怜。但觉凄清意,莫向西风前。”又赠杨叔峤短篇云:“窗外丁香玉雪色,窗下两生坐太息。可怜太息空尔为,舍人县令官秩卑。朝出空遮征史车,暮归还草相公书。宗庙神灵三百春,即今将相未无人。言战言守言迁都,三十六策他则无。深宫迫念先朝痛,根本中关敢轻动。投鼠忌器空持疑,馁虎割肉有尽时。书生不自有科第,能为国家作麽计。东家翰林尽室避,犹闻慷慨排和议。”怊怅愤郁,读之心恻。

四三

林颂亭,闽人,辛亥光复时,曾充宁军都督。军书之暇,时及文事。《破天堡城马上口占》云:“大好乾坤付战尘,六朝□(编者按:此处原缺一字。)月伴吟身。依依无恙钟山树,应认江南旧主人。”《入太平门》云："降旛高竖石头城，日照雄关万角声。如此乾坤收一战，依然还我汉家营。"叶楚伧以为武人吐属，自尔雄豪，衡以绳墨，便非颂亭知己。

四四

秋侠诗文，有集行世，章太炎先生序之，以为其语婉靡，若不称其情性。比获其遗稿《红毛刀歌》一首，雄俊豪肆，锋不可婴，录之楮末，足徵英概。诗曰："一泓秋水净纤毫，远看不知光为刀。直骇玉龙蟠匣内，待惊雪雨腾云霄。传闻利器来红毛，大食日本羞同曹。濡血便令骨节解，断头不俟锋刃交。抽刃出鞘天为摇，日月星辰芒骤韬。斫地一声海水立，露锋三寸隐风号。陆刳犀象水裁蛟，魍魉惊避魑魅逃。遭斯刃者凡几辈，髑髅成台血涌涛。刀头百万冤魂泣，腕底乾坤杀劫操。朅来挂壁暂不用，夜半鸣啸声疑鸮。英灵渴欲饮战血，也如块磊需酒浇。红毛红毛尔休骄，尔器诚利吾宁抛。有强在人不在器，区区一刀焉足豪！"

四五

冯华甫与袁总统府女教习周女士，结婚于白门，易实甫以四律贺之，典丽新款，一时佳著。菉之如下："银屏却扇写春词，春占梅花第一枝。大树不言符雅度，小乔初嫁想雄姿。娶妻事在封侯后，待字天留择婿时。久阙鸳鸯原有意，(用待阙鸳鸯社事。)《采蘋》教赋《召南》诗。""元戎车迓七香车，象服山河见六珈。生佛本同曹武惠，女师宜配宋昭华。卿卿卿我用卿法，将将将兵本将家。从此南唐多韵事，评书闲覆掌中花。""北门锁钥福能消，岂比西川得玉箫。廿八辰星夫婿贵，初三月子女儿娇。备尝煮粥芜蒌味，才解含苞豆蔻梢。画像麒麟一枝笔，还将桂叶两眉描。""斩蛟家世孝侯台，巾帼须眉意量恢。户万八千开国始，宫三十六小春回。若兰锦字输奇福，阿杜金钗费艳才。勋业公能立异域，不妨蜡泪滴成堆。"

四六

徐元叹诗清以凄，一唱三叹，钱虞山所谓"天宝贞元词客尽，江东留得一徐波”者也。有《寄楚僧寒碧》诗曰:“楚鬼微吟上峡谣,中元法食可相招。凭师为譬兴亡恨,雨打秋坟骨亦销。”

四七

担当和尚,明遗民也,工诗画,著有《橛庵草》。《题画》云:“僧手披霜色有无,千层林麓尽皆枯。尚望人斡坚如铁,画里何人识董狐?”“孤灯照影不胜情,近水茅堂冷气生。不待西风摇落尽,笔尖动处有秋声。”“过人穷壑总登临,应接还须策断藤。三昧在于无墨处,不须画里觅痴僧。”“地偏惟恐有人来,画个茅堂户不开。陵谷虽无前日影,老僧指点旧时苔。”逸语峭词,别饶感喟。

四八

熊瑞阶先生,为吾邑之硕士,诗文俱有精诣,而书法尤佳,名雄一世。惜坎轲终生,穷力糊口,著述之业,未遑留意也。身后益寥落,嗣绝家破,遗稿且不可求。尝于哲臣处闻其《拟诸将》五章,雄浑苍凉,允推巨制。事冗善忘,未获章表。今春又晤哲臣于沪上,乃请重诵之,转录如下:“龙兴战绩说松山,定难燕都入玉关。当日舆图呈益地,只今金缯出民间编者按:《丛编》本“僧”作“缯”。烽铠闪烁倭刀紫,炮火轰飞海日殷。塞外燕支山竟夺,辽东妇女已无颜。”“属国苏卿旧节标,海氛累岁未能消。虎贲遗报难追忆,雁足帛书久寂寥。辽海奇珍传捕蚌,汉廷服制重金貂。效灵河岳百年事,莫负馨香荷累朝。”“津门沽口日飞烽,仓卒遗忧到九重。汉冶邮传三辅远,秦关险恃一丸封。思归将士元公忆,留守军输萧相供。持重老臣赵充国,早将兵法寓三农。”“西羌曾筑受降城,出塞麾旄早建旌。宿卫中宫方拜命,登坛专阃未休兵。强藩尚待调停策,君侧何劳积秽清。万乘千骑巡幸地,莫将粉饰说承平。”“洞庭秋气逼人来,楚客蘅芜赋九哀。子弟湖湘曾报国,风尘澒洞此登台。好藏碧血收遗骨,为酹青燐一举杯。马革老臣原素志,回天畴是济时才?”编者按:以上载第六集。

四九

胡冠南,英多磊落之好男子也。少负大志,力谋光复,改革以还,曾充荆州驻守队参谋长，与唐某不合，为之挤而下狱，几瘐死。幸故人陈哲臣力与斡旋，四出呼拯，得免于难。然未几为权奴所谋，竟身殉焉，亦有心人之可为泣下者也。生平好为诗，慷慨悲歌，不拘常轨，故瑕瑜互见，然余徒耳其名而未读其诗也。顷闻哲臣诵一律云："啼鸟兴亡地，吴宫又楚楼。层楼横汉沔，一水隔孙刘。江影摇天碧，关声动地秋。英雄无旧业，山外夕阳流。"乃武昌怀古所作，清健雄浑，洵可传也。

五〇

乙卯仲春，望后五日，与傲吾、哲臣游西湖之孤山。归路过西泠桥，桥壁有诗曰："苏冯两小曾埋玉，岳于双忠更有坟。大好湖山无剩地，英雄儿女已平分。"异日又于三潭印月碣首见一绝云："雨细风斜欲断魂，山城水郭又黄昏。年时记得求浆处，一路桃花直到门。"语都新妙，惜其姓字模糊矣。

五一

徐子纯，保邑人，聪慧过侪辈。尝从田鹤亭先生问字，诗才极清妙，如《山馆即事》云："乱石危峰倚断霞，天开一隙住人家。三分水抱柴门曲，万缕烟腾茅屋斜。竹带风声疑是雨，槐筛月影散成花。笑侬未改痴狂态，得句时同野叟夸。"《无题》云："绿杨陌上旧游春，往事关心触恨频。一面竟教如隔世，三生敢望有前因。枕孤空堕相思泪，楼好莫安独宿身。招不见形挥不去，最难位置意中人。"

五二

不晤哲臣，三年于今矣，把酒重逢，欢笑何似。诵灯下同抄别后诗之句，因示余数章。如《题刘尧瀓遗照》云："漫从遗照叹模糊，飒爽依然莽丈夫。一死换将清社稷，几生争得好头颅。旧交慷慨俱新鬼，今我飘零愧故吾。极目中原无限感，睡狮初醒共谁扶？"《黄鹤楼题壁》云："危楼携酒独徘徊，无限牢愁问客杯。黄鹤高飞何日返，大江东去几时回？连天战骨埋芳草，匝地狂风卷霸才。三十功名尘与土，肯将闲恨动馀哀！"《客感》云："春申江上晚风时，沸耳清商动色丝。

此地不同桃叶渡，何人解唱《柳枝词》？诗中客意伤春早，病里家山入梦迟。不更倚楼舒望眼，海天辽阔易愁思。”《哭胡幼厂》云：“幼厂吾畏友，学道透真诠。拚洒腔中血，羞翻舌上莲。来同恢祖国，去独着先鞭。倘见群儿戏，知君定惘然。”《汉江即席》云：“新声重听旧日歌，江汉苍茫感逝波。剩有青衫拚一湿，那知情泪已无多。”又《怀人》十章，寄予一首云：“妙想秋云近几重，庭前兰玉更葱茏。自言诗是吾家事，未绝风流是此公。”

五三

何烈士铁笛，武陵人，与唐佛尘谋恢复，事败被僇。慷慨临刑，援笔赋诗，诗曰：“银铛铁锁出围墙，亲友纷纷送道旁。五百健儿齐护卫，万头攒孔看何郎。”“四万八千虫出入，五官五脏我原无。无人何苦争衡鉴，还我清虚一丈夫。”“痛哭君亲恩太厚，百千万劫不能酬。忠臣孝子今生了，且向龙潭掉臂游。”语虽浅率，而英多之气千古也。

五四

尝见郑斌《洛神》一幅，设色命笔，颇有逸致，系诗一绝云：“缕缕新愁不可论，美人芳草共沾巾。聊将楚客悲歌意，一为陈思为洛神。”又谢树臣《秋山夕照图》一幅，笔意亦高洁，诗与画称，诗曰：“野色连云迥，遥山隔岸青。秋光无限好，都属水边亭。”又倪墨耕美人四幅，则枯板无生意矣，惟诗尚有可采者，如《绿珠》云：“玉色金声总不如，石家金谷两名姝。美人要有英雄气，不写翾风写绿珠。”《李易安》云：“一剪酴醾身后春，篱门光景一怆神。秋山病马悲游子，苦雨凄风吊美人。吾辈情多天忌刻，大家才好命邅迍。流传尚有《花间集》，重研铅华为写真。”《李香君》二首云：“长板桥迷第几楼，溪声淮水尽西流。将军白马沈瓜步，义士黄冠哭石头。当日寡人能好色，古来天子惯无愁。中原三百年陵寝，只下孱王一酒筹。”“采云仙队化为尘，一曲清歌一美人。燕子演成亡国恨，桃花曾唱过江春。中兴战鼓留名士，南部烟花葬主臣。终古繁华问明月，照谁哀怨向谁论？”

五五

采石矶太白楼，千古名胜，墨客诗人，咏题不少。然光景流连之作，先生在上，藏拙为佳矣。近有人抄绝句四章相示云：“诗境重新太白楼，青山明月正当头。三生石上因缘在，结得梅花当蹇修。”“到此何尝敢作诗，翠螺山拥谪仙祠。颓然一醉狂无赖，乱写梅花十万枝。”“姑熟溪边忆故人，玉台冰彻绝纤尘。一枝留得江南信，频寄相思秋复春。”“太平鼓角静无哗，直北旌旗望眼赊。无补时艰深愧我，一腔心事托梅花。”寄托遥深，别有风味，乃雪琴彭公手笔也。按公少时，其邻女梅花见而悦之，托媪致意于公，公欣然首肯，然以势未果行，梅花亦中道夭。公感吊殊甚。生平善画兰，嗣此遂誓作梅十万枝以为报。墨间笔底，往往有无限低回，此诗之作，亦盖有故。吁，以公之刚介严正，而风流如此，譬之广平梅花，同为韵事，乃知情之一字，惟圣贤豪杰为尤多也。

五六

郑成功之雄才伟节，世概知之，惜所作诗文，流传绝少，亦崇拜英雄者之大憾也。书牍断简，尚有二三，音律之文，尤为难见矣。近闻人诵其一律曰：“破屋荒畦趁水湾，行人渐少鸟声闲。偶迷沙路曾来处，始踏苔岩常望山。樵户秋深知露冷，僧扉昼静任云关。霜林犹爱新红好，更入风泉乱壑间。”语致幽逸，极可宝传者也。

五七

长洲王紫铨，号天南遁叟，世所谓太平天国之状元公也。生平著述极富，名满寰中。近见其《纪梦》一律云：“灵箫墨会托神仙，今夕相逢休问年。事到难言卿自解，容谁可比我犹怜。花间玉笛凉无语，枕畔银釭照不眠。碧宇红墙原咫尺，重来未必隔人天。”又《闺兴》云：“疏桐阴底小庭幽，帘外溟濛雨未收。凉煞夜深花怯病，海棠花带一分秋。”又“有价始知官长贱，无求转觉布衣尊”，皆清妙可喜，想见其人。

五八

老友浪萍，血性男子也，其兄星门，亦风雅中人，嗜酒好诗，惜不多见。去冬承浪萍抄示数纸，弃之箧衍，久而半忘。近于书丛中检出，重诵一过，为录两绝云："十年沽酒拚常醉，醉后还凭酒解醒。共道先生何必此，那知半醒倍伤情！""陶情无过酒频斟，一斗一吟破寂岑。到眼人心都巧诈，何如我醉众皆醒！"侘傺半生，于此可见，亦足感矣。

五九

日将某氏，率师攻旅顺，凯旋日，军及国门，观者夹道，道窒不能前。颂德庆功，盛极一时。某氏马上口占云："王师百万平张虏，血战功成尸积山。愧我无颜看父老，凯歌今日几人还?"煦煦仁者之音，不愧名将。

六〇

许君鑫，字岘青，予之同学友也。诗才清丽，好为香奁艳体之音。昨由石音书中，得其《个人》四首，为录于下："牡蛎墙头屈戌横，碧阑干外少人行。三层阿阁宜栖凤，一带回廊好听莺。明月窗纱堆髻影，春风帘幕剪刀声。年来不问中门过，欲托游仙梦未成。""棠梨花发映凝脂，正是相逢乍嫁时。缟素衣裳偏绝世，竹青罗袜更多姿。画屏银烛闲描蝶，纨扇泥金教写诗。影事销魂休记省，十年情总为君痴。""银汉红墙一惘然，阿侬家住蓼桥边。芳心长似丁香结，弱质浑如荳蔻妍。倚竹情怀伤暮日，飘蓬踪迹误华年。江湖落魄归无计，肠断春来听杜鹃。""休论倾国与倾城，意总玲珑格总清。韩重未逢应有恨，云英初见便多情。墙头花影休嫌我，陌上桑条久谅卿。珍重北堂含泪说，玉钗恩谊待来生。"

六一

七夕诗，古今不少作者。近见汪菊友一绝云："神仙离合岂犹人，绮语幽情总未真。岁岁佳期在秋夕，可知天上不伤春。"颇饶别味也。

六二

往见京中某报，刊载《竹枝词》甚夥，以婉丽清新之笔，作热嘲冷讽之文，不惟浊世之然犀，亦一诗林之野史也。爰择其词尤雅驯者，录示后来："奇货争居别样珍，长安作客喜翻新。茗楼一角喁喁话，交易商量到党人。""名利奔驰顶易摩，六街冠盖有头陀。人人削发贪朱紫，仕宦红尘释教多。""金台旧例重求贤，第一推敲到俸钱。三百女闾齐额手，涎他买笑六千圆。""旧人冷落老何戡，红粉登台倍两三。试向梨园窥座客，女权真个胜于男。""春放繁花满苑狂，新华门外露瀼瀼。未图褒鄂功臣像，先赐嘉禾一等章。""不学时宜不古装，能传胡服武灵王。座中惨绿诸年少，新有髭须两角张。""珠娘窄袖更蛮靴，新髻双丫两点螺。衣领深深遮笑靥，最难得见是梨涡。""双陆传筹打马经，旧家遗物付彫零。今看艺事翻新样，镇日盘球斗四星。""短发西妆色色鲜，马龙车水过街前。同游携得如花貌，认取新来国务员。""笳吹边声微夕曛，元羊浩劫怆燕云。寻常兵队犹嫌少，京卫还兼拱卫军。""一剪情丝髩影收，红妆偏学女尼俦。独怜缠就双钩小，乍著坤鞋步履羞。""朱邸纷纷闭落晖，当年门巷故乌衣。天涯春草明年绿，未识王孙归不归?""崇楼俯瞰玉河明，美酒葡萄澈底青。一席清谈天下事，果然六国是纵横。"（六国饭店在南玉河桥下。）"森森老柏殿门扁，猎碣分行色黝青。古物保存犹有社，绕廊闲读十三经。""隔城山色俯青岚，槐柳新阴翠色参。最是芳朝梅雨后，满街烟水似江南。""贝子园林足避炎，归途斜日好风兼。五云车入西城去，十里迎凉尽启帘。""蛛网萦回电线斜，西城大半议员家。自从出席新添费，到院多于往日车。""嘉禾文虎大勋章，最好行时中将汤。莫笑共和名器滥，汉家厮养作侯王。""窄袖蛮靴色色新，招摇过市彼何人。比肩比翼循西例，马走双头车四轮。""促驾香车侬伴郎，让侬亲拣入时妆。集云楼下新鞋样，比较应输劝业场。""马路平平滑似油，逛街游庙说风流。松松发辫都拖背，爱好还梳革命头。""石船危峙海西楼，山色湖光眼底收。羞见鸳鸯七十二，背人双宿不回头。""飞莲新髻号东洋，双镜金丝半面妆。画舫人归风弄笛，满身俱带芰荷香。”“画里黄龙懒负舟，云深蓬岛任勾留。宫花寂寞无人管，十二珠帘不上钩。”“绿树阴浓笑语凉，暖风微透薄罗裳。满身花露香如海，故意攀条学采桑。”“一般志士嬾而娇，总说于今废早朝。卜昼未能都卜夜，汽灯如月照通宵。”“新翻乐府万年杯，兰蕙含芳取次陪。闻道白头谭贝勒，高歌仍媚贵人回。”“香厂繁华夜不收，氍毹新换女班头。若循供奉夷吾例，户户馨香赵倚楼。”（女伶入都自赵秉钧长民政始。）“近讯钟楼晒背翁，夥颐非复大王雄。沉沉内务编新姓，不在包衣佐领中。”“末路飘零几旧僚，中山名姓注云霄。白头不拜新承旨，珠串花翎事早朝。”“宣南回望路漫漫，炸子桥边树叶丹。僵卧千年醒不得，惊心秋色满长安。”“世界花花一冶游，居然总长号风流。莫讥开府名称独，南北遥遥两太邱。”“电钮斜排灿若星，新舒天足更娉婷。旧妆不喜灵蛇髻，额际梳成蛱蝶形。”“暂借南河作市场，游人连袂纳清凉。最怜甲第长安女，犹倚阑干看夕阳。”“一例翻新若病狂，改良花样到裙裳。笑他黄发鬅鬆甚，也学江南革命妆。”“新国人才重佩章，招摇过市亦堂皇。一枝花向胸前插，道是连朝开会忙。”“彩门频札北山松，花样玲珑又几重。不是欢迎便追悼，车如流水马如龙。”“牛鬼蛇神尽上场，鞠躬还比磕头忙。京华冠盖而今异，文武新穿外国装。”“蒙藏风云脑后丢，党争誓不与干休。诸君纵使能参政，筑室还愁是道谋。”“议员薪水六千强，论少争多细较量。借款终朝称反对，手中偏爱李鸿章。”（钞票有李像。）（编者按：以上载第七集。）

六三

唱经堂主人云：“诗至五六，始发亮音。”尝味斯言，殊有至理。盖律诗五六，世称腰联，承上起下，为全诗之大关键处。譬之人身之有腰也，腰健则足健，而周身皆健。故诗贵结句佳，而尤贵腰联佳。木本水源，此势理之自然者也。且以全诗而论，首联破空而起，颈联承意而下，末联结束全篇作一收煞，其气皆促，其势皆专，求所谓慷慨低回，一唱三叹之致，固非寓之于五六不可。试读古诗，便会此意，故予以“诗至五六始发亮音”为见到之言，而益见诗之五六之可矜可贵也。学者于此，可不精潜以求之哉。

六四

余子刚先生诗，凄清流丽，吐属清超，诗话中已谈其梗概。兹复得其《秋感》八首，乃先生旅食都门时所作，诗传而先生客死矣。身后萧条，遗文灰灭，书经秦火，一字千金，片羽寸纨，弥增宝贵也。亟录之云：“极目天涯万感侵，京华濡滞到而今。孤鸿未展冲霄翮，老骥空为伏枥吟。一笛梅花迁客思，九秋篱菊故园心。中郎去后知谁嗣，虚抱焦桐待赏音。”“少年得意气如虹，岂肯低头草莽中？学侠不嫌同画虎，为儒终悔困雕龙。迢遥栗里书难寄，咫尺蓬山路未通。最是旅怀难着处，深宵惟对一灯红。”“一生事业耻因人，阨运偏教志未伸。万事关心悲老大，八年回首悔风尘。相如尚有昂藏气，季子都无肺腑亲。浊酒称贤清酒圣，朝朝沽取莫辞贫。”“无端佳节又重阳，客里频经易感伤。爱看孤芳留晚节，苦难缩地学长房。登高已觉诗情减，买醉偏逢酒价昂。梦境撩人缘底事，巫山云雨总荒唐。”“客况无聊强自宽，几人落拓到长安。万家贫贱承恩渥，一代荣名捧檄难。识碍动遭荆棘扰，心清始觉地天宽。河鱼天雁无消息，坐对灯花只细看。”“遍收行箧典残衣，赢得前门买醉归。市井尘封昏欲暮，军声雷动快于飞。赁舂高隐风难继，仗策华年愿竟违。世事古今同一辙，三君易得八厨稀。”“割席千秋说管公，论交难得此心同。自甘贫窭如原宪，毕耻丰饶类邓通。遇雨天街馀薄润，经霜庭树杂新红。三秋已尽归期阻，惟见南飞万重鸿。”“家庭自古有炎凉，浇薄如斯大可伤。贫富俨分南北阮，弟兄争羡季元方。尺书慰藉师恩重，远道将遗友谊长。剥极正逢冬至日，会令寒谷得回阳。”才人无命，千古同悲，读此而先生之傺侘无聊可想。忧能伤人，奈之何其能永寿哉。对此凄其，孤灯无语。

六五

涪翁论诗，谓一句之中须有鼻孔，方是好诗。推译此意，即古人所称"句中有眼"也。如"海日生残夜,江春入旧年"、"人烟寒橘柚,秋色老梧桐"、"江山有巴蜀,栋宇自齐梁"、"绿樽须尽日,白发好禁春"、"泉声咽危石,日色冷青松"、"风月自清夜,江山非故园"等句之"生"字、"入"字、"有"字、"自"字、"咽"字、"冷"字、"自"字、"非"字、"须"字、"禁"字、"寒"字、"老"字是也。又如"寂寂春将晚,欣欣物自私"、"无边落木萧萧下,不尽长江滚滚来"、"震雷翻幕燕,骤雨落河鱼"、"漠漠水田飞白鹭,阴阴夏木啭黄鹂"之"欣欣"、"寂寂"、"萧萧"、"滚滚"、"震"字、"骤"字、"漠漠"字、"阴阴"字,即所谓一句之中,句无闲字也。于此而言,诗之好恶,只争一字二字之间;律之精严,亦在一字二字之内。率尔操觚,可乎哉。

六六

晴日曝书,偶得败楮,有陈飞公《潇湘怨》三首,诗极奇诡俊丽,颇有六朝人风味,爰而录之:"玉妃乘紫鸾,吹箫下洞庭。顾我瞬而笑,江水青冷冷。回波鉴绿发,流光若寒星。应龙挟天姥,妒此婵嫣灵。日莫瑶草绿,晚风吹巴陵。""巴陵何青青,春晓众星没。子规啼林端,含情悲落月。湘竹多苦心,娟娟临江活。褰裳采莲去,风急江波恶。自拂明镜看,坐叹红颜歇。""红颜宁自恤,婀娜含芳心。颦娥眷灵修,夜窗调玉琴。清露堕庭绿,微风开罗襟。寒蝉鸣高柳,媚我答幽吟。我心婉如月,悠悠不可掇。兰蘅秋已深,凌波步罗袜。"

六七

番禺潘兰史一署老剑,著有《说剑堂集》。集中诗,格调清逸,五律较佳,七绝有落纤艳处。《秋吟》八首,殊慷壮悲激,愤慨时局,尤不免子野闻歌之戚也。诗曰:"三边棨戟耀霜明,士马刍粮尽远征。早识和戎卑魏绛,徒闻飞渡阻甘英。九重神算劳宵旰,专阃元戎属父兄。不抵黄龙谋痛饮,鹰鹯犹踞凤凰城。""山河东北拱藩封,百仞金汤翼镐酆。兵戍恨无都护卒,狡谋自诩夜郎雄。弈棋谁遣输先著,尊俎原难与折衷。肘腋患深今始悟,纵擒翘首武侯功。""牙山险失折旗杠,平壤三军决击撞。马革裹尸随卞壶,龙骧破敌望刘江。金牌有意迟援骑，铁甲无功护战艭。太息沈舟推邓禹，忠魂肯逐怒涛降。”“横海犀军下濑时，童男五百将名知。忍教敌骑贻巾帼，竟委戈船听指麾。岂有奇谋操竖子，劝修降款哂胡儿。圣朝恩赦终宽大，不责仇鸾罪戮尸。”“岩疆天险坐沦亡，南北分筹大海防。司马论兵闲射虎，老罴当道遏奔狼。汉家岂分朱崖弃，台峤终非黑齿藏。犹有义旗俞戚在，通奸先要斩徐汪。”“葛岭何心袖手观，中行遣使古来难。东南腹地输瓯脱，亿万金缯过契丹。货殖更愁淫巧夺，户庭长恐沃沮盘。富强不策匡时急，莫为朝廷哭治安。”“煌煌天语谕重申，感奋戎行气愈振。选将论功留宿卫，荐才兴艺诏疆臣。清时莫更忘锋镝，大局从来误党人。荡垢涤瑕旋转事，昆明习战仗贤亲。”“环球何地限鸿沟，鹗视鹰瞵费运筹。臂断匈奴通大夏，胆尝勾践切同仇。时艰愧我空扪虱，身贱殊方合饭牛。千日要浇元石酒，苍茫一洗杞人忧。”

六八

绝句诗，吃紧只在第三句，承上起下，表意写情，如全诗之大转关处，为律诗之有五六，即所谓转语者是也，须如画家画龙，有点睛飞去之妙。世或分此体为三，曰：上绝、中绝、下绝。谓绝句云者，乃绝律诗之半解而成章也，故又名“截”。如刘禹锡之《阿娇怨》、《石头城》、《乌衣巷》等什，名之曰“下绝”；李商隐之“君问归期未有期”，李建勋之“五原春色旧来迟”等什，名之曰“上绝”；而所谓“中绝”者，则老杜之“两个黄鹂鸣翠柳”，其一例也。按此种体制，六朝人已有先例。如吴均之《山中杂诗》是矣。平平四句，最难见佳，倘不善用笔，便成木雕老鼠。后人鲜效法之者，其亦有故与。

六九

黄云冕，江右人，清法部主事也，著有《春水草堂诗文集》。辛亥秋，武昌举义，清政解纲，浮海而归，与予友许岘青君舟中邂逅，倾盖若平生。先生携一仆、破书数箱外，无他长物，而盱衡抵掌，旁若无人。时舟泊成山角，狂谈之馀，索纸笔为序，赠许君，一挥而就，不加点乙。系一诗云：“岘我何来盖代才，壮怀吾亦不能灰。卌年异骨从天铸，万里颓流到海回。湘水有情人亦杰，成山无恙雾为开。登临俱抱澄清志，徙倚楼船赋莫哀。”许君以为知己之感，耿耿难忘。惜人事沧桑，久不知此公之音讯矣。

七〇

宁乡周仲玉中将，铁真先生哲嗣也，工古文，善倚声。军书之馀，尤耽吟咏。前长湖南参谋处时，和人《春兴》诗，叠韵至数十首犹不能休。其中隽句，如“买就短鞭难及马，佩来长剑不如牛”、“酒边岁月陈惊座，笛里关山赵倚楼”、“四角不生尘迹远，两头俱小月痕高”、“沈沈宫里腰围减，渐渐城中髻样高”、“碑在口中衔石阙，泪随声下唱铜鞮”等，虽词气纤弱，风格未能遒上，然略无武人吐属，亦难得者也。

七一

石音江子，供职京华，不见久，相思甚殷。日者数以书来，出近作相示，词律清稳，渐入佳境。转审所学，瞠乎后矣，惭悚之馀，报之以诗云：“江总清才我所钦，深情侠骨更同心。料应一样乾婆佛，来舍人间庵罗林。”并最菉其佳作如下。《不寐独成》云：“滔滔沧海横流日，天地无情着此人。入世性灵先哭泣，论交肝胆尚轮囷。文章老去无稜角，世味经尝识苦辛。干将有锋都折尽，那来神物会延津？”《书往津门临发成此补纸》云：“春潮昨夜到塘沽，隔水蓬莱海不枯。莫把神仙换归思，有家犹傍洞庭湖。”《对雪》云：“罡风几阵催寒雪，鸳甃渐逗三分白。银沙走动玉龙飞，铁笛无声倚明月。明月流光弄素姿，沈郎不是旧腰支。腰支已逐华年改，愁绪还因落絮滋。今年落絮三春暮，堕溷沿泥不知处。楼头冷落金谷花，园内萧疏永丰树。一朝又见琼瑶舞，叹息流光去如许。心疑织女守空房，剪断鲛绡罢机杼。罢机杼，孤情绪。茹辛抱璞谁如汝，最惜灵山散花女。忍令冰质委尘寰，羞向巫山梦云雨。云雨无凭事渺茫，转将幽愿祝东皇。何时弱质因风力，吹上梅花占色香。”《除夕书怀》云：“浸润流光廿载赊，却从寒夜驻年华。十分圆是他人月，（时阴历望日。）万里魂归梦里家。渐觉兜牟非事业，怕将鸡肋问生涯。不堪七夕银河畔，岁岁双星待客槎。”

《读影梅庵忆语和蓝田岘青韵》云:“冷雨寒烟降绿芜,泪淋缣素烛痕枯。文章有用酬红粉,仙佛何心证碧都。汉浦忆从捐玉佩,石家谁分劫明珠。如何往事分明载,忘却风鸾放纸糊。”又《保阳忆旧》绝句云:“春来花重锦官城,魏紫姚黄记不清。风月保阳留艳迹,玉环飞燕忆双卿。”“自是瑶台谪降仙,小楼相见错缠绵。当时多少看花意,潦倒欢场又二年。”“白石桥东第几家,斜阳归辇路三叉。谁知小院浓阴里,开出人间姊妹花。”“迷离扑朔一登场,娇脆歌喉涩未妨。我爱西山好春色,白郎新唱石三郎。”“谁更西游索幻真,几回春梦尽成尘。相思亦有天魔女,愁杀芭蕉扇底人。”“灯炧人醉夜徐徐,如水年华一岁除。只有黄香好风致,软轮邀访女儿居。”“碧桃红杏倚云栽,曾借仙人玉斧裁。淡月有痕花有影,暗香常傍梦魂来。”“碧梧惊醒独栖鸦,小秀能歌合对花。长似春莺弄清昼,莫教檀板促年华。”“梦好阿谁证果因,枉将色相辨空真。司勋若论生前梦,同是庄生梦里人。(时叔沅以“扬州梦觉”之语相示。)”“一梦黄粱更不醒,碧天如海夜沉沉。昨宵起看中天月,我与嫦娥一样心。”绮丽芊绵,置之《疑雨集》中,恐无宾主矣。校者按:以上载第八集。

七二

周亮工墨竹一幅,曾于友人家见之。劲节疏箓,着叶不多,而尺幅间极萧疏零乱之致。系诗一绝,亦冲逸隽永,诗曰:“稚子求无闷,抽箓斗作难。莫言腾万尺,节节报平安。”又周镛山水中堂题诗曰:“生处牵归一钓船,不谈休咎不书年。将军阵上千重甲,不敌青簑半领坚。”亦饶有幽旷之趣也。

七三

古之言作文者,莫不曰贵养气。气犹水也,词理犹木也,水盛则木浮,气足则词充;若气不切实,而徒恃章句,譬之剪采为花,虽工亦形下之道,索索无味矣。相传彭士如矜才好诗,尝以事过黄村,以旧作若干首谒左西堂。西堂翻阅数通,谨于众中择二章加以圈点。彭见之不服,将面折左。左窥其意,徐曰:“君诗自佳,不可谓辞之不工,意之不新，音韵之不谐也，所欠一幅真气耳。气不足故意尽而言已尽，言尽而趣亦尽，如观死人作靓妆，美亦何取邪?"彭大渐沮，然心服先生之言，未敢辨也。揖而退，取旧作遍读之，苦吟达旦，编韦为折，不觉喟然曰："左先生岂欺我哉！文固贵养气，于诗又何莫不然?"按此与顾樊桐事如出一辙。樊桐至京师，以诗谒某名公。某止选其绝句一首，全圈之，评曰："一气。"馀不加点。顾颇以为未得当。继又录若干首呈之，自谓精之至者。某公又选其一首，全圈之，评曰："一气"。如是者三。顾乃悟曰："诗贵一气邪?"因复取馀作，及平日所最自重者细讽之，皆驳而不纯，滞而不流，字句索索，词有馀而气不足者也，乃大骇服。

七四

咏物诗以不粘不脱、不即不离、刻画工而不落色相、寄意远而不失物情为贵。袁随园《镜》、《钱》诸什，最得此中神髓。近见方龙眠《咏钱》六律，亦甚工妙。虽不敢比驾仓山，而感喟遥深，语意警炼，尽多不可磨灭处也。诗云："颁从九府说奇珍，宛转流行恰似轮。四面圆融终带俗，几人输纳竟通神。具将只眼能窥世，安得探怀解济贫。却笑有时成弃物，床头堆积听生尘。""龟文鹅眼肖来工，邓氏曾传蜀地铜。任尔炎凉终眷恋，仗兄酬应便圆通。几朝文字留当代，一世奔忙在个中。未必咸阳能再雨，年年惆怅望东风。""谁言丰啬自为谋，扑满犹贻在上忧。万选竟同才子赋，一文偏断吏人头。铸来撒帐非夸富，佩到宜男亦解愁。堪叹牛郎真落寞，至今原聘未能酬。""三生谁与缔交深，历数盈虚感不禁。曾印楷模妃子爪，难填溪壑佞臣心。歌传牛谶形能复，质化蚨飞影易沉。轻重无关身外物，百年何事苦相寻?""居然能令别离轻，举世纷纷着意争。公室有时成怨府，贫家无计下愁城。每从聚散人情见，大抵恩仇此处生。落第更增寒士叹，长安无复买春名。""金榆桐竹变无端，投赠谁怜客路难。北里生涯商女树，唐家恩赉洗儿盘。贫穷眼界却嫌小，富厚形容总带团。莫怪当年何峤癖，此君能结世间欢。"

七五

俞吟香自署慕真山人，有《无题》六绝句，冶艳似王金坛语，为逐录之："傍帘捉得柳花多，陡觉心慵罢扫蛾。笑倚画栏携手坐，与郎细数指间螺。""画梁渐见燕将雏，一径萱花小雨濡。阿母书来羞卒读，隔年频问有身无。""一韵联成一酒卮，探春吟就惜春词。梨花醉后娇无力，解到湘罗渐不知。""扫将残雪试煎茶，暖阁沉沉翠幕遮。小饮助郎诗兴好，一盘生菜是梅花。""月为人归照绮寮，风光如胜合欢宵。转怜客路容憔悴，偷看檀郎别后腰。""名流岂易得名姝，谈笑无端有泪珠。千古伤心谁第一，看郎吟遍美人图。"

七六

许岘青既知余采其诗入诗话，因重抄若干首邮视。翻览一过，大都清健之作，往往有极意锻字处，虽未尽当，然可征君之刻苦为诗也。抉其佳者，以酹厚意。《辛亥七月北上留别》云："年少休夸入洛名，素衣争恐化淄尘。孤生心性同秋冷，浮世功名比叶轻。南国白云游子泪，西园黄蝶美人情。纷纷冠盖京华满，憔悴谁知阮步兵？""浮沈湖海意迟迟，不及鹪鹩老一枝。鄂渚雪泥鸿爪迹，燕山云树马头诗。新亭收涕无王导，泽潞谈兵有牧之。今古苍茫凭吊意，黄金台畔月明时。""五陵裘马恨蹉跎，辜负尊前《白纻歌》。九陌莺花闲梦远，一城砧杵客愁多。西风秋后思红豆，南浦春来怅绿波。魂断琵琶筵上曲，荻花枫叶满关河。"《野步》云："信步柴门外，溪流 带长。波光明远树，人影淡斜阳。烟压前村暗，云粘短鬢凉。月明群动息，诗思满沧浪。"《仙女峰修禊》云："花落禅堂逼禁烟，明珰翠羽总堪怜。兰亭觞咏空陈迹，芒跻登临尽少年。芳草绿萦仙女髻，远山青堕酒人肩。销愁莫惜银瓶涸，古寺云深叫杜鹃。"《初秋暮雨登黄鹤楼》云："秋色苍然满，高城暮霭侵。河山经战伐，风雨此登临。烟浪摇天地，危楼镇古今。不堪怀远代，愁思共江深。"

七七

诗固贵用书卷，然贵活用而不宜死用，贵熟用而不宜生用，贵化用而不宜显用。子才子水中下盐之喻，虽世多诋笑之者，要为至理名言，不可偏废。杜少陵诗中圣人，而其言曰："读书破万卷，下笔如有神。""破"之一字，即运用书卷之妙诀也。圣叹氏有云："要使古人听命于我，不可使我受制于古人。"亦即斯意，而尤为明快率爽矣。

七八

江南五月，梅雨困人，独坐斗室，如鸭处槛。偶翻旧帙，得《苦雨》一律，实获我心，为录如下："天公着意做黄梅，淫潦兼旬孰挽回？屋漏几无伸足处，云低常欲压头来。群黎何自能苏困，良吏应教早恤灾。闻说田畴半芜没，岂徒四壁长莓苔？"又《喜晴》一律云："茅檐积雨无休日，忽见新晴喜可知。陇上插禾流水外，花间薙草夕阳时。天心毕竟归仁爱，民语何难息怨咨。静坐焚香参物理，网看蛛网已添丝。"编者按："网看"疑有误。

七九

予既录方龙眠《咏钱》诗，后见汪伯勤两语云："刀贝铸寒千古胆，纸灰烧热九泉心。"可谓极沉痛淋漓之致矣。惜案头无《绿芙蓉阁诗》，未能检窥全豹。吾意伯勤刻苦终生，佳什定当不少也。按汪名存，浙江秀水人，落拓不得志，负才傲物，人目为"汪狂"。相传《绿芙蓉阁集》四卷，乃手自编定。尝午夜篝灯，杂行草书之，旦夕怀铅椠，躬镌厥板，手目交瘁。三月后成，书绝精美。顾不畀市贾，不以与人，间有索者，则笑曰："汝岂敬爱年羹尧哉？亦敬爱大将军耳。"然或稠人广坐，非其故知，而觞咏未沫，惊叹"芦中人在是乎"，辄于怀袖出诗卷赠之，亦不问姓名。又往往醉歌行市上，以诗卷授乞丐。丐弗应，笑曰："吾岂督汝读吾书哉？汝得此或可易半斛粟，不然亦可博数十青铜钱耳。"丐受之，大笑而去。后客死武昌，身无长物，惟《绿芙蓉阁集》数十卷，尚在箧笥也。陈之肆，竟无过问者。呜呼，伯勤自料半斛粟者，居然一文不值矣，可不哀哉。编者按：以上载第九集。

八〇

诗僧寄禅，名满海内，一号八指头陀，语言清妙，了无凡音。比见其遗诗一首，为菉于下。引云：“壬子夏五月，访白道人于乌龙潭上，坐谈良久，觉六朝无限兴亡事迹，都在石城杨柳莫烟中。尘海变迁，江山如故，白头老衲，重见故人，回忆曩昔，都如梦痕。欲哭欲笑，云何云何？”诗曰：“石城残照里，杨柳碧馀春。独放青天鹤，来寻白道人。溪云凉入梦，潭水近为邻。坐觉沧洲晚，微风动葛巾。”

八一

宝廷字竹坡，清宗室中之贤达士也，痛朝政不纲，愤而嫉俗，于浙督学任内，娶江山船妓女，复上疏自劾，部议落职。竹坡往来西山，以诗酒自娱，洒然遗世。尝有“微臣好色诚天性，只爱风流不爱官”之句，其侘傺可想，其狂放亦复可钦。其子伯福，亦绰有父风，以创知耻学会事，见迕于朝贵，饬其岳联元严加约束。伯福遂尝为元陈说时局大势，元韪之。拳祸起，联元力陈拳不可恃，遭骈戮。伯福痛其外舅为己而死也，则大恸。联军入京，遂与其弟富寿仰药偕殉。濒死有诗曰：“衮衮诸王胆气粗，竟轻一掷丧鸿图。请看国破家亡后，到底书生是丈夫。”“薰莸相杂恨东林，党祸牵连竟陆沉。今日海枯见白石，两年重谤不伤心。”视死如归，踌躇满志，诚一时之哲士也。

八二

袁爽秋，桐庐人，文学治行，一时无两。庚子之役，以抗疏劾端刚被戮，闻者惜之。张香涛为诗吊之，情文并茂，诗曰：“七国联兵竟叩关，知君却敌补青天。千秋人痛晁家令，曾为君王策万全。”“民言吴守治无双，士道文翁教此邦。黔首青衿各私祭，年年万泪咽中江。”“西江魔派不堪吟，北宋新奇是雅音。双井半山君一手，伤哉斜日广陵琴。”

八三

向笑吾诗才放逸，好作香奁艳语，晚年浪游永、保间，落拓不堪，韩冬郎一改旧性，诗稿一卷，存于予家。前已采数章入诗话，今复录一篇云。《客有谈袁子才遗事者诋之过甚戏作长歌一首》曰：“浩浩乎圣人之途何其宽，狂狷兼收门墙间。狷者不笑狂者妄，狂者翻在狷者前。今人动捉随园短，岂知随园生如仙？有官不仕早归田，万树梅花种向仓山巅，清福消受八十年。一朝厌弃尘凡不肯住，飘飘骑鹤飞入蓬莱边，芳名至今尚流传。我与随园不相师，却喜随园无拘牵。生平作书三十种，皆能得力《南华》篇。才包天地，机化鱼鸢。偶推馀事入诗坛，其笔何止大如椽？有时吐奇气，譬如太华诸峰藏神隐怪伸掌欲搔天。有时写柔情，又如儿女哝哝小窗私语意缠绵。消愁不饮刘伶酒，处世不参摩诘禅。大节不忘颖叔母，狂词不避伊尹嫌，吟成乐府手自编。轻富贵，出秦川，我欲比之李青莲。看破浮生能着风雨屐，载女妓，游东山，我欲比之晋谢安。不然其如相如欤，杜牧欤，高真不可攀。其如香山欤，飞卿欤，妙更莫能宣，总之耻作虏守钱。冬烘先生能读几行书，对之胡不生汗颜？而乃瀹瀹泚泚，截截谝谝，不容世上有才子，尚云心内有福田，笑他天性何其悭。虽然此亦奚足较，少见多怪势必然。君不见蜀犬吠红日，嗥嗥宁自忘其颠。又不见蜉蝣撼大树，啾啾唧唧自以为贤。使我闻之心可怜，庸者自庸仙自仙。”按此诗虽词理粗率，然亦足以想见此公之狂态，故存之。

八四

七绝最难工，神机凑泊，合乎天籁，方擅胜场。唐人中工此者，如刘禹锡、王昌龄、杜牧辈，已不数觏。自唐以后，遂无人能工者。《湘绮楼诗集》不存七绝，《介白堂诗》亦然，盖深知其难矣。

八五

古人常有专工律绝，不作古体者，殆以古体不易作故也。然古体诗亦不可不学。古诗源流甚杂，惟唐人则无体不备。近人所习，仅就选本顺口者摩仿之，散整兼行，着一二拗句，即自号为古格。然如卢仝之《月蚀》诗、任华之《寄李白》、沈佺期之《李供奉弹箜篌歌霹雳引》，格调奇异，各不相类。李杜韩白诸家，其古诗体裁，亦极变化，须于平日讽诵时，玩其神理，审其音节，必有途辙可循。王渔洋论诗，于《丹青引》、《石鼓歌》诸类，绳以一定平仄，而李白之《梦游天姥》诗，不能得其节奏，遂目为英雄欺人，未免浅陋可笑。岂韩昌黎之《董生行》、元微之《古别离》，皆欺人语邪？此事至难，解人良不易。近人惟王湘绮、陈散原古体诗为不俗。若陈石遗、易实甫，亦以长篇自鸣于世，非哑钟则莲花落耳。

八六

《介白堂诗》有《京师蔬菜有最美者漫赋一首》，诗云："关东鲟鳇骨堆霜，静海银刀争雪铓。鹿鹿蠃蛤并箝舌，犹报园蔬冲破羊。平生自笑藜苋腹，饱饭生涯作奇福。共指前生是戒僧，重抛蔬笋将粱肉。中央混沌帝所家，饮绝沆瀣餐明霞。腐儒犹愧虫蚀米，腥羶敢以置齿牙。何况雀鼠偷太仓，人材迂钝共踏衙。自锄片地试蔬菰，葫芦挂鸭豇悬蛇。风中扑窗满蝴蝶，乃是抱檐篱豆花。韭肥葱壮肌玉雪，药藷儿臂雕菰膝。北地冰霜少蔓菁，瓢儿菜好甘如蜜。妻子淡泊岂足贤，都门晚菘天下传。饱食长祝太平年，不识国危吁可怜。草根树皮食已绝，故里哀鸿眼流血。"此诗前段笔致清妙，中数联机趣横生，体物绝肖。后路转入国事，借题抒写，语极沈痛，节奏纯从杜诗得来，措词亦极古雅，极可以为师式者也。又有《独临宝见溪危石上小坐》五古，中数联云："鸟负溪日飞，鱼吞浸霞响。岩语落猱玃，潭气发蛟象。藏天水心宽，胎云石神长。"语极幽隽，写景入神，王孟山水诗，恐未必有此。

八七

余既录刘君之言毕，觉其论诗，自是艰深朴古之 脉。所评近人作诗之言，可以见其用工致力之处。而晋民之诗，则甚清超自赏，虽未能免俗，要亦不无佳章也。如《太平洋舟中》云："到此浑如梦，飘飘兴欲仙。山低全入海，天近转无边。明月冲烟出，微风鼓浪前。波平人语寂，慷慨拂吟笺。"《登黄鹤楼》云："本是诗人搁笔地，我来乘兴一登台。江山啸傲怀陈迹，时局桑沧感霸才。半壁东南支大厦，千年滕石锁苍苔。婆娑往事难回首，几度凭临眼倦开。"断句如："斜阳芳草人千里，秋水长天月一湾。""形势依然称上国，江山从古重巴丘。""频年沧海长为客，到处湖山即是家。""身世几同蚕缚茧，田园怕听李生瓜。”“士惟旷达方无累，人到流离别有情。”等句，皆极脱口。

八八

金冬心先生，书法画笔，皆自成一派，视世之调铅杀粉，貌拟形摹者，何殊天壤？往见其所作人物册子，极古健朴茂之致，题诗数章，亦饶野逸隽味。如：“团扇生衣捐已无，掩书不读闭精庐。故人比似庭前树，一日秋风一日疏。”“白云忽自眉际出，黄叶乱飞衣上来。空亭久立非无故，拦路溪风不放回。”“野梅瘦得意欲无，多谢山僧分一株。此刻闭门忙不了，酸香咽罢数花须。”其他断章，咸多高旷之趣。明窗絜几间，间一玩讽之，大可扑却俗尘三斗也。

八九

林文，字广尘，一号狮眼儿，福建闽县人。好作诗，然诗成辄自毁其稿，曰：“适吾意耳，安用传哉？”黄花冈一役，中弹而死，年仅念七耳。身后文稿，益不可求。尝见其遗著数章，语多楚声，殆亦古之伤心人也。录五绝五首云：“落叶闻归雁，江声起莫鸦。秋风千万户，不见汉人家。”“路尽天应近，江空月自寒。不辞随落叶，分散去漫漫。”“仆本伤心者，登临夕照斜。何堪更回首，队作自由花。”“故国河山远，秋风鼓角残。登临悲岁促，涕泪向人难。”“大地秦关险，秋风易水寒。雪花歌一曲，听罢泪漫漫。”

九〇

“男儿三十不探上林花，便当把酒话桑麻。四十不书竹素功，亦当踏遍青芙蓉。我生三十今已过，买山无钱可奈何？四十匆匆亦将近，阿婆春梦犹未醒。剡溪城头黄鹂鸣，劝我快作天台行。天风飘飘吹我襟，笋舆拍拍如鸥轻。有客谓我且勿尔，断崖绝壑茫无际。旷古岂有神仙事，刘晨阮肇托言耳。况闻七寸石梁无人登，万八峰巅寒难胜。不如卧读兴公赋，空堂时闻金石声。我闻客言笑且语，人生何事徒辛苦。环球都是崎岖路，平地何尝无狼虎？忠信可以涉波涛，何必郁郁居此土？而况眉峰远远送青来，引我日日心颜开。二百十里拜经台，七日山程可往回。时乎时乎，若再逡巡不前去，青春堂堂谁留住?”右为金病鹤《天台游记》中《国清寺夜雨不寐枕上作歌》。词意极豪肆放逸,籀讽一通,胸怀若涤。人生能着几双屐,万八峰头,何日印侬齿迹邪?编者按:以上载第十集。

九一

《春日即景》二律,自署曰“鹭洲诗渔”,不知其为何许人也。客窗展玩,神往天末,爱其有得放翁滋味处,迻录之云:“酒瓢茶灶养吾廉,兴到吟春韵便拈。雨过泉声喧断涧,风回絮影扑斜檐。落花依草红成片,新笋穿篱绿露尖。莫笑野人无一事,晦明时向鸟情占。”“箫鼓喧阗赛社翁,灵旗采仗耀晴空。纸鸢轻掠平芜绿,酒旆遥翻夕照红。几叠烟岚高似髻,一泓春水玉如弓。村庄景象原殊俗,笑语中含太古风。”

九二

圣叹批书,独具只眼,辨才妖笔,照彻古今,几于负贩之流,咸知名姓,亦可谓评论家之雄长矣。特所选之唐才子诗,则未免非大雅之道,而取材说义,犹有奇僻牵强、附会穿凿之弊。是则文人好奇之过,非独圣叹氏然也。而以评小说之眼光评诗,实其致病之要点。但俊眼灵思,于诗道特有发明处亦不少。学者于此,当深思严辨之,究不可一概抹杀也。

九三

余性耽曲蘖,自幼已然,虽屡致疴痡,辄不能悛,颟怫如此,得不使陆鲁望笑人邪。近见笑苍道人所著《楚州酒人歌》一首,豪宕奇诡,慷壮淋漓,有天马奔空、长鲸吸海之势。倚醉高吟,足为酒人解嘲不少。特转录之,不知读斯文者,校诸《酒德颂》为何如耳。歌云:“酒人酒人,尔从何处来?我与尔一饮三百杯。寰区斗大不堪容我两人醉,直须上叩阊阖寻蓬莱。我思酒人昔在青天上,气吐长虹光万丈。手搌北斗斟天浆,天厨络绎供奇酿。两轮化作琥珀光,白榆历历皆杯盎。吸尽银河乌鹊愁,黄姑渴死悲清秋。咄咄酒人浑无赖,乘风且访昆仑丘。绿蛾深坐槐眉下,万树桃花覆深斝。穆满高歌刘微吟,一见酒人皆大诧。双成长跽进三觞，大嚼绛雪吞九霜。桃花如雨八骏叫，春风浩浩心飞扬。瑶池虽乐崦嵫促，阿母绮窗不堪宿。愿假青鸟探瀛洲，列真酣饮多如簇。天下无不读书之神仙，亦无读书不饮酒之神仙。神仙酒人化为一，相逢一笑皆陶然。陶然此醉堪千古，平原河朔安足数？瑶羞琼糜贱如齑，苍龙可羞麟可脯。兴醉瞋目叫怪哉，海波清浅不盈杯。排云忽复干帝座，撞钟伐鼓轰如雷。金茎玉液沆瀣竭，披发大笑还归来。是时酒人独身横行四天下，上天下地如龙马。百灵奔蹶海岳翻，所向无不披靡者。真宰上诉天帝惊，冠剑廷议集公卿。今者酒人有罪罪不赦，不杀不可杀之反成酒人名。急敕酒人令断酒，酒人惶恐顿首奏陛下，臣愿醉死无醒生。帝顾巫阳笑扶酒人去，风驰雨骤仓皇谪置楚州城。酒人堕地颇狡狯，读书学剑皆雄快。白皙鬑鬑三十时，戏掇青紫如拾芥。生平一饮富春渚，再饮婴武湖。手版腰章束缚苦，半醒半醉聊支吾。谁知乾坤一朝忽反覆，酒人发狂大叫还痛哭。胸中五岳自峨峨，眼底九州何蹙蹙。头颅顿改甕生尘，酒非酒兮人非人。推垆破觥吾事毕，那计金陵十斛春。还顾此时天醉地醉人皆醉，丈夫独醒空憔悴。从来酒国少顽民，颂德称功等游戏。不如大诏天下酒徒牛饮鳖饮兼囚饮，终日酩酊淋漓嬉笑怒骂聊快意。请与酒人构一凌云烁日之高堂，以尧舜为酒帝，羲农为酒皇，淳于为酒伯，仲尼为酒王，陶潜李白坐两庑，糟粕馀子蹲其旁。门外醉乡风拂拂，门内酒泉流汤汤。幕天席地不知黄虞与晋魏，裸裎科跣日飞觞。一斗五斗至百斗，延年益寿乐未央。请为尔更诏西施歌，虞姬舞，荆卿击剑，祢生挝鼓，玉环飞燕传觥筹，周史秦官奉罍瓻。与尔痛饮三万六千觞，下视王侯将相皆粪土。但愿酒人一世二世传无穷，令千秋万岁酒氏之子孙，人人号尔酒盘古。酒人闻此耳热复颜酡，我更仰天乌乌感慨多。即今万事不得意，神仙富贵两蹉跎，酒人酒人奈尔何？噫吁嘻！酒人酒人奈尔何，尔且楚舞吾楚歌。”呜呼，亡国遗老，血泪填膺，又岂可徒作醉后谰言读邪。

九四

语有云:“文人少达而多穷。”又曰:“诗以穷愁而后工。”是穷之一字,诚鼓铸诗文之良陶冶也。然昌黎草《送穷》之文,元亮有驱饥之叹,诗文虽佳,又何补于穷苦哉。味髯公“饥来据案坐,一字不堪煮”之言,能无感喟?则亦曰:“达人知命,聊以解嘲耳。”偶得丹徒严吉人《送穷》四律,翻讽一过,觉滑稽之中,弥饶沉痛。最录两章云:“记经离乱识君才,小别无多去复来。助我耽吟堪寡欲,饶卿磨砺出英才。贫非病也贤何讳,富可求乎圣亦咍。落落天涯数知己,昌黎怊怅子云猜。”“举世争驰势利场,惟君古谊最悠扬。每逢佳士劳青眼,但值囚年更热肠。恋旧喜能甘我怪,谋新都为苦人忙。临岐相执重相约,富贵他年莫便忘。”

九五

律诗,中两联最忌板滞,而不善着笔及气力孱弱者,皆易染此病。欲补救之,纵对法可式也。纵对亦云流水对,如“遥闻画阁秦筝逸,知是邻家赵女弹”、“忽逢青鸟使,邀入赤松家”之类是也。律中得此,增长神韵格力不少。

九六

阮尚贤字鼎南,越南遗民也,所著《桑海泪谈》,一字一泪,不忍卒读,是我国人所亟宜人手一编者也。尝见其《感成》一律云:“使节当年衔玉音,关河双鬓雪华侵。岂知秦桧和金计,难遂包胥复楚心。石马园陵秋草冷,铜仙宫阙夕阳沈。剑南家祭知何日,汉腊低徊怆不禁。”

九七

偶于莫愁湖得息园居士诗云:“霜冷荷枯叶,湖天一色秋。日高晨落涨,风正夜回舟。茗话参禅榻,棋声隐画楼。莫愁美才貌,福慧几生修?”又高占元有句云:“竹矮疑为山种谷,荷圆认是水生钱。”亦写景有致。

九八

昼公曰:“人云诗不要苦思,苦思则丧自然之质。此亦不然。夫不入虎穴,焉得虎子,取境之时,须至难至险,始见奇句。成篇之后,观其气貌,有似等闲,不思而得,此高手也。”此语最好,学者所当服膺。又卢延逊云:“莫话诗中事,诗中难更无。吟安一个字,撚断数茎须。险觅天应闷,狂搜海亦枯。不同文赋易,为着者之乎。”裴说云:“苦吟僧入定。”又云:“难得始为诗。”皆能言诗中艰苦,为初学者之油腔滑调,痛下针砭也。而褦襶子瞀焉不察,以老妪能解为可式,不知不经艰苦而遂为平淡,又安能免得“肥妻子”之讥乎。

九九

中秋前十日,得家书,家君示以三诗。《书怀》云:“千竿竹绕树扶疏,隔断尘嚣咫尺馀。懒翦蓬蒿开蒋径,幸存松菊爱陶庐。南庄毁后嗟生业,北牖丛残剩废书。如此情怀谁解释,且招曲友为湔除。”《伏日偶作》云:“烈烈三伏日,铄石复流金。出入偶动作,挥汗雨滴淋。卯饮午睡起,郁闷昏沉沉。吾庐绕幽篁,浓翠昼森森。诸童课已毕,咸来憩绿阴。老人虱其间,踞坐谈古今。虽惭敬亭技,亦有喧笑音。清风时时来,于以涤尘襟。何必嵇与阮,雅游跨竹林。即此得我所,不待入山深。”《不寐》云:“幽栖地僻鸟知更,独卧萧斋夜气清。往事无痕时入梦,闲愁如草划还生。风飘笛韵声声思,月映书帷故故明。壁剑尘封蛛结网,满村鸡唱不关情。”

一〇〇

近之名士,怪诞不经,尤好以才自放,随意讴吟。盖以为有才如我者,何出不佳,奚事呫哔如老学究。不知学问之道,浩如烟海,沟渠自画,得不诒笑大方哉。往闻喆臣诵某公诗云:“狗脚纷纷自称政,羊头衮衮尽封侯。”呜乎,是诚何语哉。为诗如杜拾遗,而尤有“语不惊人死不休”之言,馀子嚣嚣,得非傎乎。用知真名士,乃无假文章也。

编者按:以上载第十一集。

一〇一

社友华胥庶，为人慷壮而英多，冲然有远志，诗文则非所留意。近者从军入蜀，报我数章，把诵之，觉气局迥异矣，殆亦所谓凄婉得江山助者与。菉其《从军入川剿匪》二首云："昔客涿州里，今从蜀道行。岧峣山起伏，潋滟水纵横。形胜称天堑，时危长寇兵。会看旌旆过，黎庶祝升平。""不择蚕丛路，艰难万里身。两溪三峡水，花扑一江春。汉上驰羸马，蜀中少故人。要酬辛苦意，一醉肯辞贫。"

一〇二

诗谶之说，由来久矣。如骆宾王之"倏忽抟风生羽翼，须臾失浪委泥沙"；刘希夷之"今年花落颜色改，明年花开复谁在"；崔曙之"曙后一星孤"；赵嘏之"水边归去一闲人"等，记不胜书。虽事涉迷信，然言为心声，亦未尝绝无机兆也。特世人茫茫，不能预察耳。仲兄子言，在扬军时，因劳成疾，尝以一诗寄示云："人生生死本寻常，海上难觅百岁方。一缕幽魂归黑塞，十年春梦醒黄粱。寒鸦阵阵啼落月，荒冢累累对夕阳。寄语吾家诸弟妹，莫将消息问同行。"语惨音凄，当时特以为一时哀音之极耳。而不卜次年夏，竟尔辞世。其夭亡之兆，固已早见于半年以前矣。瞀未能知，呼负靡极。

一〇三

武陵陈季衡，颇著诗誉。近得其《题狼山望海楼》一律云："江流浩浩海漫漫，百尺危楼[illegible]月天。放眼自穷三岛外，置身疑在五云边。山僧解事能留客，俗吏偷闲且坐禅。清磬一声花万树，簪裙潇洒即神仙。"

一〇四

诗以不用事为第一，用事次之，但亦必运使灵活，不拘不涩，方为可取。所谓自然英旨，罕值其人。词既失高，则宜加事义也。而今士往往好使诗书，拘挛补衲，有意装琢，行同书抄，而自矜淹雅，以为韩碑杜律，无一字无来历也。不知颜、任有拘庸之疵，刘、杨多艰深之讥，诗与性情，亦何事此，徒召子云浅陋之诮，岂非《风骚》之旁门哉。

前有此条，兹更申之。

一〇五

菰萩老友，精解音律，诗好巧思俏语，尤喜填词。尝以二诗相眎，《离家》云："一别长千里，相逢只半年。从今千里外，依旧半年前。"《题明孝陵》云："到底关河不足凭，千秋翁仲自懵憕。建文去后无消息，孤负钟山守孝陵。"词如《虞美人·送别》云："吴山楚水依然好，往事如烟杳。绿莎江叶景无边，只有一分离绪在江干。昨宵酒约和酒约，愁里都忘却。使有莫即下楼船，记得小庭今夜月应圆。"《感皇恩·秦淮怀古》云："依旧酒家楼，两三烟幌。千古秦淮水无恙。《后庭》遗曲，又听隔江人唱。几多兴废事，堪惆怅。　辇路香车，御桥画桨。回首城东月初上。栏干凭断，只有钟山在望。伤心双燕子，乌衣巷。"一斑之见，全豹可征。

一〇六

赵伯先先烈，才兼文武，志迈凤鸾，蔚为一世之杰。惜乎长辔未骋，而芳兰遂萎也。近搜得其戊戌变政时所著《秋感》四律，凄清颇饶别感，临风雒诵，亦可想见生平也。诗云："浮云西北望长安，转绿回黄眼倦看。堂额竟除新学字，门封重撤旧裁官。早知秦相能相压，何用商君苦用钻。孤负至尊爱社稷，千秋疑案说红丸。""悲秋有客卧江城，难遣苍茫百感情。决河未消黄水势，饥民易起黑山兵。石人敢信因谣出，金狄真愁应谶生。时乱年荒正无那，况堪江上鼓鼙声。""不独《江南赋》可哀，伤心聊复此登台。徜徉百虎存生命，议制公羊是党魁。从此诗才兼史作，漫天秋色送愁来。惊闻午夜鹃声泪，未久天津血战开。""万山秋色赴重阳，莽莽乾坤意暗伤。敢说巨君媚艾母，未容孝孺问成王。东周纪月秋多蜮，四极占星夜动狼。笑指黄花亦时势，金英开遍岛臣章。"综观全篇，似非一时之作，而流传日久，是否完璧，亦未可知也。

一〇七

罗子源《江行》诗云："十里长堤落照明，西风袅袅布驭轻。龙阳西去垂杨柳，一路吟蝉不断声。”

一〇八

宁乡周孟岑著有《葡影楼诗集》四卷，清才健笔，语多巧思。民国元年，充湘省参谋处秘书，有《和人春兴》诗四首，一时传诵。老友蓝田曾抄以相贶，师丹善忘，久不能记，稿存箧衍，亦已散遗。姑就所能忆者，录之于斯：“本来西燕避东劳，底用并州快剪刀。四壁花图王若水，一奁梅影冒如皋。风生碧浪鱼鳞细，蓬转兰台马骨高。何似缠头青海外，慰郎谁唱《摘葡萄》。”他如：“偏是小家多碧玉，似闻大道遍青楼。魂连芳草随郎马，命坐孤星妒女牛。”又：“聪明顶上花能语，消息眉边电有光。牍尾缠绵蚕作茧，琴心凄惋凤求凰。”又：“大好客题《青玉案》，更无人唱《白铜鞮》。”东爪西鳞，惜无全豹矣。闻其旧在建昌兵备道幕中，尝就其他之蛮风土俗，衍为五古，用黄公度《锡兰岛卧佛》韵，皇皇三千馀言，可谓一时之巨制，憾余未得而观览之也。

一〇九

刘民安，溪州乡贡士也。供职京邸，不废诗书，尤好奖掖后学。尝于学友晋民处见其手批晋民诗一卷，立言醇厚，多可观择者，因抉菉于左。

一一〇

鄙见论诗，尝谓豪放甚易，秀迈为难。豪放或可摹拟为之，恣肆凌乱，无甚神理，久乃堕入恶派，全与诗道相背，不足取也。秀迈二字，原于胸襟不俗，下笔辄有超脱出尘之概，苍松拔石，长剑倚天，殆其似之。

一一一

七律固以气魄为主，然炼字炼句之功，亦不可少。一字不惬，一句不称，则足为全篇累。此体自以少陵为正宗，学者熟读深思之，自必别有进境。

一一二

凡作七言绝、七言律诗，造句平仄，须协。近人往往有一三五不论之拗句，误也。凡七言诗句第三字若用仄声，则第五字必用平声。盖拗句亦有定格，第一字固平仄不拘，而第三用仄，第五用平，或第五用仄，则第三应用平，此为正法。但此就七言律绝言之也。其他七古拗句，则平平仄仄下，亦有作平仄平，或平平平者，但无平仄仄平、仄仄平之句法。

一一三

曩与友人论诗，友云：作诗造句贵曲，曲则意多耐人寻味。如有马在江边饮水，直言之，无足异也，须说水流入马之口，方有意致。余颇然其说。后读苏东坡《咏韩幹画马》七古诗，中有句云："后有八匹饮且行，微流赴吻若有声。"乃知友说从此出，而苏诗造句之妙，不惟活画出饮水之马，而且饮且行之状，如临纸上。"微流赴吻若有声"七字，真令人叫绝，此亦后学所宜法式者也。

一一四

五律炼字，有虚有实，最宜着重，所谓"诗眼"是也。唐人"气蒸云梦泽，波撼岳阳城"，如不用"蒸"、"撼"二字，而用"浮"、"涌"等字，则死句也。炼字贵新警，若但求避俗，而于神理毫不相关，亦不足重。

一一五

凡善作诗，未有不善作文者，特其文不著耳。经史子集未能贯通，必少可传之作，盖学识不博雅，则下笔虚枵无物矣。韩昌黎、苏东坡兼工诗文，人尽知也。杜诗无一字无来历，非博极群书，乌足语此？读《公孙大娘剑器行》所为叙，文致逸宕，为韩苏集中所无。下至陆放翁辈，诗格仅成宋人一派，而其所作古文，实清旷拔俗。后人但言作诗，而于读书作文，不知用心，失之远矣。村按：此条，可为论诗专重性灵者借镜。

一一六

义山《无题》、韩偓《香奁》，其用意深婉，盖别有所托，非咏闺事也。后人不明此旨，几欲将身化为妇女，淫词亵媟，至不堪寓目。王次回《疑雨集》诗格既不高，而淫气满纸，直是描摩秘戏图耳。艳体诗非不可作，然必取法乎上，勿染近人恶习为妙。村按:《无题》、《香奁》之分，其说详于《两般秋雨盦随笔》中。体制不同，似选词亦自各异也。次回诗，虽不能如杜老所谓"不废江河万古流"，然灵思绮笔，亦足自成一家，就中固有过甚之处，要未可以一恶而掩百臧也。不过后人学之，要有分寸耳。若一概抹煞，则袁简斋辨之于前，更毋庸南邨之冗于后矣。

一一七

近时名辈讲求作诗者，多学宋人黄山谷、梅宛陵一派，力矫平弱浮浅之习，可谓知所务矣。惟学识不富，才力不敌，多有寒俭枯涩之病。惟义宁陈伯严所著《散原精舍诗》，傀丽奇特，足以自成一家，阅之可以知诸家造诣之深浅。

一一八

散原各体诗，其胜人处在有轮囷郁勃之气，行乎其间，非筋缓脉弱者所能学步。然其造句炼字之法，亦异常新警，多为前人所未道过。五律如:"枯草眠烟薄，疏松夹鬓残。""岸回花气接，网卧月痕秋。""雉翻山自合，蛇出瘴能香。""砌虫秋自满，园鹊夜相猜。""暗灯摇鼠鬣，疏雨合虫声。""阴柯绷幄满，怪石扑灯狞。""霜陌穿蛇蚓，霄峰举凤鸾。""水明初浴鹤，廊静与悬蛛。""飞虫晴照水，啅雀晚移枝。""群鸡啄树影，语燕点书帷。"七律如:"浴佛新涨荷钱满，碍马横堤柳线阴。""瓦鳞新雪生春艳，旗角寒云卷雁高。""芋魁作饭食无肉，草履寻山杖挂钱。""松枝影瓦龙留爪，竹籁声窗鼠弄髭。"("影"、"声"本实字，作虚字用，最奇。)"墙花气压杯盘静，林鸟声传笑语和。""际天草树飞光影，冲潦牛驴入画图。""九州人物灯前泪，一舸风波劫外魂。""帝王寇盗供弹指，河岳云雷荡此胸。"等句，皆光彩陆离，奇思警响，此才洵不多观。

一一九

余于近代人诗，每喜搜览，然恒少称意者。散原诗之外，有富顺刘光第《介白堂诗》，亦为一时杰作。散原以古奥雄奇胜，《介白堂》则以清新俊逸胜也。其诗中五律，如："月喧穿石水，风折过桥烟。""残夜阴虫断，中原俊鬼多。""灯花笛里落，木叶酒中深。""柳店风收旆，花时犬卧门。""拂衣超震旦，拄杖接春霆。""楝香花凤窟，松黑老猿宫。""大波颓作阱，长舸立如锥。""残春浮大别，游子上长安。""北地少修竹，秋人思拒霜。""阅世摩孤剑，围书坐万山。""岁熟便幽梦，天闲积远心。""日光西倒海，水气黑盘天。""鸡鸣满东日，龙力压南天。""地高鄞共命，山好屐无情。""神鱼金石气，仙蝶凤凰孙。""水白栖云树，山红抱石花。""玉女青晶饭，枯僧白爪禅。""松声凉作雨，云气晓成楼。"七律如："从来福地能遗世，上到名山转忆家。""高寒星斗窥人大，清净官骸对佛尊。""诗客入天争秀骨，神僧埋地结真胎。""三秦鸟道衣边接，六诏蛮云杖底来。""日光射井生虹气，风力飞人带虎腥。""北地有人耕陆海，西山终古送斜晖。""烟波袜影分明见，风露衣香有所思。""残蔬雨过还新绿，老树春迟得久花。""苦悲铜马忧王室，闲跨黄牛学地仙。""壮游蜀客无难路，僻地清时有盗官。""斋舫淡浮帘底月，绳河斜拗竹梢波。""山月犬声寒似豹，荒江客梦淡于鸥。"诸联灵心秀骨，无丝毫尘俗气。此特举其律句，其古体诗亦清雅轶丽，自成一格。蜀多诗人，信非虚语。编者按：以上载第十二集。

一二〇

《馀生诗存》一卷，宁乡许乃兴先生著。先生幼勤学，事亲以孝闻，从军黔中，积功至贵州补用知府，所在有惠政，民犹诵之。音韵之文，固先生馀事也，然端厚清超，固无凡响。为菉佳句，缅想景徽。《营夜》云："古木苍苍枭暮烟，朔风吹帐思凄然。云连战垒孤城锁，火速军书半夜传。万灶影摇星堕地，一江春涨月横天。几回惊起还乡梦，鼙鼓声声到枕边。"《邛州》云："绿杨城下风日清，绿杨城头多啼莺。美人如花在何许，远山眉黛犹相迎。当年酒炉小游戏，梨花千甕百甕醉。《求凰》："一曲今已矣，青帘红字摇春晴。我来沽酒问遗迹，琴台瓦砾殊纵横。橦花桃竹旧时路，芳草芊芊无限情。"

一二一

由来胜语，半属天成，意境双臻，妙手独绝，后世之士，未可貌夺。李学士搁笔黄鹤楼，自是千古俊杰，二三才士，不让当仁，思出偏师，以搴赤帜，藉有妙句，要无逮焉。荆公之"青山扪虱坐，黄鸟挟书眠"，山谷之"马啮枯萁喧午梦，卧惊风雨浪翻江"，徒贻疵累，无补精神；即子瞻之"唯应山头月，夜夜照来去"，亦难夺席。况夫嗣此而下者哉。

一二二

长兄炳林诗，前曾录一绝，兹更得两首云。《山居即事有作，兼怀两弟》："性耽小隐伴桑麻，结得芳邻八九家。百啭新声听鸟语，一林细雨响蚕沙。客来饱醉新醅酒，儿小争揉试焙茶。好景好情谁共领，嗟予有弟滞天涯。"《至遵义调查蚕业将归，留别张肇铨明府》："得觐鸣琴化，三生幸结缘。登堂亲雅度，醉酒诵诗篇。金玉刚聆训，风霜又着鞭。行行嗟去速，后会怅何年？"七律尤为吾所爱，以为径登陆、袁之堂，讵有怍色。

一二三

家君曰：谪仙《襄阳曲》，欧公亟赏其"清风明月不用一钱买，玉山自倒非人推"，谓非他人所能道。予谓"遥看溪水鸭头绿，恰似葡萄初泼醅"数联，又岂第二人笔下所能有？

一二四

岑嘉州《走马川》叠均歌行，每三句一转，论者谓本秦人峄山等碑体。予观《毛诗·桧风·素冠》之什，凡三章，章各三句，俱叠均，尚在秦碑之前。

一二五

蒋君长庚，湖南之宁乡人，寄籍金陵，尝从寄禅游，颇通内典，诗亦清超。如《圌山题壁》云："旅客遨游慢怆然，茫茫尘海尽浮烟。桃源失后疑无地，碧汉通时欲上天。一发青山京口树，半帆斜日海门船。峰头立马频高啸，横断江流只一鞭。"《咏岘青个人章，用元均》云："碧水风斜画舸横，闻君曾向蓼桥行。歌聆《子夜》传湘瑟，梦到丁帘帐晓莺。自隔银河稀后约，又从绮赋写新声。清狂似我应多事，稚韵排笺志目成。”虽未深醇，不乏隽语，洵可畏才也。

一二六

顷见六一头陀录寄禅遗诗一章云：“一磬堕暝翠，高楼倚月明。天空怜雁渡，山静觉寒生。云气迷钟阜，秋潮撼石城。时闻清梵发，还似读书声。”盖莫登扫叶楼所作。锤炼至此，岂近今名士所能跻望者哉。

一二七

禽言亦诗中之一体，《寄园寄所寄》搜录极多，皆作讽刺语。尤西堂亦有此体。家君子尝以幼时所见黄佩兰《禽言四章》录示云。《交交桑扈》：“交交桑扈，桑满墙阴三月暮。去年蚕时处深闺，今年蚕时涉远路。道旁忽闻剪刀声，令我踌躇不忍去。交交桑扈。”《不如归去》：“不如归去，侬家旧在江南住。离家一程远一程，饮食不同言语异。风尘沦落年复年，回首江南家何处。不如归去。”《泥滑滑》：“泥滑滑。大姑三月采新笋，小姑三月采细茶。行过南山又北山，微雨沾衣尘渍袜。莲钩小，稳些踏，泥滑滑。”《酒醉痴》：“酒醉痴，清明节到鸟先知。王孙携得佳人未，拾翠踏青正此时。登旧陇，赋新诗，酒醉痴。”流丽清圆，词新句雅，洵佳构也。后二首体制稍异，或云姚瀛仙作。

一二八

宁乡许铁丞先生，吾友岘青之生父也，著有《省吾轩诗草》。岘青尝以家藏副本见眎，清逸稳炼，自是前辈风型，爰取私心所好者菉之。《晚步书所见》云：“几重红树拥沙堤，天末鸦飞落照低。一阵西风最萧瑟，芦花吹过板桥西。”《冬日偶吟》云：“古意写纵横，高吟倍适情。看书嫌日短，作字就窗明。云覆树无影，风沉帘有声。夜来寒气重，愁绝梦难成。”《送郭伯庚先生之新疆》云：“尺鲤迢迢片纸传，何人揽辔勒燕然。无心出岫孤云远，努力擎天一柱坚。塞柳红摇残照里，驿梅香放晓风前。此行应慰苍生望，嘉峪关头猛着鞭。”“万里边疆一剑挥，长城匹马壮戎威。范公忧乐关天下，诸葛勋名起布衣。鼙鼓西征方战捷，旌旗北向又烽飞。枢廷惟有和戎策，太息中原事已非。”“边关闻道羽书驰，大地苍茫百万师。瀚海风高沉画角，天山雪冻舞牙旗。废营残月胡儿卧，古戍斜阳战马嘶。夷性难驯孰调剂，筹边伫望报明时。”《归田野望》云：“春风三月晓阴时，溪路垂杨绿满枝。巷口书声穿北牖，陌头人影入东菑。山光半没云行急，天气微寒雨下迟。爱惜韶华如此好，高斋磨墨写新诗。”

一二九

《临汉隐居诗话》云：“李光弼代郭子仪，入其军，号令不更，而旌旗改色。及其亡也，杜甫哀之曰：‘三军晦光彩，烈士痛稠叠。’前人记杜甫句为诗史，盖谓是也，非但叙尘迹、摭故实而已。”或又谓“锦城歌管日纷纷”一绝，为杜称诗史之张本。愚意史之意义，要不当专指讽刺褒贬，凡足以备一代故实，抉择严谨者，皆史也。《说文》曰：“史，记事者也。”若仅就一句二句、一首二首以为言，则《垂老》、《无家》、《石壕》、《潼关》、《兵车》、《哀江头》等作，将无皆徒摭尘实之词哉。大抵少陵生平，系心家国，遇世沧桑，所发多感时纪事之言，用有一代诗史之目，亦如和曼氏之称诗史耳。编者按：“和曼”今译作“荷马”。儒生穿凿，亦何足据？

一三〇

欧阳永叔云：“作文有三多，看多、做多、商量多也。”予曰：岂独文，征诗亦然。

一三一

社友灵山客《晚步》一首云：“寂历江城夕照斜，绿槐垂穗乱飞鸦。晚风吹散愁多少，独认深红问酒家。”又《除夕寄表兄小田武昌》云：“十年飘泊江东梦，万里风尘塞北笳。又是庭闱团拜日，不知离恨最谁家。”都为清韵也。

一三二

家君尝云：眼前景、意中事、口头语，见得到写得出，便是好诗。

然而谈何容易。

一三三

姚瀛仙有《一剪梅·咏卖花翁》词一阕曰:“千红万紫一肩担。香在身边,色在身边。春光九十不偷闲,东巷一天,西巷一天。朱门来往几经年。羞见婵娟,偏见婵娟。涉江生怕旁人嫌,蜂也同船,蝶也同船。”颇为世所传诵。

一三四

伯兄炳林,幼攻《选》学,为诗不多,虽风致稍杀,自是力学人语,非妄袭性灵、油腔滑调之徒所得同语也。余尝以小照寄家,并缀截句曰:“家国兴亡感不禁,美人芳草怨尤深。相看莫漫嗟诗瘦,别有骚愁在此心。”逾月兄之书至,亦报以一诗曰:“小照相看叹不禁,骚愁底事蕴深深?从今忧乐须珍重,莫负庭闱属望心。”敦厚之音,感人如电,诵馀菉此,藉征一斑。

一三五

诗用书史,最忌晦混,以词掩意,虽当何佳?僻典冷事,亦为魔道,狐穴之讥,可不慎乎。老杜自谓读破万卷,下笔有神,而其用事实佳妙可式也。如“妇人在军中,兵气恐不扬”、“五更鼓角声悲壮,三峡星河影动摇”、“过时如发口,君侧有谗人”等类,数不胜数也。

一三六

后山云:“陶渊明之诗,切于事情,但不文耳。”余尝思其不文之故,迄不得解,想与子瞻不好《史记》,永叔不爱杜诗,同一疑案矣。然后者或人情,前者则奇论也。

一三七

女子妆束,前代最重弓鞋,而以大作小,遂有种种丑态。吕曜如有七律一章,形容尽致,诗云:“凌波岂独说生莲,粉底弯弯剧可怜。且喜后尘多得地,只愁前路已升天。花阴立处痕长在,苔院行来印亦偏。一步一回频纳履,嘱卿切莫进瓜田。”又诵其同乡某先生席上《咏醋》一联曰:“秀才气味三分近,闺阁风情一半移。”亦可谓巧思俏语,每读一过，辄为失笑。

一三八

病痴老友，蕴藉性成，作诗亦吐属清韵，惜乎驰驱戎马，治学未遑，不获蔚成其胸怀之美。然戎冠剑佩，得此亦足自豪。为菉近诗，用同策勉。《月夜有怀》云："清晖渐减客心惊，上九初三感缺盈。杜牧寻春终恨晚，云英未嫁倍关情。齐纨扇好秋先冷，玉杵药艰梦太生。倚遍画栏干十二，渐看桐影上衣横。"他之断句，如："孔鲋深藏非素志，陶潜归去岂初心。""涓涓凉露眠蝴蝶，阵阵清寒起鹧鸪。"亦皆清稳。编者按：以上载第十三集。

一三九

《抱经轩诗存》一卷，宁乡许季铭先生著。先生幼慧，潜心经传、性理之学，耻沈浮作俗子。尝从湘潭布衣郭伯庚游，年未弱冠，著述丛焉。陈伯严、罗顺循皆争与之友。治《春秋》尤邃，有《春秋说》若干卷行世。惜乎颜回早世，贾谊不禄，未能闳其造诣也。诗一卷，寥寥数章，盖非先生所屑意，录一二首以见风格。《九月三十日偕黄宇宜罗禹枚许少卿登万楼》："昨夜城东偶泊舟，西风吹我上高楼。地悬幽岸万山远，门控寒江千载流。沧海波涛未平日，边关烽火又惊秋。平生空负读书志，蹇拙何舒君父忧！"《二十初度述怀》之三云："天地四方事，矢志在初生。忽忽十九年，所志竟何成？岂不思学古，长随今人行。岂不思真性，常为物欲萦。两轮捷如云，谁与苍苍争？此身贵自立，斯人相重轻。俯仰宇宙间，抗怀千载名。""洙泗已云往，关闽不复作。吾其谁与归，一身空落落。既非天挺豪，流俗多狂药。一饮便瞑眩，贤愚争鄙薄。静言试思之，七尺将安托。自非遵道行，浩荡无倚著。""立身贵去恶，恶先去其尤。读书贵择善，善先择其优。去恶不去尤，一事败千秋。择善不择优，百岁安能周。人生七尺躯，天地亦同流。胡可愦愦然，与世为沈浮。君子有要术，应免后世忧。"

一四〇

家君曰："白发三千丈，缘愁若个长。"谪仙才语，妙在可解不可解之间。王荆公增为“缫成白发三千丈”，直是不可解矣。“眉痕只觉瘦来浓，指爪都从病后长。”孙渊如《赠内》诗，可谓哀艳，《疑梦集》效之云：“情飞眼角双眶绿，病染额心一点黄。”对句尚可，出句堪设想邪？惜其不读《李夫人传》耳。

一四一

宋庸字幸愚，保邑故家子，工书画，能诗，晓歧黄。沦落不偶，挈家售艺于常，不知所终。作诗规摹老杜。兹录其《书怀》五律一首：“戎马关山道，独从异国回。边城寒角动，海月夜潮来。空有怜民意，谁为济世才？临风抚短鬓，潦倒且衔杯。”

一四二

后山云：“鲁直《乞猫》诗云：‘秋来鼠辈欺猫死，窥瓮翻盘搅夜眠。闻道狸奴将数子，买鱼穿柳聘衔蝉。’虽滑而可喜，千载而下，读者如新。”因忆菰菽《对酒示友》诗曰：“只顾倾杯莫论钱，寒宵好借酒催眠。千金难买长生药，何必长生便是仙？”讵非同此理趣。

一四三

“九日重来上此楼，青山如旧叶皆秋。岂无载酒题糕兴，似有攀天蹈海愁。折得黄花笑将插，自搔白发短还羞。群公应抱匡时策，早使新亭泣涕收。”此八指头陀《梦重阳日与王梧生俞恪士李梅菴分韵得楼字》一律也。意态闲远，感喟苍茫，自是佳作。又《劝业场观菊》一绝云：“看罢深黄又浅黄，枝枝叶叶竞斜阳。似邀万亿陶彭泽，同到江南醉晚香。”亦殊谐妙。

一四四

“与郎酣寝浑忘晓，鸡亦流连不肯啼。”欢娱之言，可谓工已。“最是五更留不得，向人枕畔着衣裳。”韩家自在窗中句也。同一儿女语，读之令人欲唤奈何，盖愁苦之音之感人易深耳。善乎太史公之言曰：“《离骚》盖自怨生也。”

一四五

蓝田老友示诗一章，读之如闻笑语也。诗曰：“长沙一别后，人事几沧桑。世乱文章贱，时危姓字藏。穷途闻痛哭，独立感苍茫。秋色西来满，销愁各举觞。”

一四六

“池塘生春草，园柳变鸣禽。”千古胜语，妙在意与物会，籁由天成，如春阳散和，不见斧凿，后人以艰深求之，转入魔道矣。陶彭泽“采菊东篱下，悠然见南山”，同一理味。坡老《示明上人颂》曰：“衝口出常言，法度法前轨。人言非妙处，妙处在于是。”知此论也，可以言诗。编者按：以上载第十四集。

一四七

世传浣花翁“子章髑髅血模糊，手提掷还崔大夫”之诗，可御疟鬼。予味其刚厉雄莽之气，诚哉匪诬。顾施肩吾之“小鬼、国家”，亦足令山魈却步，又何言哉？

一四八

往闻吾友石音，诵人扇面之诗，一时谫索，不知出所，曾并志之。顷夜清寒，孤灯破梦，坐翻《鉴诫录》，乃识为程贺句，贺因此得名，时人呼为“程君山”。诗与所闻略异，或传写之失与，因更录之：“曾游方外访麻姑，说道君山此本无。云是昆仑山上石，海风吹落洞庭湖。”

一四九

西民以舒河槎先生《笈云楼诗钞》一卷寄视，乃舒氏家藏本，欲付剞劂而未遑者也。首弁吴树梅一序，乃督学次辰时所撰，推崇特至，有“作者山川所历，例付歌吟；慨叹之怀，时烦墨素。其中长句，尤运神工。接武盛唐，流刑三楚。当推大雅，自是公言”等语，价值殆可想见。予披诵一过，觉五字校胜，长句亦多瑰丽雄伟之作也。《富池寻甘折冲墓》云：“英雄时未遇，聊挂锦帆娱。咳唾犹惊蜀，威声足霸吴。山围松翠冷，碣蚀藓花麤。几点神鸦集，斜阳满绿芜。”《油洋道中作》云：“舆轿逾林杪，连山入建州。白云千嶂暝，黄叶一村秋。野店烟争出，溪桥水乱流。文斤何处望，岚翠扑衣浮。”《登大观亭》云：“皖城春树拥危亭，曲曲阑干绕画屏。四月烟光随地绿，六朝山色隔江清。无穷天外风云气，最好阶前木石形。暂借凭高消客感，香炉茗碗启禅扃。”《赤壁怀古》云：“咸阳宫遭楚人炬，四百年终火不举。猘儿已死阿瞒来，军火夜照擂鼓台。是时炎精欲衰歇，贼相燎原势正烈。下策还须上将为，八十万人若锻铁。铸成鼎足安江东，周郎年少真英雄。即今反照入江处，犹疑猛焰连天红。”《小园》云：“桃李新开一径斜，短垣拥护野人家。春风春雨浑难解，吹上枝头便是花。”《深秋旱热，夜忽闻雨，喜赋》：“丰隆屏翳潜遁逃，羲和怨咨殴景劳。炎宫赩熹贾馀勇，火伞扑裂苍雯高。金行久伏不敢动，母制子困元冥号。地脉尽枯石髓竭，草木萎落风飙飙。是时旱氛塞宇内，天公放眼迷尘嚣。谓谁收炬两阅月，应持素节凉生飙。何乃丹乌恣翔翥，白藏柄被朱明挠。敕下云将汲海水，涤暑忽倾东溟涛。风神雨工始惧谴，起视厥职难屯膏。翻盆飞线施霡霂，溜交渠满声喧嘈。耕父囚拘旱魃溺，和气未许孤阳骄。众情欢愉我尤快，似奇痒得麻姑搔。淅沥恍听灵鼓瑟，又若阿环弹琳璈。芳塍泽下尺可掘，麦种督讵烦田曹。老农呼童饱饭犊，凌晨负耜趋霜皋。我欲名亭记此喜，问谁文笔能如苏公豪？”

一五〇

家君曰：左氏文好谈鬼神，伯有楚灵，着墨无多，神情活现，读之使人懔慄欲怖。汉代乐府，如唐山夫人某歌，写得精灵恍惚，雅有盲老公笔意。

一五一

屈子《天问》篇末“彭铿斟雉帝何飨”以下凡十三句，便是汉魏以后七古歌行之先声。

一五二

长兄《对菊》诗云：“魏紫姚黄说牡丹，春阴便觉放来难。何如亦爱庐前菊，破蕊能禁九月寒。”寄托良好。

一五三

《馀生诗存》有《成都工部草堂》一律云：“锦官城外郁苍苍，溪水环流旧草堂。半壁湖山容啸傲，一生忠爱寄文章。磬声秋感家千里，花影红摇泪几行。最好放翁同供奉，骚坛不断此心香。”（祠中以陆放翁附。）极清健之作也。又《题谭伯闾出塞图》云：“边风萧萧凋朱颜，几人生入玉门关。谭君出塞复入塞，自画策马行天山。山下黄沙莽白骨，空中碧雨雾苍峦。倚装呵冻作露布，手挥双管刀双环。今莅兹邦逐鹓鹭，捧图细玩心往还。我闻君言拍案起，编者按：此处疑漏一句。我亦于役秦蜀间，行行再渡牂牁水。姎徒纳款碉寨平，短衣长剑且休矣。一官落拓十馀年，旅进旅退胡为耳。喜君少壮长安来，转瞬鹏抟九万里。卷中人旧头衔新，以张吾军自隗始。”《春柳》云：“春归日以深，已绿路旁柳。枯枝怨东风，吹嘘有先后。”（是节《出塞图题词》中，疑有漏句。超注。）

一五四

家君曰：读古人诗，各有兴寄，即各有感触。人问王孝伯，《十九首》中以何等句最佳，王以“所遇无故物，焉得不速老”应之。予每读“前日风雪中，故人从此去”二语，为之怆恨。盖由关塞飘零，饱谙斯味也。

一五五

诗言志，“车马轻裘，敝之无憾”，仲氏志也。太白“五花马，千金裘，呼儿将出换美酒，与尔同消万古愁”，是追进一层法。又“回头语小姑，莫嫁似兄夫”，语意亦从《孔雀东南去》中化出，退士訾其轻薄矣。编者按：“退士”疑当作“确士”。“轻薄”之讥，见《说诗晬语》。

一五六

庚戌在鄂，与仲兄共守除夕。同人多纵酒恣歌，以酬一年之劳苦，虚室清冷，炉火微红，独予与兄对坐数残点。亹亹清言，彻宵忘倦，想宋学士煮齑风流，不过尔趣也。天未明，复哦诗以遣，仲兄有“万家爆竹催除夕，千里归心到故乡”之句，予亟赞赏之。然自斯而后，人事苍茫，昔日胜游，都堪下涕矣。呜呼，“每逢佳节倍思亲”，此语未忍卒读。

一五七

徐子纯《春柳》云："东风吹绿上柔条，掩曳春光暮复朝。落絮频飞晴日雪，舞丝惯学美人腰。渭城带雨牵孤客，白下垂青送六朝。最是流莺能助态，半林歌吹惹魂消。"编者按：以上载第十五集。

一五八

梅都官曰："作诗无古今，欲造平淡难。"平淡云者，历彻甘苦，落尽芬华，冲然返于天人混洽之境也。老杜以超诣许陶谢，二公胸怀之高妙，要亦不可及耳。余尝见近世之士，多摭拙易鄙俗之词，体同俳唱，平淡自许，性情妄矜。知者见之，不将冠队缨绝乎。

一五九

周孟岑《春怀》四首，旧曾菉一，今得全璧，用将所缺者补之："一池吹皱轸新愁，花事年年肯便休。偏是小家多碧玉，似闻大道遍青楼。魂连芳草随郎马，命坐孤星妒女牛。最好洗心参我佛，欲从空处问来由。""汉渚依稀解珮珰，只今罗帕尚温香。聪明顶上花能语，消息眉边电有光。牍尾缠绵蚕作茧，琴心凄惋凤求凰。年来宋玉多悲感，孤负东邻只隔墙。""少年情味莫重提，金缕衣陈欲浣溪。大好客题《青玉案》，更无人唱《白铜鞮》。泪痕灰尽千行蜡，心字灵存一点犀。恰似三生狂杜牧，前身今影记分携。"

一六〇

作诗造意遣辞是一事，押均亦是一事。尝见多少好句，以用均未工，都成瓦砾，良可忾也。然均之工，非徒关于稳不稳也。凡哑响、巧拙、曲直、深浅、轻重、生熟，皆自有故，不可不知也。

一六一

瓠史轶其名氏，有七绝一首云："澥王邨里七香车，游女如云艳胜霞。羡煞北平馋太守，蜂须双嗅髩边花。"诗情骀荡，雅近老坡。题曰"红袖主人一异事"，亦不知所指。

一六二

家君曰：扬子幼《种豆》诗，不过比兴语，喻仕宦之不达耳。张晏、臣瓒旧注，必谓南山君象，芜秽不治，言奸邪满朝也。语意晻昧，叶氏驳之最允。元微之《连昌宫词》“禄山宫中养作儿”等句，直是破口嫚骂，不遭文致，亦云幸矣。才子之称，岂不大异？

一六三

杨北溟《禽言》集唐句三章，词殊凄惋。其一云：“姑姑苦，姑姑苦，辽东小妇年十五。误嫁长安游侠儿，独宿空房泪如雨。姑姑苦。”其二云：“不如归去，不如归去，家在虾蟆陵下住。怜君何事到天涯，献赋十年犹未遇。不如归去。”“行不得也哥哥，行不得也哥哥，淮南木落楚山多。雷声又送千山雨，朝闻游子唱骊歌。行不得也哥哥。”

一六四

王村左西塘先生讳云衢，家君之童子师也，学业文章，巍然一方之伯。顷见其遗诗四律，自是斫轮老手，用菉存之，以广流传。《老儒》云：“少年簪笔侍金銮，晚去传经岁月宽。门下生徒多宦达，帐中丝竹洗寒酸。除书几次辞枫陛，道脉千秋接杏坛。底事高丽仰风采，使臣频问老夫安。”《老将》云：“猿臂将军鹤发稀，壮心未肯脱戎衣。提兵北海屠鲸去，校猎南山射虎归。半世记曾经百战，单刀犹可破重围。自怜身在沙场久，画上凌烟貌不肥。”《老僧》云：“早岁皈心入梵宫，蒲团坐破万缘空。蕉窗帖惯临怀素，莲社诗耽咏远公。卓锡五方留爪雪，谈禅一代仰宗风。十年宰相凭谁领，煨芋炉边火正红。”《老农》云：“扶犁日日往田间，满眼儿孙未肯闲。耽我桑麻身已老，惟他稂莠手亲删。黄冠祀社充耆长，赤足沽春到市阛。耕凿相安忘帝力，高歌击壤夕阳殷。”

一六五

姚瀛仙有《踏青词》云：“南山行过北山来，小憩平林坐石苔。百舌休啼泥滑滑，风头鞋样试新才。”又《题背面美人图》云：“惜墨如惜金，写鬟不写面。但与郎相思，不与郎相见。”皆极新颖之作。

一六六

平江李次青《先正事略》，鸿文巨制，为前代咸同间大著作家，惜不见其杂著。其族叔某，有《游边登八达岭》一首云："天险长城截九州，乱峰如屋绕关头。朔云万里连沙漠，寒月三更上戍楼。蒙古旌旗干北极，至今驼马向南游。"结二句则亡之矣。爱其格律雄浑，时时诵之。见不逮闻，"枫落吴江冷"，固不必全篇俱传。

一六七

八指头陀《夜登扫叶楼，示楼主星悟》长句云："金陵不到忽三载，乘兴复古清凉门。萧梁往事如败叶，登楼欲扫俱无痕。道人观世犹浮云，古今变幻徒纷纷。愿放心光照沙界，弹指吸尽无明昏。宝志不作达摩死，西来大意谁复言。与子且卧松下石，笑看落月金盆翻。大千一发了无着，区区成败何足论？"

一六八

湘乡李希圣字亦元，著有《雁影斋集》，清官部曹，见重于长沙张文达，与张小圃、黄仲弢两学士酬唱无虚日，所为诗大都凄清雅丽之作。说者谓其摛词振藻，本乎义山；树骨布局，原于山谷，概可知矣。蓝田老友曾抄数首见寄，如《有寄》云："汉女遗珠佩，湘妃倚薜萝。拟愁供楚雨，量恨与吴波。往事兼春远，流尘着梦多。玉珰无觅处，长是隔秋河。"《游仙》云："蓬莱殿阁郁瑳嵯，编者按：据《雁影斋诗》，"瑳嵯"作"嵯峨"。万树垂杨百顷荷。旧说宫中行乐秘，近闻海外进方多。锡秦剪地轻千里，享论钧天奏《九歌》。王母夜来真大醉，通词谁为托微波。"《帝子》云："帝子苔痕玉座青，鹧鸪啼处雨冥冥。北门剑佩迎蕃使，南极风涛接御屏。江海佳期愁晼晚，水天旧事梦娉婷。秦丝解与春潮语，一曲蘼芜忍泪听。"编者按：以上载第十六集。

一六九

田气庚为永顺土司谋士，彭氏献土后，遂自放于山水间。传其《游桃源洞》一绝云："古色苍苍锁翠苔，前贤曾说避秦来。而今不是秦天下，仙洞如何久不开？"立论颇新。至说者谓题诗壁上，洞门訇然有声，殊附会无稽。

一七〇

向敏吾先生，以文雄于世，渊雅奥炼，胎息任刘。家君子每击赏之。所为诗，则未免有晦涩芜陋之病。尝得其遗稿数章，撮录二三，以见格调。《鄂城杂感》十首之五："沔水东流绕汉川，凄凄嗷雁杂啼鹃。万家野哭凭官桌，一纸公符起废员。荒郡文章防辣手，边州牧令怕平权。孤樽绿酯沧洲晚，冷月无聊独上船。""五洋铜笛汉家营，绿柳摇天夹道阴。三镇戈铤严部署，两湖弦管听消沉。冠裳欧美文明渐，鼙鼓湘淮暮气深。时向杨彭祠下望，戟门壁垒尚森森。""年荒习饿迟晨膳，酒贱无钱罢椀斟。废吏闲来官气重，旧交老渐世情深。鼓楼钟吼东朝月，衣市风敲汉苑碪。王霸雄图今在否，暮云如墨草如茵。""六月伤寒梦不知，生涯无术学为诗。参苓莫补贫中病，花月常添醉后痴。卅载蒙情空北海，十年感遇负南皮。(张抑仲。)山僧妄解神龟数，抛却五黄说长离。""红流钩党血模糊，七子钟谭一败涂。名士文章真画饼，大官功业亦呼卢。疑闻乞子筹公债，怕听湘人谍米租。却喜迩来时事好，汉关鳌税半分无。"

一七一

家君曰：屈平《九章》，前五后三，皆从身世着笔。第六章间以《橘颂》，文心狡狯，使人不测。老杜《同谷七歌》，"弟妹"之下，插入"四山多风"、"南有龙"二首，末复收到本身上，章法全祖灵均。

一七二

五溪多三王庙，神为兄弟三人，相传皆南宋名将，平苗有功，旌麾所莅，箐洞慑服，为权臣所忌，贻鸩而卒，英灵不没，往往为祟。后经敕封三天王，永享血食，患乃得寝，故俗亦呼之为"天王庙"，又以生职称之为"三侯庙"。罗子源有《三侯庙》诗云："万缕蛮烟一战收，百年庙貌大江头。弟兄难得皆名将，士女都来拜故侯。滩水走雷龙欲起，山峰立剑树常秋。迁陵闻说英灵在，铁马金戈夜夜游。"又《出塞曲》云："万里秦城外，平沙接大荒。天寒征旆白，日落阵云黄。号令风雷动，军声鼓角忙。前山烽火起，上马正擒王。"《入塞曲》云："百战将军捷，长歌壮士归。明驼驰露布，番使拥降旗。沙阔千雕下，秋高万马肥。欃枪一扫荡，鼓吹脱戎衣。”清健雄浑，俱可传作。

一七三

尝于金陵扫叶楼见一绝云：“湿云如墨拥层峦，古寺秋阴佛殿寒。竞说六朝山色好，有谁来向雨中看？”喜其新妙，惜乎姓字忘却矣。

一七四

湘边黔部，山阻林深，盗贼纵横，官吏束手。比年以来，辄攫人勒赎，为之号曰“捉肥猪”。蚩黎涂炭，无可告语。客冬以还，稍稍敛戢，而保邑知事陈某，卒坐是撤委去。陈川人，清秀才也，以法政生考得知事，庸懦偏听，事为掾属所把持。李翰仙先生与有缟纻交，去任之后，赋《赠别》四律云：“现宰官身说法来，边氓风气未全开。汤城下考书循吏，天监初年策秀才。城社隐防狐鼠肆，郊原幸息雁鸿哀。十分春好留难得，更进湘亭酒一杯。”（前湘循吏真西山《公宴》诗：“今日湘亭一杯酒，数来散作十分春。”）“不辞硗确住山城，闲抚宓琴写韵清。容易流光催过客，最难本色是书生。瓜期秋老岁云暮，棠舍春多阴待成。黄鹄高翔莫回顾，让他鸡鹜食同争。”“恸哭长沙策治安，养民容易教民难。当官最好勤兼慎，除盗不妨猛济宽。奴橘千头秋雨润，蛮山八面瘴云寒。眼中人老王郎壮，细柳军容一例看。”（八面山之役，王参戎、周总戎、会黔、蜀师合剿。）“单父驱车迎送劳，鲚鲂明辨晰秋毫。不存五日张京兆，同醉一樽何水曹。（贱辰寿联有‘我携一尊清酒来，公馀联博长庚醉’句。）舆论有如碑载口，邻氛无复盗如毛。美人香草灵均怨，嘲解扬雄反楚《骚》。”家君曰：翰仙诗，吐属雅，裁对工。四章棉针泥刺，若讽若嘲，于言外见意，殊有可录。犹忆光绪初有《过沪上》一律，中二联云：“楼船彻夜明灯火，杨柳沿街赛画图。金屋娇藏咸水妹，银筒香吸淡巴姑。”不愧清才，就今日论，亦吾邑骚坛中鲁灵光也。

一七五

《道山清话》载：石曼卿一日至李驸马家，见杨大年写“折戟沉沙铁未消”一绝，后书“义山”二字。曼卿笑云：昆里没这般文章。涂去“义山”字，书其旁曰“牧之”。盖两家集中，皆载此诗也。诗甚佳，但颇费解说。吾尝思之，亦不悉其费解说之故。

一七六

张东墅《镇筸道》中一绝云：“腰刀首帕半身衣，蹑足登山似鸟飞。赤米白虾满笼负，夕阳人影趁墟归。”于边邑风俗，惟妙惟肖。编者按：以上载第十七集。

豁盦诗话

豁　盦撰

一

鄂中老名士杨某，晚年落拓，居恒郁郁，以诗自遣。闻客石首时，有《阴司十八景》之咏，语多讽世，传诵一时。惜仅记其《尖刀山散步》嵌字格一绝云："尖风透过一身轻，刀尺谁家响玉砧。山上杖藜扶一个，思量还比世间平。"

二

尝在芜湖某处，见近人题画梅云："圈圈点点复枒杈，顷刻开成一树花。幸遇孤山林处士，不教零落在天涯。"惜竟忘其姓字，风尘中我负斯人矣。

三

湘中某游学先生，题也可园嵌字格一联云："也不设藩篱，恐风月畏人拘束；可大开门户，就江山与我品题。"盖斯园本无藩篱也，然语句则脱尽寒酸气习矣。又尝至一巨族，主人故名士也，适开汤饼之筵，先生长揖入席，主人怪而诘知其故，遂以"恶索角"韵限成七绝一章，先生即应声曰："昨夜天宫降一恶，蛟龙冲断黄金索。六丁六甲何处寻，寻到君家见头角。"四座皆惊。主人起敬，因厚赠之，不谢而去。

四

太平金柱塔，最上一层，有所谓南天门、北天门者。近年有无名氏留对句于壁云："趋步来，南天门，北天门，一塔横江，中流砥柱。"逾年无偶。其人重来，复自对云："放眼去，东梁山，西梁山，双峰排闼，半壁屏篱。"本地风光，天造地设，气象堂皇，工力悉敌。噫，何人斯！曷胜想象！

五

金陵刘某，酒狂也，有《漫兴》云："平生不解锁眉头，糊里糊涂到处游。问我功名领何职，酒泉太守醉乡侯。"其门联云："名世大文酒德颂，传家天爵醉乡侯。"又："英雄无事且种菜，豪杰多情总爱花。"此其门下士黄惕冰亲为余言者。

六

湘阴名士左钦敏，今人中古人也，某士人为君鲍叔，遽夺中年，君为料理后事，绝无哀戚之容。有责备者，君置不答。及见其輓联云：“一滴染天，壮士感恩宁有泪；九歌穷路，骚人幽愤竟成孤。”其人恍然，服君学养之深矣。

七

湖南诸生，有绰号吴脬者，撰桃花洞田千秋诞日中秋节秋报戏台联云：“庆万宝以告成，一曲《霓裳》，摇落天边桂子；对千秋而祝寿，三通羯鼓，催开洞里桃花。”点缀既工，构思亦巧，吐属又风雅，真名人手笔也。

八

清左宗棠经略西域，出嘉峪关时，沿途插柳，初不过为志归途也，而积久成阴，风景一变。有湘中游士某，谒公于塞上，献诗云：“大将征西久未还，湖湘子弟满天山。新栽杨柳三千里，惹得春风度玉关。”公大击节，优礼遇之。有才爱才，于斯愈信。

九

绝对多偶得，故属对綦难。江南燕子矶，有废武庙，仅保存云长一勒马横刀偶像，士人某赴乡试，系缆矶头，入庙游览，猝成上联云：“孤山独庙一将军，单刀匹马。”竟无下联，苦思不得，以为才尽江淹，遂致踪追屈子。自此天阴常鬼泣，且念斯联，不胜凄楚。越三年，复有赴试者，闻而对曰：“夹河两岸二渔叟，对钓双钩。”亦是本地风光。其鬼从此遂绝。

一〇

联语易缀难工，尤难传，然亦有可诵者。如余所见某赠妓马掌子云：“马上琵琶千古恨，掌中歌舞一时轻。”金福云：“黄金有价卿无价，艳福能修我也修。”萍女子云：“青萍结绿千金价，儿女英雄一样情。”情文关合，风致嫣然。又彭育魂红仙云：“如此红颜拟苏小，本来仙子住秦淮。”（妓金陵人。）小扣子云：“小垂歌袖娇难举，扣入琴丝解不开。”宝如云：“楚国以为宝，梅花总不如。”生面别开，雅俗共赏。余亦有月仙云：“不知明月为谁好，修到神仙亦有情。”不嵌字云：“青衫有泪酬知己，红粉怜才亦感恩。”金宝云：“金缕唱破相思梦，宝鸭熏开离恨天。”若楹联则有清水师武弁张国威、谢开甲采石太白楼合撰联云：“文章有千万丈光芒，酒圣诗仙，不轻视宣城内史；（谢）眼力识第一流人物，怜才爱国，终保全汾阳郡王。（张）”各有寄托，自负亦高。张又有公署联云：“是谁伴我，有左氏奇书，右军法帖；与孰为邻，只芦中渔父，泽畔吟魂。”孤介寡合，想见一斑。又厅事云：“黄鹤笛声千里外，（张鄂人。）翠螺山色一樽前（时守牛渚。）”风雅宜人，有情有景，衙官屈宋，不过如斯。张又有赠绮云妓联云：“一曲清歌，且招来名士猖狂，美人旖旎；十年浪迹，只落得伤心风月，过眼云烟。”借题发挥，可知怀抱。至輓联则有寿春方绍泉先生在鄂时輓清长江提督程文炳云：“三十年戎马相依，蠲塞归来，剩白发萧萧，报德于今惭国士；五千里轴轳遥接，鹤楼凝眺，对洪涛滚滚，招魂何处哭英雄？”名下无虚，尤推老手。余前在十二圩，得与宋、林追悼会，有合輓云：“苦恼悯众生，南北东西同洒泪；艰难慨时局，古今中外独怜才。”又独輓宋云：“魂魄恨千秋，公真国士才名累；风云横四塞，我为苍生涕泗流。”或云高浑，似不由衷。又余上年从军饶州，国庆日楹联云：“此日足千秋，愿与同胞常纪念；天下犹多事，敢忘吾辈有担当。”曾几何时，竟成谶语。然实不及都昌知事彭贡玮之“杰阁与鹤楼并重，黄花和碧血齐飞”之典雅哀艳，足以动人也。

一一

湘中名士李堇庸、龚觉庵，一则潦倒终身，一则流落不偶，其著作多散失，余仅记李《湖北昭忠祠》云：“一人恩宠万枯骨，两字褒荣九死生。”龚《咏怀》云：“容易醉人红袖酒，最难传世白衣文。”均极惨淡。李尚有白门踏青“经”字韵云：“杏花雨后客初到，桃叶风流我已经。”颇有风趣。李悲歌感慨，有烈士风，余輓句有云：“运蹇壶常缺，时艰剑欲抽。歔嘘波印国，睥睨美欧洲。”非虚誉也。编者按：以上载第一集。题作《风尘闻见录》，后改今题。

一二

南京钟鼓楼东有大钟亭，清光绪年末造，有无名氏题壁云：“太息神州事，夷氛满域中。睡狮何日醒，警世一声钟。”是亦有革命之思想者。

一三

龚觉盦佳句颇多，骤难记忆，兹复忆其《旅怀》有句云：“群公衮衮爱虚誉，何处侯门好曳裾。”又：“莫谓世间无漂母，只惭不是汉王孙。”待人自待，可想而知。第自吴门相见后，十载于兹，江湖载酒，落魄依然。“冠盖满京华，斯人独憔悴”，悠悠苍天，从何质问？

一四

李堇庸诗、古文词、书画俱佳，联语亦擅长者。前客松江，闻龙铁凡诵其安庆大观亭联云：“秋色满东南，记赤壁以来，良夜泛舟无此乐；大江流日夜，问青莲而后，举杯邀月又何人？”

一五

清彭刚直好游山水，到处留题，而长联以石钟山昭忠祠者为得意作，其联云：“烈士魂，忠臣魄，名贤手笔，菩萨心腹，合古今天地之精灵，同此一山结束；彭浦月，蠡水烟，马当斜阳，匡卢瀑布，集东西南北之胜景，全凭两眼收来。”又采石太白楼云：“到此莫题诗，谁个敢为学士敌；江心频捉月，我来甘拜酒仙狂。”双方身分，包括于中。

一六

刚直虽喜嫚骂，倨傲属僚，然甚爱才。相传石钟山消夏时，见部下谢濬畲游击六十本梅花寄舫一联云：“三千里萍梗飘来，重向山头折屐；六十本梅花开遍，好凭国手调羹。”大加叹赏，移置座中。

一七

黄惕冰云：蔡德民精于绘事，某年落拓白门，有题画句云：“偷眼霜禽知得否，冷花也有向阳时。”又友人某厚禄书断，荏苒多年，忽邮绢索写梅花，蔡君报之，题句有云：“寒酸本是和羹用，岂为奸雄止渴来?”一则讽而婉,一则谑而虐矣。

一八

张晚溪,名国威,解画工书,豪饮善谑,为清武员,颇有文名。尝记其《重到江阴》诗有云:“十载重来儿女换,似曾相识有君山。”意殊闲适,不类武夫。

一九

彭舜臣,名锡绳,长沙人也。大父某先生,清时出仕海州,以忤上官,傲同僚,宦海沉沦,赍志以没。先生工汉隶,善画竹,诗古文词,超超元箸。尝受知沈文肃,屡倩捉刀。先生守海州,即沈督两江时也。后先生任满,侨寓白门,自撰一联,大书云:“没世难忘知己感,平生甘被小人欺。”悬于厅事,见者为之夺气。噫,想见前辈风骨矣!

二〇

泰兴士人朱某,《吊高丽古战场》云:“白玉山前战骨香,纸钱吊鬼太凄凉。柳车马革无消息,多少生妻已下堂。”饶有唐音,不堪卒读。

二一

某富家子弱冠时,请父命,以千金外出求学。旋病归,囊空裘敝。父误为流荡使然,薄待之,子晏如也。一日,父检其行箧,见《病归》诗,有“比来一病轻如叶,扶上雕鞍马不知”之句,父欣赏焉,愈加爱重。

二二

闻苏人士云:“贵阳陈筱石抚吴时,公馀之暇,伉俪间多酬唱”。其夫人尝以“酒”、“美人”、“马”、“马鞭”、“海棠花”限成一联。陈不加思索,援笔书云:“醉罢玉人扶上马,扬鞭着落海棠花。”

二三

湘乡杜云秋,需次吴门,独行古道,于天涯沦落人,尤相关切。某游士以无度岁资,戏献诗云:“玉皇稳坐凌霄殿,不问臣家酒有无。”杜厚赠之,盖杜亦隐于醉乡者也。

二四

萧山王槐青，余风尘中之挚友也，曾毕业于江南水师及皖路学校，后客死芜湖。余有輓句云："身在江淮湖海惯，学兼中外古今全。"盖纪其实也。君善吟咏，多风华语，惜遗稿已散失。余仅记其《游扬州天宁寺》云："众佛有情开口笑，一僧无语抱头眠。"亦可想见其风趣矣。

二五

李堇庸遗稿不可得，佳句不多传，余深引为憾也。昨罗正朋过访，又得其《游秦淮》诗云："远望名花魂已销，楼船先泊复成桥。秦淮一色娇人水，人比秦淮水更娇。"君之墓现在白门清凉山下。呜呼！草木同腐，骸骨无归，龚觉盦之言，何沈痛也！

二六

白门清凉山下，有诸葛祠，相传其地为驻马坡。住持僧竹屏，好饮能诗，有《遣兴》云："抽刀磨白昼，沽酒醉黄昏。"罗正朋面笑其非。未几，果还俗，复姓周云。

二七

罗正朋，名辛渭，衡山人，将门种子也。以继先人志，废读半途。工书法，亦偶作诗。余颇爱其《宿黄鹤楼》云："偶携琴剑渡潇湘，黄鹤楼空汉水长。鸿雁一声天地阔，破人归梦到衡阳。"《赠迎江寺僧》云："野鹤孤云为甚忙，高山归后一身藏。楼台烟雨迎江寺，闲看渔舟拜塔王。"又《蜈矶》云："矶上水流无限恨，空江潮打美人魂。"如雨后看山，别有境界也。"

二八

彭盲魂祖父迪弃先生，清光绪朝官裕溪参将时，以"富有票"党人起事，阴守中立，去官归宣城，就其哲嗣品三先生之养。《解组》诗云："蓦地烽烟火四流，西风撩乱使人愁。心驰桑梓三千里，身寄江淮数十秋。作楫那堪经世用，耘田终不为人谋。老夫消受儿孙福，皖水南归一叶舟。"武人能诗不易，工诗尤难。此诗怨而不怒，颇有古名将风。

二九

近人联语之可诵者，余前已略存之。兹复忆有数联，亦颇脍炙人口，因续记之。清荆州某将军，宠一妾，徐州人。后将军死，妾殉焉，某游士撰合輓句云："大树忽倾，泪堕羊公碑上；小星同殒，魂归燕子楼中。"典雅哀艳，对仗尤工，时推特色，编者按："色"疑当作"绝"。洵足当之。题联如邵阳曾伯隅先生宝庆双清亭云："楼阁宛在虚空，恰当面面疏栏，同坐清风明月我；水石亦何寒翠，愿得家家团扇，添画青山白云人。"诚有如随园所谓不食烟火者也。衡山文杏生，长沙衡州会馆云："八百里浪迹归来，相逢萍水；七二峰从头数去，尽是家山。"情文相关，亲切有味。君山洞庭庙云："落第寄书邮，事缘羊牧阿娇，云外神仙当尚主；中流凭砥柱，赋得龙乘佳婿，世间才子几封王？"推崇得当，结构亦工。清皖学使某青山太白祠云："老友一生惟子美，青山千古压玄晖。"恰到好处，不愧文星。某关帝庙云："异气等同胞，愧若辈同胞意气；江山原一统，恨当时一统三分。"庞统庙云："造物忌多才，龙凤岂能归一主；先生如不死，江山未必许三分。"议论翻新，迥非庸手。邵阳车串万白水（因瀑布而构成地名）浮云石云："飞来白水千寻幻，收拾浮云万壑妍。"小中见大，自负不凡。余大通安澜阁云："古人忧乐关天下，何处江山非故园？"又江西会馆云："五大洲文轨交通，漫将赣水源流溯；廿世纪人才寥落，当为庐山面目羞。"盖有所愤激，非敢忘情也。集句则有罗正朋、金树人合赠月仙云："昨夜雨凉今夜月，诗家眷属酒家仙。"彭盲魂"水仙"云："曾经沧海难为水，愿作鸳鸯不羡仙。"随手拈来，都成佳作。盲魂名鹤，字昂云，长沙人。癸丑仲秋，以忧伤卒于宣城寄籍，疾没世而名不称，吾党中又弱一个。故余哭君有句云："笑骂文章多感慨，古今才子半忧伤。"亦实录也。编者按：以上载第三集。

清芬室诗话

竺　仙撰

一

前清乾隆三十三年，杨重英随大将军明瑞征缅甸，师败被执，讹传已降，实则抗节不屈也。缅人囚之于僧寺，越二十一年，缅酋奉表投诚，始送还，卒于途。得旨褒奖，有“驾苏武而上”之语。并释其子长龄出狱，授三等侍卫。重英有女曰琼华，当父在缅时，素服持斋，时遣人周恤其弟，一时称为孝友。有七律二首，记重英还朝，及长龄出狱事。诗云：“念载栖迟寄缅僧，纍臣心迹玉壶冰。九重明诏称苏武，万口讹言说李陵。地折金沙云尽瘴，天开铜壁铁为绳。白头辛苦蜻蜓驿，痛哭迎亲恨未能。”“乍听金鸡下赦竿，念年今始释南冠。泪凝狴犴伤公冶，血洒弓衣愧木兰。绝域风霜生马角，九重雷雨洗忠肝。遥知多病垂衰老，应为娇儿一进餐。”

二

无锡惠山寄畅园，有樟树一株，其大数抱，枝叶皆香，千年物也。前清圣祖每至园游览，辄抚玩不置。回都后，犹时忆及之，问无恙否。查慎行尝赋诗云：“合抱凌云势不孤，名材得并豫章无？平安上报天颜喜，此树江南只一株。”迨清圣祖没后，此树遂枯，亦异事也。

三

《明诗别裁》载有《征夫》、《征妇词》二首，落落四十字，而情文兼至，令人读之亦心酸、亦气壮，较日本《祈战死》诸歌，其雅俗之别，不啻霄壤。吾愿为民国男女同胞一朗诵之。《征夫词》曰：“征夫语征妇，此行未可知。欲慰泉下魂，但视襁中儿。”《征妇词》曰：“征妇语征夫，有身当殉国。君为塞下士，妾化山头石。”读《毛诗》“铁驷”“板屋”诸什，编者按：“铁驷”当作“驷驖”。知秦之必强；读老杜《兵车行》，知唐之必弱。国之盛衰，视乎民气，诗人秉笔，特为之代表耳。铸造民气，自有司其责者，非诗人之过也。

四

靖康间，京畿女子为金俘虏，如堕叶飘花，零落道左。一女自称“秦学士”，题诗道中云：“眼前虽有还乡路，马上曾无放我情。”读者无不下泪。

五

采薪女莫多于钱塘，负薪来往，烟眉雾脸，辛苦可怜。一日，杭妓承应客燕会，皆绿衣细马。一女息担掩泣而歌云："乱蓬为鬓布为巾，晓踏寒山自负薪。一种钱塘江上女，着红骑马是何人?"亦佳作也。

六

前清甲午一役，有一军统，自号"今颇"者，诗笔颇壮。统军南进时，马上口占一绝云："轻寒恻恻入春衣，大纛南征莽鼓鼙。峻岭摩天盘健马，临风一笑万山低。"又《自团防暮饮归营》云："薄饮村醪趁醉归，长河一带晚烟围。暮天风紧雪平野，匹马冲寒山欲飞。"读之能使人气旺，惜未识其人姓名。编者按：其人为张锡銮，字今颇，浙江杭县人。有《张都护诗存》。

七

郝俣，太原人，字子玉。有七言两句云："功名角上无多地，风月壶中自一天。"别有风味，不能以言语形容，而自有不同者。

八

"缺月挂疏桐，漏断人初静。时见幽人独往来，缥缈孤鸿影。惊起却回头，有恨无人省。拣尽寒枝不肯栖，寂寞沙洲冷。"此东坡词也。《野客丛书》谓坡至惠州，居白鹤观，其邻有温都监者，有女年十六，闻坡至，欲嫁焉。坡吟咏，则其女徘徊窗外。坡亦知之，欲呼王说为媒，会坡有南海之行，遂止。其女旋卒。坡回闻之，乃作此词，以记当日情事也。又秦少游南迁至长沙，有妓平日酷爱秦学士词。至是知其为少游，请于母，愿托以终身。少游赠词，所谓"郴江幸自绕郴山，为谁流下潇湘去"是也。会时事严切，不敢偕往贬所。及少游卒于藤，丧还，将至长沙，妓前一夕得诸梦，即逆于途，祭毕，归而自缢。按二公之南，皆逐客，且暮年矣，而诸女甘为之死，可见二公才名，震烁一时。且当时风尚，女子皆知爱才也。

九

吴烈士讳旸谷，辛亥之役，烈士光复皖省首义之人。于本年九月二十八日，为汉奸黄焕章、顾英等所害。烈士临死，乃作绝命一章，诗曰：“来来去去本无因，只觉区区不忍心。拚着头颅酬死友，敢将多难累生灵？”作未毕，黄嗾卫队以手枪逆击，身受七弹而死。呜呼惨矣！

一〇

革命健将黄君钟杰，有《绝命诗》二首云：“无论风雨荡残舟，皇汉衣冠作楚囚。我欲鞭雷重起陆，好教割破一天秋。”“久将身世付虫沙，生死原来只刹那。大好头颅向天掷，血中溅出自由花。”声情悲壮，真可泣鬼神而惊风雨矣。

一一

李易安名清照，湖州赵明诚德夫之妻也。自少年即有诗名，才力华赡，逼近前辈。南渡后，尝有句云：“南来犹怯吴江冷，北狩应知易水寒。”又云：“南渡衣冠思王导，北来消息少刘琨。”忠愤激发，意悲词明，所非刺者众矣。又为诗诮应举进士曰：“露花倒影柳三变，桂子飘香张九成。”应举者服其工对，一时传诵，然大为士林忌嫉。相传德夫之没，易安再嫁，至有“桑榆晚景，驵狯下材”之言，贻世讥笑。此所谓好事者为之也。易安兼工四六，《宋文粹拾遗》载易安《贺孪生启》云：“无午未二时之分，有伯仲两楷之似。既系臂而系足，实难弟而难兄。玉刻双璋，锦挑对褓。”注言任文二子孪，德卿生于午，尊卿生于未。张伯楷、仲楷兄弟相似，形状无二。白、伋兄弟，母不能辨，区以五色彩绳，一系于臂，一系于足。其用事明当如此。

一二

故宋汴京酒楼，多有良家女流为唱座者。壁间曾有题吴歌云：“阿母只要光光馒，我苦何曾管？雪下去送官，买酒轮番怎容懒？有客教奴伴。”

一三

大梁有孟子庙，曰游梁祠。沈春祥题楹联云：“千里而来，何必曰利，亦有仁义而已矣；百世之下，莫不兴起，况于亲炙之者乎？"相传沈亦古时之诗人也。

一四

楚北黄鹤楼，楹联甚夥，论者以曾行东所题一联为最。联云："楼未起时先有鹤，笔从搁后更无诗。"

一五

郑所南先生工画墨兰，不妄与人，有与者必高人名士，非其所心折，千金夷如也。邑宰某，狡猾吏也，既受事，闻先生名，遣使者往求之。不得，心恚甚，然无以窘先生。嗣访得先生有田三十亩，因胁以赋役。先生怒曰："头可斫，而兰不可画。"尝自写一幅，长丈馀，高可五尺许，天真烂熳，超出物表。题云："纯是君子，绝无小人。深山之中，以天为春。"一举笔之劳，何关轻重，而先生乃操守如此。古人高格，迥乎尚矣。天下有负万民之托，而不能尽天职，众可亦可，众否亦否，随俗浮沉，甚者惴惴于"莫须有"三字之狱，炸弹、黑铁不虞之来，昨日曰非，今日曰是，读者应为汗颜矣。

一六

吴下林蕊香，幼字同邑江氏子，值丧乱时，江氏移家北去。蕊香大母相继殁于难，有舅氏宦粤东，蕊香往依焉。舅旋卒于任。越二年，衿亦谢世。蕊香沦落天涯，举目无亲，殡殓毕，遂以身殉。其遗稿中有《遣怀》一律曰："娲皇难补别离天，七载崎岖路八千。故国无家寻姊妹，他乡何处觅姻缘？题残红叶常书恨，愁束纤腰懒学禅。客况不堪回首望，苏台遥隔万重烟。"情文凄恻，声泪俱下矣。

一七

《闺情十咏》，为江阴余成之所作，词意缠绵，耐人寻味，特备录之："帘外春寒懒上钩，闲抛花瓣卜刀头。情痴懊恼团栾梦，醒后翻添一段愁。""瘦损腰围怕见春，香罗惯拭泪痕新。不甘梦里须臾幻，犹是楼头望远人。""天边信使旧来稀，别后无由寄客衣。双燕未归江上社，妒伊不肯学孤飞。""眼穿盼到尺书来，见说平安暂放怀。毕竟客中真健否，常时讳疾要侬猜。”“香添睡鸭爇金炉，浅捻残灰曲几铺。写就分明归字好，轻风底事扫模糊。”“半钩挂月夜相邀，几缕金风透绮寮。厌听小鬟私笑语，声声明日鹊填桥。”“对镜何心掠黛螺，生憎形影阻关河。有熊误尽痴儿女，舟楫轮蹄制作多。”“缩地无方竟万重，长斋绣佛莫辞慵。神通最望如来力，不假慈航许一逢。”“闻道春偏惹恨长，絮飞花落忒郎当。炎风朔雪三秋雨，枨触离人总断肠。”“遥揣流年旅鬓残，报书犹记劝加餐。镜中玉貌灯前影，知我愁心伴我单。”

一八

安徽鲍作舟，尝游幕杭州，赋有《西湖柳枝词》八首云：“壮游踏遍软红尘，愿作西湖画里人。怕见青青杨柳色，客中又是一年春。”“远远西泠接段桥，苏堤一抹绿千条。谁家婀娜春游女，故向风前斗舞腰。”“杨花飞絮近清明，载酒提壶晓出城。十里长堤千万缕，如何柳浪不闻莺？”“袅袅盈盈嫩柳枝，笼烟濯雨细如丝。相逢苏小坟边路，不以长亭恨别离。”“岳王庙外碧初荑，白傅祠前绿已齐。今日东风吹万树，前番细雨暗双堤。”“岁岁青黄几度经，游人只爱柳梢青。郎心乱拟风前絮，妾命轻如水上萍。”“冶叶柔条最恼公，长眉俏眼对春风。牵愁怪道多情甚，惯惹游人系玉骢。”“隋苑飘零况汉南，章台攀折复何堪。独怜新柳西湖畔，仿佛吴娃正十三。”细腻可诵，颇类小杜之笔。

一九

维扬有地名对一联，诚为天造地设，有一无二者。联云：“缺口虾蟇地，湾头壁虎桥。”可谓工整，而又妙出自然。编者按：以上载第二集。

鸣剑楼诗话

剑　鸣撰

一

诗词之作，本乎性情，性情之发，男女各异。男子禀乾之刚，发而为诗，往往有长城饮马、携手河梁之概。女子承坤之顺，幽婉闲雅，是其本色，间有吟咏，大都绮丽缘情。其于金戈铁马之风，豪竹哀丝之奏，则稍稍漓矣。然而幽花媚春，子规叫血，言愁写景，乃其独长。读随园女弟子诗，班香宋艳，不禁悠然神往矣。

二

室人史剑尘，幼聪慧，工吟咏，著有《海棠轩诗存》二卷。其中缠绵清丽之作，颇堪吟诵。《咏杜鹃花》云："暮春天气易生愁，花鸟原来是一流。啼到无声肠已断，盈盈血泪染枝头。"《咏红梅花》云："久作罗浮清净身，缘何今亦失天真。淡妆不入时人眼，故学桃花点绛唇。"《咏新荷》云："一枝贴水报新秋，雅自轻盈韵欲流。西子泛湖初傅粉，太真试浴尚含羞。剧怜俗眼无知己，且喜名花早出头。旖旎向人如解语，香风过处碧烟浮。"《咏菜花》云："未成万宝独当先，灿灿黄裳谷雨天。珠点错星弥罅隙，金光随地布方圆。笑他浪厕群芳谱，得此才全大有年。百卉论功居第一，评花却怪品题偏。"《咏白牡丹》云："沉香亭畔玉栏前，别有芳姿独占妍。富贵最难留本色，风流更好在天然。痕消朝酒晴云暖，舞罢霓裳夜月圆。恰似倾城称虢国，蛾眉淡扫入朝天。"此数诗蕴藉沉挚，神韵悠然，洵为闺阁中之佳构。

三

鉴湖女侠秋瑾诗，久为世人传颂。余尤爱其《东渡歌》云："登天骑白龙，走山跨猛虎。叱咤风雪生，精神四飞舞。大人处世当与神物游，顾彼豚犬诸儿安足数？不见项羽酣呼巨鹿战，刘秀雷震昆阳鼓。年约二十馀，而能兴汉楚。杀人莫敢当，万世欣英武。愧我年廿七，于世尚无补。空负时局忧，无策驱胡虏。所幸在风尘，志气终不腐。每闻鼓鼙声，心思辄震怒。其奈势力孤，群材不为助。因之泛东海，冀得壮士辅。"又《鹧鸪天》一阕云："祖国沈沦感不禁，闲来海外觅知音。金瓯已缺总须补，为国牺牲敢惜身。 嗟险阻，叹飘零，关山万里作雄行。休言女子非英物，夜夜龙泉壁上鸣。”又五律一首云：“叙别短长亭，群山睡已醒。瀛洲芳草绿，汉地柳条青。意气吞胡虏，精神贯日星。相思寄鸿鹄，携手复叮咛。”笔力雄浑，几有昂首天外、不可一世之概。此巾帼而须眉者，不可以寻常闺阁论也。

四

靖江柳望岑先生，半生侘傺，潦倒风尘，盖亦古之伤心人也。近以所著诗稿见示，中多哀感沉郁之作，爰录数首，实余诗话。《武林学舍》一律云：“急景催人似水流，西冷木落又逢秋。一帘风雨高斋冷，半榻琴书小阁幽。童冠有缘灯下课，友朋不速幄中留。雁声乍向庭前过，惹得吟魂绕酒楼。”《忆常州》云：“晋陵一别复年馀，何日归来再卜居。骨肉远离空想望，亲朋半尽辄唏嘘。西风泪落临安道，夕照情伤震泽墟。且上高楼频眺望，白云深处爱吾庐。”《秋感》两律云：“红叶萧萧百感侵，思亲频动故乡心。杜鹃啼彻三更月，蟋蟀声含五夜砧。鹤梦依稀汾水曲，鸿飞呜咽楚云深。小窗兀坐无聊甚，把玩家书抵万金。”“半棂明月角声侵，咫尺天涯游子心。艺黍客乡频陟屺，采薇秋夜乍鸣砧。乌啼苑树霜华冷，蛩语空阶漏点深。借问征途名利客，燕台何事羡黄金？”其他佳什尚多，不胜缕录，即此可见一斑。

五

吾乡卞梁伯君，绩学士也，壬癸之交，偕健民、一泓、汨秋、附石诸子，留学沪上，与余寓相距伊迩，朝夕过从，谭笑极乐。癸丑五月，暑假将届，梁伯因事，先诸子言旋，临行依依，不忍判袂。余率书八句赠别云：“宇宙虽弥茫，吾侪亦稊米。勿谓稊米微，而可自暴弃。穷则独善身，达则兼善世。身世不可为，诉之生花笔。”越四日，健民、一泓、汨秋、附石等，同时返里，席间各以诗志别。余结句有云：“莫道淮南无杰士，诸君多半气豪华。”盖纪实也。而今则关山间阻，不复能与诸君高唱“大江东”矣。

六

《同声社杂志》，为吾盐刘少卿君所倡办，安徽吴东园编辑。其第一期载《马克格尼尔行》一首，词旨哀艳，直与白司马之《长恨歌》、《琵琶行》后先媲美，亟录如下："天生丽质曰马克，似此佳人难再得。少小名噪巴黎斯，一顾倾城再倾国。颠倒公卿丝竹丛，车如流水马如龙。夜夜歌楼金菡萏，朝朝舞榭玉芙蓉。百万佛郎声价贵，缠头无补游春费。懊侬自是有心人，混混爱河空一苇。女伴隔邻呼配唐，秋风摇落感徐娘。尊前不吝分金赠，病里无端纵酒狂。何来亚猛冶游子，温柔乡里葡萄紫。一自梨园邂逅逢，从此花丛蕉萃死。纵然自号太痴生，究竟难辞薄倖名。我薄著彭重眉史，始终不改旧鸥盟。翻手为云覆为雨，蚕身自缚情丝吐。可怜紫乙惯投怀，那有仓庚能疗妒。玉质冰姿铁石心，结交无用借黄金。撒珥卖珠浑不惜，文君但誓《白头吟》。消夏园亭一轮月，昨夜团圆今夜缺。宛转劝郎随父归，泪瘢沾袖成红血。诡秘行踪学李娃，缠绵别恨满天涯。三生愿化合欢树，一现徒开短命花。郎心不谅妾心苦，枉结疑团寻怨府。双栖身世证鸳鸯，一卷《心经》忏鹦鹉。恹恹鬼病困婵娟，月晕孤镫袅药烟。回书突过同心结，抵死犹求一面缘。小玉自知病不起，红颜命薄乃如此。绿野难寻匏止坪，碧窗赖有于舒里。落落寞寞恩谈街，燕侣莺俦无复来。丝儿气息丝儿命，一夜呼郎五百回。绛县赤城天咫尺，脂残粉賸空陈迹。游客方寻海外香，美人已化山头石。书卷飘零返寓公，夕阳回首债台空。只今有冢埋香骨，一片茶花湿冷红。"

按马克格尼尔，即巴黎名妓茶花女，事见冷红生所译之《茶花女遗事》。编者按：以上载第三集。

庄庄诗话

恫　百撰

一

桐城胡桐孙先生《巢云山馆遗稿》一卷，佳者甚夥。其五律尤神似唐人，且工于发端。尝读其《长沙早秋》云："商飙来木末，一夕早寒生。秋色几时到，天容万里清。斜阳淡人影，落叶助诗情。极目潇湘浦，南飞有雁声。"《暮秋登城楼》云："寒云吹不断，一雁过城头。秋色从西至，江声绕北流。乱山黄叶寺，斜日暮钟楼。漫学骚人怨，三湘是胜游。"《晚泊》云："向晚北风急，前滩浪拍空。云生千嶂白，日落一江红。小港平桥外，孤村细柳中。长歌归浦去，收网见渔翁。"《泊湘潭县》云："江水滔滔去，扁舟客路长。残云迷远岫，新月上危樯。人语邻船悄，渔灯别浦藏。明朝风色好，挂席到衡阳。"《春陵道中》云："风急马萧萧，山寒木叶凋。斜阳明驿堠，野水断官桥。地远疆分粤，民淳户杂猺。九嶷云气合，凝望驻征轺。"《过采石登太白楼》云："栏榭压惊涛，大风声怒号。江流吞岸住，山色上楼高。醉眼乾坤小，诗情湖海豪。谪仙有遗像，瞻仰属吾曹。"《癸丑十月城陷挈家避山中十二月初旬借张小石姻丈结茅于云窝山庄之南落成赋诗八首》之二云："人迹不到处，幽栖远市喧。好山都绕屋，修竹自成村。煮酒朝开甕，引泉春灌园。避秦欣得地，何必问桃源？"《溪口晚步》云："雨歇众峰青，溪深日已暝。长天衔断焰，野水浴明星。听鸟心逾静，看云步易停。归途松影暗，灯火透柴扃。"《忆兄》云："世事已如此，思君胡不归。悠悠江汉水，濒濒芰荷衣。道阻烽烟阔，秋高鸿雁稀。传闻岳阳郡，犹未解重围。"《甲寅岁天国兵据武昌清军累战不利沿江郡县归顺慨然有作》："闻道岳阳上，潮头尚未平。忽传赤壁火，又下武昌城。骨肉音书断，关山斥堠惊。匣中有长剑，终夜作悲鸣。"《晚泊》云："日落前山暝，荒滩系缆斜。海潮低啮岸，江月冷随槎。蟹舍明幽火，鸥村接远沙。蓬窗谁与伴，清梦在芦花。"《雨和韵》云："山径竹声喧，萧萧雨到门。蝉吟孤屿歇，菱叶半池翻。石截溪流转，云移岭树奔。今朝松坞里，无处不秋痕。"以上各诗，折锦为枯，藏靡于劲，三唐而下，殆无其响矣。

二

桐孙先生之五律，神似唐人，予已摘其尤者。兹复得其《廉隅潭观瀑并访郑容甫》云："叶落澄潭静，林深仄径回。晴空喷急雨，白日响奔雷。古屋崖阴见，寒花石罅开。溪云如有意，应识故人来。"《九日登天心阁》云："万井炊烟直，千林木叶稀。山吞残日下，雁逐断云飞。短鬓簪黄菊，西风吹白衣。他乡逢令节，多少客思归。"此超凡之作也。其七律语多自然，时露感慨。《岳阳楼送人》云："知君倦作楚乡游，祖帐来临江上楼。十载湖湘同作客，一天风雨独登舟。凭高送远难为别，异地思家况是秋。酒醒江空人不见，青青兰芷满汀洲。"《信阳道中》云："崎岖岩径走弯环，礴碌车轮乱石间。断木成桥横野涧，湿云带雨过前山。路旁童稚争看客，树里人家半掩关。喜见春田秧水足，陂塘处处桔槔闲。"《登金山寺》云："开辟何年凿此峰，巍然卓立大江中。盘根直下蛟龙窟，插影高侵日月宫。瓜步天清秋落木，海门潮起暮生风。诗情到此真无际，一洗尘眸障翳空。"《喜闻天国军将至桐》云："旗鼓惊从地底回，无边喜气动春雷。秋风古戍千艢出，落日平原万马来。自昔不难诛小丑，至今尚许拾残灰。阵云如墨妖星暗，峡石关头角正催。"《桐自癸丑十月城陷清军于甲寅十一月初五日间道至道下》云："军声动地走雷霆，铁骑长驱不暂停。城下风云围乍合，山中猿鸟梦初醒。旌旗朝卷千营雪，灯火宵寒万帐星。不是申胥能恸哭，雄师何日出秦庭？"《书愤》云："旄钺森严大将坛，营门柳色又秋残。昆仑高宴关前会，巨鹿诸军壁上观。薄海风尘双泪眼，侧身天地一儒冠。空山恸哭终何济，前席无由策治安。""凄凉秋色满山河，太息中原半枕戈。楚泽风涛三峡动，淮南草木八公多。爱才古有萧丞相，筹策今无马伏波。匣剑长吟风雨夜，酒酣灯下几摩挲。"七绝稍逊，《回雁峰》云："浪迹频年楚水限，扁舟何事更南来？此行已过衡阳浦，却上高峰看雁回。"摘句，《秋日同人过城北金氏小园遇雨步张小石姻丈韵》云："有山皆可寻，勿问村与郭。有酒且共醉，勿计今与昨。"《大梁行》云："黄河动地声怒号，黄尘蔽天白日高。"又云："吁嗟乎，厥功虽成事可耻，诡谋胡为藉女子？君看古来享大名，因人侥幸皆如此。"《黄鹤楼》云："云开鸟下荆门树，风平人唤汉阳渡。"《过洞庭湖》云："男儿破浪本素志，我今履险如坦途。人生万事但安命，风波平地无时无。"《客都门》云："纷纷市上胡为者，不见当年屠狗人。"各句悲歌慷慨，四字尽之。

三

桐孙先生之五律、七律，神似唐人，悲郁苍凉，令人不厌百回读。即非全璧之作，杰句亦自不少。余所知者，如《咏登吹台》云："岳色连天远，河声动地来。"《晴川阁》云："寒烟汉阳树，斜日郢门山。"《舟中夜雨》云："篷窗孤客梦，风雨大江声。"《春晴》云："东风二三月，飞絮满江城。"又云："落花犹惹蝶，疏柳不闻莺。"《秋斋雨夜》云："灯昏虫语急，木落雁声寒。"《京邸与徐仲水夜话》云："明灯垂细蕊，小鼎煮团茶。"《宝应县》云："木落雁惊秋，清淮急暮流。涛声连郡郭，帆影过城楼。"《泊瓜步》云："一水拥平沙，沙头几万家。繁星乱灯火，彻夜沸筝琶。"《久不得大兄消息》云："长沙秋八月，寄我数行书。报道梅花后，相逢在故庐。"又云："江湘千里客，秦越一家人。"《癸丑十月城陷挈家避山中》云："事业诗书误，交情患难真。"又云："桑麻宜妇子，鸡犬亦神仙。"《春暮》云："树梢禽哺子，花外犬迎人。"《宿武胜关》云："壤接豫荆资障蔽，疆分南北控咽喉。"《泊真州怀徐仲水》云："乌下长淮秋水阔，人归京口暮山横。"《留别方和甫即步元韵》云："男儿有志在宏远，岂向临歧说断肠。"《夏日闲居》云："山径有风先动竹，豆棚临水正开花。"《清明》云："十里新泥挑菜路，孤村细雨落花天。"《新秋喜友人见过》云："好雨迎秋催客到，闲门终日向山开。"皆惊人之句也。先生讳嗣曾，性嗜吟咏，困于举子业。南北闱凡八试，辄荐而不售，遂佐戎幕，以劳得知县。咸丰庚申之乱，诗稿投于火。同治戊辰谒选，游京师，殁于天津。著作多为人攫去，仅由其戚友处访得古近体一百二十二首，特未从军以前之作耳。其后日篇什，则不可复觅矣。编者按：以上载第三集。

集隽诗话

记　者撰

一

粤东荔支湾，有南汉废苑多处，销夏纳凉，人多游止其地。陈鹤侪有断句云："寥落故宫三十六，夕阳明灭荔支红。"亦佳句也。

二

梧州城外准提阁，为一郡名胜，诗酒文谯，恒集于此。寺僧静云，雅好文字，四壁皆诗。有云："会仙桥下雨潇潇，翠绕羊肠路转遥。几树芙蓉夹杨柳，一僧扶伞过虹桥。"为顺德诗人黎君荫棠所题，真诗中有画焉。

三

孙琴西衣言，诗笔高迈，同时作者，无与抗衡。尝与俞曲园论诗，各有意见，不相合焉。盖孙所师者黄山谷，而俞所师者白乐天也。然孙所著《逊学斋集》，只有曲园一序，此犹黄仲则与洪稚存论诗不合，而黄诗卒经洪手选定之也。

四

苏州太湖，前清官制，有同知驻东山，东山即所谓莫釐峰也。有朱守和字璞山者，曾居是官，乐其民情之朴，山水之佳，谓仕宦清福尽此矣。尝因京师旧友，问太湖政绩，以诗报之云："万仞青山当西城，一湖烟雨放轮行。地真山水争奇处，人是羲皇向上情。大半渔樵为世业，无多雀鼠任乡评。武陵何用官经理，不必桃源问政声。"诗体俊逸，然官则赘疣而已。

五

杜牧之《题桃花夫人庙》诗："细腰宫里露桃新，脉脉无言几度春。毕竟息亡缘底事，可怜金谷坠楼人。"仆尝谓此诗为二十八字史论。

六

画米家山水者，有大米、小米之分。所难者，层峦叠翠之中，须有层次，而分阴面阳面尤要，日点泼亦极有考究，非可孟浪为之者。尝见东台朱雨秋仿画米山一幅，蓊翳苍翠之气，直入南宫室矣。自题一诗云："米老从来不爱晴，画山最怕是分明。而今识得分明害，又觉模糊学不成。”

七

罗隐诗云：“只知事逐眼前过，不觉老从头上来。”此殊有味。“书当快意读易尽，客有可人期不来。”此陈无己得意句也。

八

李洞王孙《终南山诗二十韵》，全篇皆绝唱。又《赠司空侍郎》云：“马饥餐落叶，鹤病晒残阳。”《送人归日本》云：“岛屿分诸国，星河共一天。”人但诮其僻涩，而不知其奇贵，惟吴子华深知之。子华才力浩大，八面受敌，以百篇示洞，洞曰：“大兄所云百篇中，有一联绝唱。《新亭》云：‘暖漾鱼遗子，晴游鹿引麛。’”子华不怨所鄙，而喜其所许。（秋心）

九

周烈士实丹，山阳人，南社巨子也。余读《南社诗选》，得烈士诗若干首。盖最爱其《秋虫》诗五章，缠绵徘恻，一往情深，雒诵再四，不忍释手，诚杰作也。诗曰：“一夜芙蓉卸艳妆，秋灯话雨断离肠。豆花凄暗风声急，薜荔荒芜露渍凉。歌哭重逢孟东野，繁华无复贾平章。可堪六代笙歌地，明月依然过女墙。”“耻与寒蝉同隐默，故随啼鸟学啁啾。蟪蛄处处王孙怨，络纬声声织女愁。不有哀吟谁吊月，端因孤愤始鸣秋。女桑黄落垂杨老，多少刚肠到此柔。”“凄烟冷露苦相侵，苔色迷离四壁阴。世乱周嫠难恤纬，秋深楚客独悲吟。风前断续三更柝，月下凄凉万户砧。一样商声听不得，明朝黄叶满疏林。”“微命可怜栖弱草，孤怀未解爱春华。如闻叹息欧阳赋，似诉飘零蔡女笳。秋雨衰梧金井畔，荒烟野梦玉钩斜。哀弦急管都难似，梦断人天各自嗟。”“衔杯说剑向宵分，此意苍茫不可云。同类相残翻自诩，纍臣掩涕冀谁闻？凄凉杜老《无家别》，呜咽阳明《瘗旅文》。况复秋坟闻鬼唱，一灯相对意纷纭。”

一〇

表叔柳亚子，亦南社有数人物，其诗得三唐神髓。今录其《文章》

一首云："文章何处托微波，忧患如山可奈何。渐觉眼中人物少，不堪梦里别离多。佯狂失路阮生意，行乐及时阳恽歌。无分东山理丝竹，钓竿天地一渔簑。"可谓悲郁苍凉，感慨尽致。

一一

李义山诗云："留得残荷听雨声。"与余意极合。悼秋盦庭中，有白荷一缸，秋来风雨，零落尽矣，惟賸败叶数枚，斜欹缸际。有客谓余曰："何不剪去之？"余即以义山句答之。客无言而退。噫，俗夫焉知余哉！

一二

余二十初度诗一绝云："难遣愁魔与病魔，华年廿载太蹉跎。比来疲骨支离甚，赢得填胸药汁多。"余友仲康谓余曰："此诗萧瑟极矣。吾子正少年英俊，何故作此等语耶？"余曰："诗人之性情，不期然而然者。"

一三

作诗譬如画山水，不可显见蹊径，而蹊径自显，所谓"贵曲不贵直"也。

一四

莺湖范天籁，有《寻诗读画图》一幅，征题诗词。云间高天梅题二十言云："落叶下萧萧，湖上秋风晚。欲唤画中人，诗心天际远。"语极高妙。

一五

徐蓤字镜如，逵源第四女，吴县宋守训聘室也。性贞淑，能诗。所作不多，时有寄托。如《白秋海棠》诗云："一掬西风泪，瑶阶独立时。可怜肠断处，只有月明知。"《对菊》云："无人怜瘦影，有月映霜姿。"《付家大人弃》云："明知无活计，难断再生情。"贞孝之思，宛然可想。

一六

某年重阳，王、邓诸名辈，雅集岳阳楼，登高作诗。忽闻人长啸，寻视之,见一伟头陀,坐于吕仙座下,抱膝而吟曰:“洞庭波送一僧来。”自名为寄禅。众耸异之,争相传诵。盖平日未尝学诗,一鸣辄惊人也。余游北京时,有睥睨一切之概,及见八指头陀五律,为之俯首。曾记其二律。《泊空舲岩上杜公亭》曰:“杜老留题处,征帆又此停。水痕侵岸白,岳色向人青。樯燕飞何处,江猿不可听。朅来一凭眺,落叶满空亭。”《题陈伯麐镇军隐居》曰:“将军奏凯还,高卧此中间。绿树覆幽谷,白云生远山。雄心销剑气,勋业验刀瘢。万里沙场月,依然照草关。”允称杰作。盖僧界不无能诗者。余与寄禅诗最契,而聚散不常。曩者同游春浦,朝夕最相得,未数日,而寄禅又北走京华。犹忆将别之前一星期,两次过余畅谈,言此去不过数旬,便可再见,孰知海天分袂,便成永诀,良可悲也。临别时,犹手录近作数首,招樊、易、陈、熊诸君,于静安寺作重阳会。《次云老韵》二首,诗曰:“聊共伊蒲进一觞,可容秋思诉残阳。远观沧海惊奇变,欲把青天补大荒。落帽风高欺短发,题糕句好发幽香。年来已熟黄粱梦,回首邯郸是觉场。”又曰:“高人原不在登高,懒逐龙山载酒劳。扫净空华完月魄,销除结习剩风骚。且从尘外开双眼,莫向尊前叹二毛。黄浦江边秋已冷,一篱瘦菊坐吟豪。”中多谶语。凡超然绝俗者,生有自来,死有所归,谪期既满,便乘风而去,本无足怪。所惜者,从此无好诗僧耳。寄禅各体诗皆好,而以五律擅长,置之唐人集中,几不能辨,当世作者,无与抗衡。惜心无定力,随人改窜,点金成铁,诚误大事也。昔丁敬公作小文,使曹子建润色之,虽八斗之才,亦辞而不为。夫作者各有家法,且寄托并远,索解人而难得,如更动一字,则全局破坏矣。余见人改寄禅诗,辄为之更定,手所录者,皆原作。《自题冷香塔》曰:“佛寺本无晕,吾生讵有涯。传心一明月,埋骨万梅花。丹嶂栖灵窟,青山过客家。未来留此塔,长与伴烟霞。”《赠静波和尚》曰:“我独知师意,人皆目我狂。心光能自照,口语未为妨。忍草经霜劲,禅花过雨香。炎威空作态,一念顿清凉。”《赠宝华浩净律师》二首,其一云:“久耳华山胜,新行绝顶边。春风微作雪,细雨解如烟。溪竹影摇翠,山桃红欲燃。到门闻夜鲢，松鹤已高眠。”其二云：“清净莲花域，开山始志公。古人难再见，吾道恨何穷。祇树凋秋绿，昙花怯晚红。凭师持慧泽，偏润大江东。”如此等诗，妙绝人间，真不食烟火者也。（垂钓客）

一七

濑阳宋北台，名镄，字德甫，豪士也。慧根素具，豪迈性成，常往来名山大川，以旷襟怀。所见所闻，无不著为诗文，以征心得。其所作尤多慷慨激昂之气，宛似少陵。间有言情之作，亦缠绵悱恻，一往情深，可以直追温李。著有《种梅轩徒草》、《诵芬堂文集》、《洮湖渔窗诗话》、《续濑上纪闻》，皆卓然可诵。兹录其《洮湖盟鸥馆诗钞》中《蕃鳌观咏古》一首，其词曰：“废院苍然烟锁夕，辇道荒沈遍苔迹。隋家天子恣游观，一树妖花放南国。奇香异彩迸诸天，勾引阿麽荡魂魄。为赏人间未见花，撒手河山拚一掷。凿汴通淮三千里，暴骨如山开地脉。民膏载得龙舟行，女手忙穿锦帆织。行乐君王兴正浓，义旗已卷河南北。琼枝未朽杨花飘，万斛萤飞日无色。蟠龙镜里好头颅，坐对迷楼空叹息。吁嗟妖孽由人兴，草木婆娑岂有识？才听人歌《玉树》残，那教梦又鸡台寂。有花如此不如无，奇尤转召淫荒蹙。曷若图开金带围，千秋端说韩公宅。”又《月湖行》一首，其词曰：“月湖流水清且沦，月湖游女多如云。明珠为裳玉为珮，牙樯帆缆影缤纷。锦帆开处歌声缓，有花盈船酒行碗。曼脸柔妆二八年，尽日游观日苦短。明灯悬月月无光，银烛如星星有芒。翠织屏风人见影，红罗沈水衣添香。衣香人影横烟雾，艳曲浓歌自朝暮。低帐风狂蝴蝶飞，巫台梦好鸳鸯妒。鸳鸯好梦证三生，金迷粉醉不胜情。只道黏泥如柳絮，岂知促曙恼鸡声。钗横花困灯销炷，风路满天送君去。波光月影两徘徊，离愁忽拄城西树。”皆诡丽妩媚之作也。有才如此，可千古矣。（鲁源）

一八

湘乡曾涤生，性情浑朴，故诗亦多雄厚沈实之作。惟《岁暮杂感》十首之二云：“高嵋山下是侬家，岁岁年年斗物华。老柏有情还忆我，夭桃无语自开花。几回南国思红豆,曾记西风浣碧纱。最是故园难望处,待莺亭畔路三叉。”其三云:“莽莽寒山匝四围,眼穿望不到庭闱。絮飘江浦无人管,草绿湖南有梦归。乡思怕听残漏转,逸情欲逐乱云飞。敬从九烈神君诉,游子于今要换衣。”二律清丽芊绵,为集中所仅见。

一九

予同里许子年,精有历史之学,善书法,工小说,所撰甚富。近年海上各报,有署名曰“不在”或“指严”者,即君也。去岁大病几殆,愈后取更生之义,复自号为甦盦。君虽不以诗名,然每有所作,风致绝佳,余颇爱诵之。惜君不自收拾,得句多随手散佚耳。记其《里中除夕》云:“自古有岁暮,今复际穷冬。古人多韵事,吾独困环中。瞰室鬼未送,痴呆卖已空。诗瘦愧言祭,长恩辞莫通。爆竹乱人意,画角诉悲风。三百六旬日,日落不再东。炉炭呼凤凰,镜语羞蛩蛩。压岁钱嗤白,屠苏酒睨红。况又观阳九,忧心如转蓬。乾坤一债台,何处著微躬?”《岁除杂诗》云:“囊书襆被赋归与,菊槁松僵瘠婢奴。年计不如前一蟹,雄风差幸得孤雏。酒壶贵若金鱼袋,债券猛于铜虎符。始信然主务居积,保家良策未全无。”《国庆日杂诗》云:“辍耕空巷几人狂,盛事而今说破荒。泡影江山画豪杰,奇功铁血葬文章。秋风似我欣重活,春梦无婆醒半场。遮莫新题双十节,黄花犹自赏重阳。”《客海上偕方赵二子过徐园作》云:“看花谁与主人谋,水竹含秋锁小楼。一榻茶烟容午睡,惊鸿不扰醉乡侯。”“将毋月地与云阶,装点琴书有小斋。闲杀昆宣谈政客,尽花如海酒如淮。”“游山腰脚试如何,方峤圆壶此一过。争似哥哥行不得,玉肩扶出病维摩。”皆新颖独辟,不落恒蹊。(惘百)

二〇

施淑仪,崇明诗女也,随父宦游大江南北,所过名山大川,多发为诗歌。同里蔡南平,英健豪放,革命巨子也,尝往来施氏,淑仪物色之,订终身焉。逾年结褵湘中,倡随之乐,人多羡之。然而红颜命薄,诗赋《柏舟》，南平以奔走劳瘁，忧愤而卒。淑仪抚读遗著，悲不自胜，作《悼夫诗》三十首，哀艳欲绝，中有："六载钟情小比肩，中间隔断已三年。那堪血泪交流日，一滴何曾到九泉？""湘江秋月黯伤神，欲向桃源去避秦。绿酒不辞消块垒，惯将泪眼惹人嗔。""辛年卧病在湘西，憔悴相如药裹携。君病何曾亲煮药，天涯怨煞薄情妻。""年年九月制秋衣，砧杵声中玉漏稀。今日秋衣何处寄，输他蝴蝶梦中飞。""肝肠断后何能续，点点斑斑血泪枯。今日园中千万竹，不知也有泪痕无？""同怜同病更同心，恩爱情多一往深。山水文章诗酒友，闺帏从此失知音。""潇潇春雨望瀛州，花落鹃啼起暮愁。万里归家终有路，黄泉何处寄书邮？""煮茗抽书理瑟琴，相期共赋《白头吟》。回思往事皆成梦，欲问鸿都何处寻？""暂别同心剧可怜，尚期共穴合千年。知君待我三山畔，再结来生未了缘。"诸作尤脍炙人口，已刊入《湘痕吟草》云。（吁公）编者按：以上载第四集。

夫须诗话

夫　须撰

一

闽县郑太夷京卿孝胥《海藏楼诗》，茹藻而不露，敛才而不放，精能之至，乃见平淡，萧寥高旷，一语百折。唐之姚武功、宋之陈去非，往往有此意境。同时通州范无错明经当世，亦主张宋人者，思想笔力，亦复空世所有，然以较海藏，则犹不逮。无他，一则极其才思而才思极，一则不极其才思而才思亦自无不极也。

二

海藏楼诗，风骨高绝，一篇之中，往往无精语可见，而气韵自尔不凡，此最难到。其最足指目者，如《微月》云："残霞红满天，微月淡不耀。岂知人定后，耿耿方相照。"《盟鸥榭雨夜独坐》二首云："江声定奇绝，气涌如排山。忍寒吹灯坐，得意风涛间。""风江已自豪，妙杂秋雨响。泬寥不可名，闭目试一往。"《霜夜》云："酒薄才堪助断魂，灯清犹自伴微温。窗前天共边愁阔，莫傍星河望故园。"《望月怀沈子培》云："天风海色飒成围，徙倚三更万籁稀。不觉肺肝生白露，空怜河汉失流晖。东溟自窜谁还忆，北斗孤悬讵可依？令夕太虚便相见，屋梁留照梦中归。"《入山》云："云白山青青，望可数百里。我从山背来，对境心数起。"《待月》二首云："峰明月未上，流碧满庭除。空山独吟人，百虫来和余。""夜色不可画，画之以残月。幽人偶一见，复随清景没。"

三

昔岁在都门，有友人视余一诗，纪严氏妇杀奴事，云录之近人某某集中。其名氏久已忘之，其诗则犹在匧衍中也。奡荡奇崛，远在黄两当之上。急录之以实我《诗话》："琉璃厂边残月白，沙土园中血流赤。两凶手刃色不动，是何女子智且勇！妇严氏，吴县人。兵部司务清泰女，幼随父宦居都门。夫张钰，同乡士。客京师，业商贾。有张八者钰肆傭，钰家梁妪潜与通。妇觉议遣妪，以钰外出姑含容。妪心忐忑事恐洩，计塞妇口败妇节。辛丑闰月十九夜，钰往三河未回辙。妇独与儿眠左房，妪纳所欢给妇出。妇见八，心惊猜，厉色叱问尔何为？八已被酒睨而哈：奴来与主相欢谐。直前拥妇妇力拒，詈声哭声彻邻宇。妪摇手言奈何许，八捉厨刀指妇语：若不予从若安逃，若儿请先餐吾刀。撩衣作势阚如虎，妪前夺刀以身阻。谓八勿用强，谓妇勿声张。声张丑难濯，不若相从且谋乐，妇默久之应曰诺。八欲入妇房，妇曰儿在床。妪拦妇入右房坐，八眼眈眈出馋火。妪去外厢八身裸，促妇登床妇不可：汝但先寝无吾催，吾视儿去当即来。残灯欲熸儿未寤，紧束衣襦缚穷袴。脍刀佩刀身挟藏，愿以妾命酬寒铓。从容秉烛还右房，手酌秫酒劝八尝，八就妇手累尽觞。颓然昏睡鼾大作，妇出脍刀项边斫。梦中疾呼格刀落，鲫鱼翻身陂池跃。灯光一闪尸压衾，佩刀陡插狂奴心。驱叩闼，唤张八：何太嬉，而叫聒？妇徐怀刀开户延，妪入含笑床帏搴。赫然死人赤体眠，妪出不意魂飞天。乘妪魄褫刃之斃，艾豭娄猪死犹侣。钰闻遽归心胆寒，妇曰无忧妾诣官。诣官自首呈血刃，杀所当杀律勿问。杨君请作纪事诗，我诗征实凭谳辞。呜呼今夏海疆寇氛逼，弃城撤防走何亟。纤纤之手能杀贼，嗟尔须眉愧巾帼。”

四

寄禅和尚敬安，诗名满天下，住锡吾郡太白山。戊申之岁，创立僧教育会。文书旁午，仍复不废吟咏。所著《八指头陀诗集》，湘潭王湘绮先生为之叙。其五言古诗，大抵出入于六朝、初唐间，风格最高，近体亦清圆流利。余最爱其咏梅二语云：“偶从溪上过，忽见竹边明。”真足与逋老“雪后园林”一联抗手也。

五

古今咏梅诗多矣，然超远得神之作，正复不能多觏。艺苑传诵者，若逋老之“疏影”“暗香”一联，虽体儗入微，然未离色相，要是下乘伧语。至若高季迪之“雪满山中”、“月明林下”二语，伧俚之气，直不可耐，吠声聒耳，夫何为哉！惟逋老“雪后园林”二语及东坡“竹外一枝”七字，庶足称传神妙品。余尤赏者，则老杜之“幸不折来伤岁暮，若为看去乱乡愁”二语，空灵窈瀹，又出林、苏之右，信乎诗圣吐属之不凡也。然后人亦有迥出者，明宋其武之绳云："于人疏落似无意，写尔高空正自难。"近时林暾谷旭云："芳波照影知谁见，斜日攀条却独来。"吾友应叔申启墀云："失喜横波一枝见，萧然照眼数花明。"皆所谓神出古异，澹不可收者，亦安见古今人之果不相及邪？

六

余与应君叔申订交最早。忆戊子九月，自松江移家归，时予方在髫岁，二三中表以外，无与往还者。一日，叔申于表兄姚贞伯所，见予诗卷，极口推服，遂介贞伯而相见于姚氏。由是朝酬夕唱，无二三日不会面者。叔申长予一岁，予兄之，叔申亦弟畜予也。初遇时，叔申赋《相逢行》，予赋《缔交篇》。幼年吐属，无当风雅，姑写存之，以为我两人订交之一纪念焉。叔申《相逢行》云："长风刮天尘沙红，青肤涩尽双夫容，白日漉酒悲填胸。朝击燕市筑，夕鼓龙门桐。荆卿已瘖中郎聋，十年歌哭无人同，而乃眼前突兀见是公。"予《缔交篇》云："《大易》筮盍簪，《小疋》赓《伐木》。人生重交道，宁论骨与肉。髫发涉学林，汲汲求其族。嘤鸣岂不闻，凫雀纷追逐。粲粲窈窕子，媞媞洁修沐。郁郁蕙兰抱，随风扬清馥。大海吹浮萍，薢茩城西屋。揖我谓我臧，燕婉展昏夙。嘿契照渊衷，嘉言抒深蓄。臭味良有尔，各各自欢足。稚岁同里闬，行止夙乖局。三年淞水行，涂轨间川陆。玄鹤矫层云，丹鸾栖穹谷。光仪亦非远，脉脉感灵独。幸兹接款睇，缱绻托心腹。赠我瑶华枝，报之琼芽束。河水何盘盘，山石何矗矗。相期永勿谖，努力保金玉。"

七

鄞县陆蓝卿广文智衎，以优贡选为青田校官，予于庚子冬日，道经青田，曾赋一诗赠之。辛丑夏，蓝卿以试事至郡城，亦赠予以诗。时君已病，右手不良于书，仅为予口诵之。既别一月，遽卒于青田，才不胜命，可惜也。赠予诗云："才调如君亦辘轲，微官憔悴托山河。胸中朗朗生明月，笔底苍苍起大波。裙屐三河年正少，文章十载恨偏多。相逢欲作同声哭，奈此人前涕泪何！"予赠蓝卿诗亦录于此："稅驾芝田已夕阳，孤城风景自荒凉。眼中突兀见吾子，天末琴尊非故乡。衰世官贫馀涕泪，空山岁晚惜芬芳。十年忽触平生感，不为君悲亦自伤。”蓝卿读至结句，为长叹者再。

八

杨君石蚕，旧交也，自其稚年，即喜从事于诗。时复赋一二章相质证，自然绝去尘俗。余就其性之所近，因以白香山诗进之。所诣渐进，每有所作，必就余商可否，余痛绳之，石蚕勿忤也。己亥冬日，手写《石蚕诗草》一卷见视，予为严加删薙，仅存百馀首。篇章不多，而体气清妙，自非庸手可及。兹录其佳句：“沙路寻诗拈落叶，石泉煮茗对寒花。”“高楼清酒琴边绿，疏雨孤灯剑外青。”“竹帘高卷横琴坐，三两蝉声正夕阳。”又《为人题墨笔荷花》云：“星星莲蕊泥金点，瑟瑟荷衣水墨成。略有几分秋意思，便无风雨亦凉生。”皆有疏秀之致。

九

吾党中诗才奇谲，当推陈君皇童。乙亥冬日，同人举岁寒小集，天婴有《岁暮杂诗》六章，为一时传诵。兹采其尤佳者四章于此，郁愤之思，以空灵窈折出之，洵古之伤心人语也。其一：“灵埃高万丈，日暮起焦思。少壮足可惜，开衿怀嘉时。空山击筑坐，一室尽睢睢。斗酒虽云乐，欢华不上颐。醴泉瘉痼疾，眇蹇终违宜。骅骝遭曲艰，铁轮为之隳。世乱无壮夫，语高天不知。矫首以徇飞，何如循其雌？”其二：“扬堁以弭尘，天末风还起。蛇龙盘大泽，道路无君子。匪谓行路难，恐遭灵芬弃。世怜庐屋妾，能为逢蒙视。嚅唲非我愿，苍茫将安止。脱我腰中剑，嬉嬉吾老矣。”其四：“富媪抱坤维，吁灵泣不已。昔日卯金丰，六龙五龙死。一龙浴阴血，沸火烧其尾。穹居况无主，赤飙喧尘起。我欲拔天枪，蹋天救龙子。明河不可度，谁云天尺咫？再拜祝招摇，顾言回斗指。”其六：“苍鸹落九天，日食枳篱鸟。伏虢辞林莽，杀人如杀草。乾坤多厉气，盲风应时到。赫赫桑大夫，八驺驰郊道。关梁有常征，何事劳重考。货贿上官腴，形骸下民槁。平时输租赋，常忧苏其少。何况十年来，八九遭旱潦。吁嗟使者息，慎勿载金宝。愿为《流民图》，托子献穹昊。”

一〇

叔申好苦吟，一字未安，恒至申旦不寐，奇辞单调，雅自矜惜。尝夸语余：“文章之事，当质千秋，得失寸心，无戾毫黍。与为枚速，宁为马迟，飞华骋藻，惟群子能，余勿为也。”故其所作，张皇幽眇，穷极微芒，选声结体，分刌悉协，时流洪笔，诚走且僵矣。兹录数章，以实余言：“经乱吾曹生事微，山城伏处意多违。吟诗白日堂堂去，揽髩秋霜稍稍飞。厌世宁愁衰独早，能闲转喜病相依。凝尘寂历生齐阁，别后何因足迹稀？”(《寄陈天婴》)“肯来就予宿，寂寞对蓬蒿。话病苦无健，吟诗犹作豪。何驱尘土走，为梦雨风劳。转忆明灯夜，馀生定几遭。”(《天婴过宿斋中别后赋寄》)“久要不忘姚贞伯，今日论交倍汝亲。千里一书能念我，十生九死尚为人。将来那不肝肠绝，看去浑馀涕泗新。力疾吟成凭寄与，毋令天末独伤神。”尾注：“余秋初患作，贞伯驰书，君木来问状，语多可悲者。及余病少间，君木出书视余，余感其意，因疾成此一首，付君木寄去。”

一一

天婴诗才，莽苍奇古，不主故常，宿昔偏长古体，于五七律诗不甚措意，虽间有所作，往往离背绳尺。余尝以才多为天婴患，天婴亦颔之。戊申秋日，忽出视《过鹏山》一律，曰：“却来游宿地，萧瑟对秋光。被路有荒草，照人但夕阳。微吟参寂寞，愁思赴苍茫。 埳看看在，吾生底事忙？”未几与余同舟，又赋一律云：“归途吾与子，薄莫发江洲。来日知何地，馀生共此舟。情多杂今昔，迹有但欢愁。一霎都无话，相看月满头。”余大惊，自此所作必以律。是岁凡得五七律数十篇，高浑简淡，无篇不佳。录其尤超隽者于此。《岁莫寄中弟》云：“朔风生道路，吾弟近何如？为寄数行泪，相怜一尺书。意将依汝老，迹渐与人疏。无限穷居况，萧条逼岁除。”《过人宝山》云：“是何感慨悲凉地，六十年间问劫灰。行路至今有馀痛，谈兵从古失奇才。荒荒岁月天俱老，历历山川我独来。一角丛祠遗恨在，夕阳无语下蒿莱。”

《寄禅和尚将招要吾党为诗社首赋一诗视君木》云："光景流连忆少年，而今人事各纷然。能穷日月争东野，可老心情得大颠。相约吟诗聊作忏，不成学佛却逃禅。尔来身世都无著，只觉苍茫赴眼前。"真王介甫、陈后山一辈吐属也。

一二

己酉正月，与叔申、石蚕日作近山之游，相约赋诗以纪。石蚕与余诗各成数章，而叔申犹未得一字也。累日敦迫，辄复枝梧。余戏叠均嘲之云："应生健者孰抗行，一语能令天雨晴。笔下有神杂奇怪，目中无宋况元明。苕苕故仁停云兴，兀兀深矜唾地情。蛙吠蚕鸣徒聒耳，最难衰世凤皇声。"

一三

归安杨见山先生岘《迟鸿轩诗存》，仅百馀篇，凝谧诛宕，篇篇警绝，以视累尺浮词，诚有虽多奚为之叹。集中有《长白山》一首，仿《焦仲卿妻》诗，可与凤洲《钤山高》乐府相抗行。予最爱其《闻雁寄内》绝句云："芦花似雪雁来天，失侣孤鸿剧可怜。昨夜西风吹客梦，与渠同是不曾眠。"又有《舟泊大胜关》一绝云："大胜关上乌哑哑，大胜关下客舟哗。夜深风雨不见月，对岸杀人如齀瓜。"

一四

洪稚存取汪墨庄诗"斟酌桥西旧酒楼，楼中夜夜唱梁州。枣花帘外初圆月，一度销魂便白头"一绝，以为足与张梦晋"高楼明月清歌夜，此是人生第几回"相抗衡。顷读渔洋《感旧集》，有徐伯调缄《流萤篇》云："井幹新萤数点流，美人腰细不禁秋。水晶帘外梧桐月，几度黄昏便白头。"汪诗殆脱胎于此，然而青胜于蓝矣。

一五

往见西湖画舫中有联云："双桨来时，有人似桃根桃叶；画船归去，馀情付湖水湖烟。"盖集姜夔、俞国宝词句，而少加裁翦者也。为谭复堂手笔。

一六

吾邑王缦云孝廉定祥，世居城西妙湾，家有坦园，略具池亭竹石之胜。孝廉十三入学，有俊童之目。少从张麟洲大令翊儁游。大令故邑名士，孝廉因是得肆力于文学。性好藏书，所得册籍，靡不目治手校，矻矻不倦，细书密题，罗满卷端。书虽不多，而精采绝伦，映红楼群籍，吾邑称善本焉。光绪十四年省试毕，遘痢甚剧，匆匆扶病归，迨捷报至而孝廉已捐馆矣。年才三十四，有才无命，一时悲之。孝廉诗初学明七子，继乃一轨于杜，既而交梅赧翁调鼎，梅论诗有僻性，好持苛论，孝廉心折其说，亦颇参异己之长，于是才敛而不敢放，一字未安，苦吟达旦，文采剥落，而其时乃日趋于简淡矣。晚年入瑞安黄侍郎江苏学政幕，颇与通州范肯堂当世、仲林钟兄弟、泰兴朱曼君铭盘诸名流相契合。至是诗学益骎骎日上，乃天靳厥成，一棺遽戢，锼肝铢肾，所得止此，此则孝廉所为伤心短气，殁而犹视者也。《映红楼遗诗》，童广文赓年曾为刻之，然非全本，盖据杨逊斋孝廉敏曾所选者。缦云诗长于近体，予最喜其《七夕泊常州城外》一律云："遥夜扁舟梦不成，起看纤月照孤城。一宵楚尾吴头客，万古人间天上情。入世自知心计拙，浪游真悔别离轻。谁怜此夕毗陵道，独听荒江戍鼓声。"字字称量而出，"入世"一联，运用七夕故实，不着痕迹，调高律细，集中压卷之作。

一七

寄禅上人敬安，今之皎然、贯休也，道韵渊冲，挹之无尽。余初识上人，在吾邑饭佛禅院。是日为重阳前二日，风雨飒沓中，相见一握手，即汩汩谈诗不倦，至夜分始别。上人诗初学陶谢，五古多冲夷安雅之音，近岁又喜孟东野，所诣益超。尝有句云："袖底白生知海色，眉端青压是天痕。"又云："天痕青作笠，云气白为衣。"王葵园祭酒极赏之，称为"天痕和上"。上人口吃，又不工书，每字点画，辄随己意为增损。然余则酷爱之，以为古拙有汉人遗意，胜于近今书家万万也。上人自摆二语云："字不欲工，略存写意，语不欲明，略存话意。"其风趣可想。

一八

梁节庵廉访鼎芬，诗笔超旷，十年前曾于孙和叔广文树礼处，见其所书近作。中有《洗肝亭杂诗》二首，尤渊微有气韵，兹忆而录之："说食与梦饱，厥后同一无。何以口腹事，可缚人间姝？吾神贵自然，潜乃达之徒。愿拂衣上尘，回念心地初。""意质非神仙，勇退亦可敬。谁谓养生贤，世网不全命。历块易一蹶，万里我不庆。深深隐沦者，天下以为柄。"

一九

侯官陈叔伊衍，与郑太夷齐名，近见其《石遗室诗》，疏宕湛隽，无恧作者。为录近体数篇："辛苦撑来四品官，两番乞外益时艰。嗟余楚汉方流落，喜汝江船屡往还。除夕轻过名士贱，宦途未入岁朝闲。十年心事依然否，知我无如翼际山。"（《视苏龛》）"此雨宜封万户侯，能将全暑一时收。未知太华如何碧，想见洞庭无限秋。词客晚来偏隔水，故人天末又登楼。土风莫奏诗休咏，守分安心作楚囚。"（《雨后同子培子封对月怀苏龛兼寄琴南》）"山丘零落尽颜回，华表谁知化鹤来。五载关河拚死别，极天兵火助诗才。对眠恰听浪浪雨，不饮真成兀兀杯。博得北楼圆月上，西风来雁任清哀。"（《次伯兄韵》）"九方相马已无传，山水知音亦偶然。果尔酸咸殊嗜好，不应今昨判媸妍。梁鸿下笔思千古，郑谷论诗近廿年。就里异同离合处，可能摸索识翩翩。"（《游琴台归再作二律视节庵太夷》录一）

二〇

诗僧寄禅，吐属风雅，余尝以近著视之，读毕，忽掀髯而叹。余问何叹，则曰："读君诗不能无和章，又须撚断几茎须。吾为吾须致惜，是以叹耳。"尝言昔年为育王寺知客时，有武弁数人联骑入山，坐寺中秋水闲房，絮絮论文，状颇自负。寄禅与之语，落落不甚酬答，若甚蔑视者。日暮将行，一衣狐裘者作湖南乡音曰："余等且漫漫氽乎？""氽"土恳切，"漫漫氽"犹言缓缓行也。遂吟云："一步一步氽。"其一人云："余过育王岭。"相与大笑。寄禅在旁应声续云："夕阳在寒山，马蹄踏人影。"武弁皆惊绝，即长揖曰："顷者肉眼不识圣僧，知为师所哂多矣。师必由儒而逃于佛者，不然，何出语之神耶？"因坚问生平。寄禅曰："过去已过去，何必问？"又问在宁波住何寺，寄禅曰："孤云野鹤，安有定所？"拂袖遂去。武弁皆瞠然，终莫测其所由来。余于十年前，曾闻人道此，而不知其即为寄公也。

二一

寄禅诗善用"影"字。在长沙时，有以《寒江钓雪图》索题者。寄禅题云："垂钓板桥东，雪压簑衣冷。江寒水不流，鱼嚼梅花影。"又与人游岳麓山，分韵赋诗，寄禅得"领"、"影"二字，援笔吟云："意行随所适，佳处辄心领。林深阒无人，清溪鉴孤影。"湘人以其前曾有"马蹄踏人影"句，呼为"三影和尚"。后与易实甫顺鼎有《僧道斗影卷子》绝句百馀首，江建霞标、黄公度遵宪辈皆有题词。又与实甫同宿山寺，实甫赋诗云："山鬼听谈诗，窥窗微有影。"寄禅笑谓实甫曰："君写鬼影未工。吾意易为'孤灯生绿影'，何如？"实甫咤曰："摩诘诗中有画，寄禅则诗中有鬼矣。"寄禅又有《麓山看红叶》诗云："日暮苍翠外，霜枫红转净。夕阳如画工，画出秋山影。"实甫亟赏之，欲以百金易为己有。寄禅谢之曰："黄金易尽，佳句难得。穷和尚甘以穷饿死，举却阿堵物，勿溷乃公诗兴也。"实甫大笑。

二二

济源李伯元仁元有《雨夜》一绝云："烛烬寒房渐五更，暗风吹雨遍山城。十年前夜秋千院，阑外潇潇是此声。"伯元，道光丁未进士，官江西乐平县知县。权鄱阳，寇至力战死，一家尽死寇难。王湘绮与伯元夙交，曾为撰传，固烈士也。而此诗顾缠绵婉笃若是，知从古无无情之英雄也。伯元又有《中岳庙》一诗云："嵯峨纳群碧，莽莽见宫阙。二室接昏晓，万象共突兀。杳冥山气含，泆荡地灵结。楼观敞肃穆，沈沈动日月。穹碑立无语，曾戴汉时雪。"编者按：以上载第五集。

今日诗话

古　香撰

诗话之作夥矣。然记载矜其博，去取务于宽，求其博而不冗，宽而能精者，已属仅见。至于别具体裁，俾有作用，盖未之前闻。某也不才，略谙韵语，放懒辍笔，近二十载。比者国粹沦亡，异厖奇吠，思古之心，惄焉忧之。爰从时好，谬著是篇，以分类为主，以说诗为辅。俾后之学诗者，随时兴感，言皆有物，则救数典忘祖之弊，某实有宏愿焉。书以乙卯四月一日为始，依日辑次，凡令节双节无不详，惟闰则从略。并按日尾拙作二首或一首，表存古之区区也。古香志弁。

一

四月一日为天祺节，又为正阳日。有谓南方于是日降七宿者，此道家欺人语也。杨万里是日游西湖，有句云："娇云嫩日无风色，幸是湖船好放时。"又云："到得孤山翻作恶，海棠闹日不曾来。"燕公是日赴荆州，句云："比肩羊叔子，千载岂无人。"于慎行是日《曹常侍园看花》云："不是东风催未得，天香绰约不胜寒。"皆风雅语也。董闻京是日《京中得家君寄怀诗敬和》云："燕赵星霜驹影催，半函庭诰下丰台。"写来尤温厚得体。至妓景翩翩是日《雨》云："应知雨意和愁约，雨到床头愁亦多。"则为后世哀情家之蓝本矣。东坡《满庭芳》阕有句云："鸡豚社饮，相劝老东坡。"亦为是日所作。乡村遇令日，趣味正复不恶。余近有《四月一日杂感》二首，借古刺时，盖亦有所不得已也。其一："九朝庙宇斩樱桃，独御春衫傲尔曹。多少黔黎机上肉，蛟蜃翻作广陵涛。"《岁时记》：唐四月一日，内苑进樱桃，荐寝庙讫，颁赐群臣。又《旧唐书》：德宗兴元元年，将士未给春衣，上犹夹服。汉中早热，四月一日，左右请御暑服。上曰："独御春衫可乎？"俄而贡物继至。先给诸军士，上始御之。又《耆旧传》：四月一日，众执韩秀昇诣高仁厚，诘之曰："何故反？"秀昇曰："自人中皇帝晏驾，天下无复公道。纽解纲绝，今日反者，岂惟秀昇？机上之肉，惟所烹耳。"仁厚为之愀然。又《虎谷闲抄》：衡山方广寺，每岁至四月一日，在东壁则照见维扬官府楼堞，居民舍宇，并广陵涛。其二：“第八镜中着丑魔，册封嵩岳侈恩波。眼前岁月甲庚午，不识何时嫁石婆？”《异闻集》：炀帝大业八年，四月一日日蚀。王度整衣引宝镜出，照无光。先是，汾阴侯生，天下奇士也，度师事之。侯终，以镜赠度。此即黄帝所铸第八镜也。邪魔入镜尽照，后失镜所在云。又《事物纪原》：武后通天元年，四月一日尊嵩岳为皇帝。又《六帖》：后唐时，有瞽者张濛，自言事太白神，言吉凶多中。房暠素信之，为帝使濛问于神。神传语曰：“三珠并一珠，骡马没人驱。岁月甲庚午，中兴戊己土。”暠不晓其义。及四月一日，闵帝即位，受册明宗柩前。册曰：“惟应顺元年岁次甲午四月庚午朔。”帝回顾暠曰：“神言验矣。”又《北史》：徐之才少解天文图谶之学。晋太宁二年春，武明太后病，内史皆呼太后为“石婆”，时童谣云：“周里跂求伽，豹祠嫁石婆。斩冢作媒人，惟得一量紫綖靴。”之才谓：“豹祠嫁石婆”，断无好事。惟得紫綖靴者，得至四月。盖紫之为字，此下系綖者，熟当在四月之中；靴者革旁化，宁是久物？至四月一日后果崩。余之诗故云云，所以讥当道者至矣。

二

《汉书》载成帝阳朔四年四月初二日，大雨雪，燕雀尽死。后许皇后卒以废，为成帝帝德之累。意者天固所以示不祥欤？然目前中国之现状何如，胡视天亦梦梦也。是日最风韵事，为宋太祖雍熙二年，诏辅臣三司使、翰林枢密直学士、尚书省四品、两省五品以上、三馆学士，宴于后苑。赏花钓鱼，张乐赐饮，命群臣赋诗习射。其太平气象，可以想像得之。方今多事之秋，服官者固无暇及此，加以肉食者鄙，读“腹有诗书气自华”之句，则亦自惭形秽而已。杨维祯是日汎震泽大小雷望洞庭湖，吹笛饮酒，乘月而归，赋七古一首，篇长不及备录，兹举其警句云：“大雷不动小雷伏，银海空青光夺目。百神奔走会龙蛇，平展轻绡三百幅。”又“烧笋既憩彭城湾，采莼复渡彭家浦”，又“老崖铁笛上青云，玉龙穿空卷秋水”，又“鸥尽入海人不识，渔媪渔王配寒食。乡里小儿舞《竹枝》，乞与神童舞铜狄”，皆奇拔可诵。范成大是日直宿玉堂怀旧，有“桂海冰天老岁华，直庐重上玉皇家”之句，亦得体之作也。余本日有二首，其一咏北京：“绮罗舆马诣行宫，一笑送春运已终。明德不闻雄雉集，麦头深怕打头风。”按《宣府志》：每年四月二日，宣府倾城士女，俱诣北郊北岳帝行宫焚香，舆马联翩，绮罗杂沓。至则奠献，拜祷既毕，各寻隙地，享所携酒食，醉笑而归。又《玉海》：太宗贞观元年，皇太子初立。四月二日有雄雉飞集东宫明德殿前。上问褚遂良何祥？对曰：“昔秦穆时童子化为雉，雌者鸣陈仓，雄者鸣南阳。童子言曰：‘得雄者王，得雌者伯。’陛下旧封秦，故雄雉见于秦地云。”其二《反游仙》：“堪笑长沙悟寂机，太虚生日已无稽。抬头云露西山月，赢得脑花阵阵飞。”《楚通志》：长沙景岑，初住鹿苑，其后居无定所，随宜说法，自称“长沙和尚”，以至道三年四月二日示寂。又清潭州云盖寺僧，有师传口诀曰：“云盖锁口诀，拟议皆脑裂。拍手趁虚空，云露西山月。”遂悟。以至道二年四月二日示寂。又道经谓四月二日为太虚元君生日，皆无稽之谈也。诗故云然。

三

张宇初《四月三日赴演法观视断碑赋诗》中有“雨逐西风遍野蹊，翠林深密石桥迷”之句，写景颇称雅切。《列仙传》中，载有茅氏昆仲俱贵，衷为西河太守，固为武威太守，乡里送者数百人。时其兄盈亦在座，恒山道家也，笑曰：“吾虽不作二千石，来年四月三日，送仆登仙，当不减于今日也。”至期升仙，门前数顷地，忽自平治，无寸草，皆施青缣幄，下铺白毡。少顷，迎官毕至，朱衣玉带者数百人，旌旗甲仗，光彩耀目。盈乃登车乘云，冉冉而去。其诞妄抑何可嗤之甚。余于是日亦有咏古一章云：“葡萄浆酒玉杯斟，左史右经药石箴。五色云头傍日现，人间知否翠华临？”按《景龙文馆记》：上幸司农少卿王光辅庄，是日驾还。中书侍郎南阳岑义，设葡萄浆并茗，与学士等讨论经史。又《玉海》云：仁宗天圣八年四月三日幸琼林苑，赐从官燕射丁苑亭，射毕遂宴，日傍有五色云见，云云。

四

据佛书言，四月四日为文殊生日。《华严经》中，则载四月四日善财童子出参事，而《高僧传》中，又载晋支遁于太和元年四月四日示寂。越俗有谓小儿是日生者，至老必归释，其说盖有所本也。至道家言，有四月四日天帝游东井，及玄天降各说，更怪诞不足信矣。宋孝宗三月二十六日幸玉津园，因雨霁，洪迈进诗。至四月四日，孝宗始和之，有"不似华清当日事，五侯车骑烂如花"之句。盖迈原诗末句，曾引羯鼓催花事，故以华清车骑答之。举朝为之称贺，亦足见孝宗诗才矣。杨万里四月四日午初出浙东入永丰界，有句云："村酒渟春绿，林花倦午红。"描写风景，亦韵亦雅。杨铁崖四月四日偕蜀郡袁景文诸公游钱氏别墅，饮菊亭赋律，有"乔木尚传钱氏宅，苍苔已上岳王碑"，亦佳句也。余有《四月四日杂感》二章云："黄龙戊寅当头见，水沃来禽活命无。欲借围棋占祸福，竹帘风静倩人扶。"《魏书》：四月四日戊寅黄龙见，此帝王受命之符。又《史纂》：马钰字玄宝，号丹阳子，宁海人。居华阳亭，墙外有来禽一株，枯已久矣，是日汲水沃来禽，曰：纯阳来年四月四日生此树下。又《广义》：四月四日竹下围棋，胜者获福。诗故云云。其二："衰朝政治出权门，省却忠奸仔细论。塞上柳枝挑战否，有谁中的射乌轮。"按《玉海》：宋真宗祥符八年四月四日，召辅臣于玉宸殿，王钦若、陈尧叟、冯拯、赵安仁预焉。始观太宗御书，移御别殿，观皇王帝伯四论，良正忠奸权五论，复幸水轩垂钓。侍臣依次赋诗。又仁宗至和二年四月四日，幸琼林苑宴射，上中的者十四。已而阅骑，上射柳枝。射御不废，宋时犹然。今则玉食万方者，并无缚鸡之能矣。为之一叹。

五

《春秋》庄公七年，夏四月辛卯，恒星不见。按辛卯即四月五日也。《丹铅续录》中，曾载其事。宋谢枋得至燕京，以四月五日死于驿。当其行时，饯诗盈几，张子惠有句云："此去好凭三寸舌，再来不直一文钱。"为千古传诵。程克勤四月五日微雨免朝，偕李太史步出皇城门赋诗，有“班分辇道花迎佩，仗出宫墙柳映人”之句，写景写地，两两无漏，可称工句，第不十分雅练而已。余有四月五日感赋一章云：“漫道今宵发七莲，开元韵事判仙贤。御前可有起居注，右史左图付讲筵。”按唐玄宗开元十三年四月五日，敕中书门下礼官学士等宴集仙殿，上曰：今日与卿等贤才同宴，宜改“集仙殿”为“集贤殿”，“丽正书院”为“集贤书院”。又《事物纪原》载：北齐有《起居注》。宋张泌于太宗淳化五年四月五日，奏复左右史之职，记录以为《起居注》。太宗遂从之。又《古今类传》：四月五日丽句有云：“此夕七莲从地发，首在天明；今宵九扇自岩开，三更星雨。”余诗故援用之。编者按：以上载第六集。

六

东坡于元丰七年四月六日别黄州，送行者皆至慈湖，独陈季常至九江相别。东坡留别，有《和太白浔阳宫韵》一首云：“病疮老马不任鞿，犹向君王得敝帷。桑下岂无三宿恋，樽前聊与一身归。长腰尚载撑肠米，阔领先裁盖瘿衣。投老江湖终不失，来时莫遣故人非。”古朴不华，读之饶有趣味。至顾应祥《四月六日方思桂招饮松雪》，有句云：“厨供茗碗芰椿叶，僧启经函理贝文。”又董友松《四月六日饯春赋酬皇甫罗浮留别》，有句云：“沂水东风忆昔游，酒香花靓柳丝柔。”不过秀丽而已。先大父《听雨楼诗集》中，有《四月六日海上送徐颂阁学士入都》一章云：“黄州今日别东坡，风送馀春入海波。宠命早膺经史席，彩毫曾纪太平歌。生时骥马容城载，去后刀鱼莫县多。京里繁华知首善，故人远道意如何？”按《明道集》中，载元祐二年四月六日，程正叔讲读迩英阁，而是时颂阁殿撰，方为起居注学士。既切人，又切日，于此可见古人琢句不苟极矣。《玉海》云：宋绍兴十四年，处州言木柱内有“天下太平午”五字，以四月六日诏送史馆，作《瑞木成文曲》。又元人刘骃，字梦骥，保定容城人，以四月六日生，生之时，父梦神人骥马载儿至，因以名。又《莫州图经》：有郝姑者，字女君，四月六日与邻女坐水边，忽有青衣童子至前云：“东海公娶女君为妇。”言讫，见茵褥于水上，女君即沿流而下。邻女奔告其家，已无及。闻女君遥语云："幸得水仙，愿勿忧怖。"又言每至是日，送刀鱼为信。至今四月间，莫州多有刀鱼，而以六日为尤多云。余是日有《咏史》一绝云："莫问纵横奏凯还，将军伟业震秦关。只怜不武坑降卒，两庑仪容一杖删。"按《宋史》：太祖建隆四年，四月六日幸太庙，阅土木之功，历视两廊下图画名将，指白起曰：此人杀已降，不武之甚，何得受享于此？因以杖画去之。余谓太祖真一代之英主也。

七

康德涵《四月七日雨中同文浮山坐作》，有句云："来年生意佳，枝旆望如织。"又董志林《四月七日至南昌适大人游景德志怀》，有句云："西州远色飞青雀，南浦清晴散绿烟。"皆可诵之句也。余是日有《村居即事》一章云："烧得香烟幻绿云，村婆四月不茹荤。劝君莫道人间过，便可完颜见帝君。"予弟昂孙，訾为顽固。然因果设教，不可谓非，只惜多少村婆，口口念佛，口口骂人，其堕落苦恼，有自来也。且予诗亦有切贴四月七日处，并非不典之作。按《太平广记》载蓝田尉杨师操，以老还家，喜论人过。某年四月七日夜，忽见一青衣来，索魂去。数日乃苏，自言见阴曹善恶报应状，从此不复谈人过。是亦修善家之殷鉴，正不必媚神佞佛为也。

八

案头无历书，问诸家人，亦无知者。以气候推之，大约近三日内，当为小满。余因悬拟及之。小满非令节，赋诗者甚不多见。惟华应昌有句云："春胸翠鬣初成甲，刺眼黄须小有秋。"董农山有句云："万红千翠都含孕，九穗双岐尽妊身。"华句尚可，董句则呆板不成诵矣。

九

杨万里于《四月八日尝新荔枝》，有句云："紫璚骨骼丁香瘦，白雪肌肤午暑凉。"细腻之至。党怀英四月八日贺左君锡生子，有句云："燕寝香凝佳梦兆，与佛同生佛亲抱。"杨显祖《四月八日永安禅院作》，有句云："解是雨花新浴佛，诸天谁供洗儿钱。"汪文桢四月八日有娄东之行，口占云："含桃山客寄，豆荚野人投。"不过各有所切而已。盛伯熙十岁时，有《四月八日赋缘豆》一绝云："一豆一声佛，佛门结果缘。要知根本地，莫使豆箕煎。"相传为七步之作，神乎技矣。樊山是日以次女金粟周晬，作粥供佛，分贻朋好，伯熙以诗谢之。诗云："岁时荆楚朔方通，佛粥香酣七宝融。济物门当辟甘露，詈人口欲药防风。且须近腊更相馈，便说和齑味亦同。记得儿时赋缘豆，颓然今日一衰翁。"诗后即自述赋缘豆事，良非夸语。樊山次韵答之："儒门右帨佛门通，啜到琼糜喜气重。粥面略参茶社法，饼香刚送麦田风。前身龙女将毋是，小字虫娘未许同。好与晬盘添故事，新诗乞得意园翁。"两诗相校，自以樊山为雄。叔弟箸超，有《四月八日至弥陀寺观众僧打斋》四绝，中有句云："生平也具十方愿，只怕浮图狗不如。"按《隋书》，文帝时魏州于四月八日立舍利塔，有一黑狗，耽耳白胸，于塔前舒左股，屈右脚，随人行道持斋，非时不食，至解斋吃粥。寺内猛狗见之，悉低头掉尾云云。是诗亦有笔有书，然余总嫌其深刻也。幼弟昂孙，有"四月八日游国恩寺"《临江仙》一阕，尝就正于余，不能忆其全作，中有句云："这是谁家之旧宅，年来传玩青蛇。"按六朝时多有舍宅为寺者。《宛署记》载燕京西潭柘寺二青蛇，每年四月八日来见，寺中僧人，函盛传玩，以为青龙，施钱、手摩免厄云云。是句亦有所本。又云："舍利塔前无黑狗，布金值得什么？"意与箸超同，而深厚过之。又云："倾城倾国者，一半赶秋波。"《风土记》载玉泉山附近有地名秋波，每年四月八日，倾国伎女，竞往逐焉，谓之"赶秋波"。词中引用，句非不佳，然已落于纤巧矣。顾贞观四月八日《临江仙》一阕，有句云："髻香单插密犀钗。法云低映，一束缕金绡。"又云："帘傍谁挂小参牌？碧霞幡底，添对合欢鞋。"亦典雅秀丽之作也。余是日赴友家赏芍药饮，有即席一章云："芍药万千朵，满斟资福觞。有花堪浴佛，贡荔不称工。欲说因缘法，偏生富贵坊。萱凋悲隔宿，（先慈于己亥四月七日见背。）杯酒郁馀怆。"东坡集载四月八日大会于资福寺，有芍药七十馀朵。又溪蛮聚笑，载蛮乡竞渡，预以四月八日饮谯。江岸舟子，各招他客，盛馔相夸，士女如云，一年盛事，名“富贵坊”。余诗故云云。

一〇

宋祥符九年四月九日，真宗幸琼林苑宴射，作七言诗赐从臣，亦千古之韵事也。惜其诗不传。杨万里戊申四月八日宿释迦寺，有句云：“出却金宫入梵宫，翠微绿雾染衣浓。”又云：“藏室蓬山真昨戏，园翁溪友得今从。”上二句尚可入口，下二句则不成句法矣。僧守仁四月八日与斯公、衍公登虎丘赋诗，有句云：“岩僧扫月千峰净，山鬼吟风万壑哀。”亦锤炼之句也。余是日过友人家，适其妻产一孩，云产母病热久矣。既归，赋一绝云：“一服清凉散太和，残春风雨亦无多。笑他九日怀中纳，可是言言合度哥。”予弟箸超见而笑曰：不是哥儿。我们家中，倒有个姐儿。余为之大笑。按《唐书》太宗贞观二十一年四月九日，公卿上言，请修太和殿，厥地清凉，可以避暑。诏从之。又《宋史》：度宗讳禥，嘉熙四年四月九日生。先是母梦日光照东室，又梦神人采衣，拥一龙纳怀中，已而有娠。及生，室有赤光，资识内慧。七岁，言言合度，理宗奇之。余诗故云云。而读者乃以轻薄讥之，其可笑孰甚？余故不愿与箸超共诗也。

一一

黄巢能诗乎否？闻者曰必不能。余乃以黄巢列入诗话中，则亦论古者之掌故也。黄巢于四月十日夜，为李克用骑将庞从败走，遂以不振。是故四月十日，亦吾祖吾宗之国庆纪念也。范成大是日出郊，赋句云：“涨江混混无声绿，熟麦骚骚有意黄。”下句更切。胡翰儿子来凤翔，令归营居殳山下，有句云：“泉深出丹砂，地冷多琥珀。”则别有趣味矣。陈觉民《过武尸山》诗云：“升真洞口接天门，灵草丹桃日日春。听说神仙来瑞世，三朝德业在斯民。”或谓真宗、神宗、哲宗皆武尸仙真应世，故有“三朝德业”之句，然已荒诞不经矣。按神宗生于庆历八年四月十日，群鼠吐五色成云，至治平四年即位。宰臣等表，请以四月十日为同天节，岂其故有异欤？余有《四月十日杂感》六言一章云："不见黄巢夜走，依然群盗如毛。可有廉能官吏，鹄奔夜会阴曹。"时城东某命案，悬久未决，余诗故言及之。《还冤记》有云："汉时何敞为交州刺史，巡行至苍梧郡高要县，暮宿鹄奔亭。夜犹未半，有女从楼下出，自云苏蛾，字珠娘，早失父母，兄弟有缯百二十匹，与婢致福，往县售之。乃以前年四月十日到此亭，日暮，致福暴得病，因往亭长舍乞浆取火。亭长龚寿利予缯，以刀刺予死，又杀致福楼下。敢告于明使君。敞曰：'今欲发汝尸，以何为验？'女曰：'白衣青履犹未朽。'掘之果然。即遣使捕寿，问与珠娘语同，遂斩之。"此事直与《包公案》同。

一二

东坡四月十一日食荔枝赋诗，有"海山仙人绛罗襦，红纱中罩白玉肤。"亦细腻，亦风流，此老毕竟不弱。有谓四月十一日为地破日，不可开山动土者，无稽孰甚？余新成一章云："兔是月中物，名为盗里魁。西湖塔景好，永不见巍巍。"唐李孝逸为武承嗣所诬，有"兔月中物，当有天分"数语，卒以则天垂拱二年四月十一日伏诛。近王金发之枪毙，亦大快人心之一事也。王有孽财，家产至巨万，在沪置一伟大洋房，心犹未餍，犹欲于西湖保俶塔旁，再建一座。噫！辱没山水甚矣。金发距孝逸伏诛之日，仅一星期间，余以桑梓关系，不得不慨乎言之。编者按：以上载第七集。

一三

古人之著述，阙佚而不传者，殆不可数计。《中州集》载：田琢从军时，曲护室中双燕，一日飞止坐隅，巧语移时不去。琢思明日秋社，燕当归去，此必其留别语也。作诗细书为蜡丸，系其足上，有"君怜我处频迎语，我忆君时不掩扉"之句。后八年，田为潞州观察，四月十二日，闲坐含翠堂，忽双燕至，谛观之，即前燕也，足上蜡丸尚在，诧为异事。乃倩同年庞铸画为图，自作序，求赵阅作诗。而赵诗既不传，即诗史中并无田琢、赵阅其人，此诚不可解者。东坡四月十二日，以卜筑白鹤峰上新居告成，诗以纪之，有句云："长江在北户，雪浪舞吾砌。”又云：“青山满墙头，鬖髾几云髻”，皆写地写景，亲切不移之句也。定庵四月十二日过访顾清，诵东坡《过清虚堂》诗句，顾即用原韵谢之，有句云：“高轩何自忽戾止，豁若暝雾腾金鸦。”又云：“列缺卷焰雷停挝”，其推崇可谓备至。余戚陈姓，置新第落成，于四月十二日设宴志庆，余即席赋一律贺之：“鸠木庀材费苦衷，镜湖右畔地三弓。乌衣依旧窥香户，刃鼻于今戏彩宫。云髻老苏颜白鹤，玳梁少蔡写苍龙。祝君代代儿孙福，靡丽画图夺化工。”第三、第五两句诗解，已详于前。《景龙文馆记》载：唐睿宗景云元年四月十二日，幸隆庆池结彩为楼，宴侍臣，汎舟戏象。即第四句之诗解也。《集异记》有云：陈留蔡少霞，幼奉道，一日沿溪行，忽得美荫，就憩焉。不觉成寐，为鹿帻人召去，见一玉人当轩立，谓少霞曰：“愍子虔心，今宜领此。”少霞不解所谓，复为鹿帻人引去，至一石碑侧，以笔砚授之，少霞凝神搦管，顷刻而毕。题曰：“苍龙溪新宫铭。”而文中则有“雕玳盘梁，镂檀竦桀”之语，尾缀“清宁二百三十一年四月十二日建”数字。少霞欲更周视，则为鹿帻人所促，反而遂寤。又《宛署记》：四月十二日，燕都女士游戒坛，繁华靡丽，宛然图画云云。余末句即引其事也。近时之讲章句学者，只要掷笔成句，便可一世。而余乃咕哩噜哧，至于如此，不且可笑之甚？顾余于此有一自负语，余以前之诗人，虽才思奇溢，皆杜撰之徒耳，余后则姑待定论。

一四

同邑陈友郇孝廉，年六十七，无子。以百金购某家婢为妾，于四月十三日育一男，大喜过望。讵未半日即气绝，孝廉伤之甚。余以诗慰之云：“报道丧明为阿官，善人无后亦心酸。只怜今日乾龙节，便是帝王牛马看。”按《天中记》：宋钦宗于靖康元年四月十三日生，太宰徐处仁等，请以是日为乾龙节。然而河山有半面之羞，囚虏吐金人之气，所谓乾龙者安在耶？余是诗不特慰丧子之痛，且有祖国之羞焉。燕公四月十三日赴宴宁王亭子，即赋有句云：“绿嫩鸣鹤洲，阴浓斗鸡道。”杨万里四月十三日渡鄱阳湖，湖心一山曰康郎，其状如蛭浮水上，赋诗有“天如琉璃钟，下覆水晶碗。波光金汁泻，日影银柱贯。康山杯中蛭，庐阜帆前幔”诸句。顾清《四月十三日送友》诗，有句云：“垂角故人霜两鬓，关心歧路草连空。”皆秀拔之句也。《红豆村人集》中，有《四月十三日立夏》一章云：“节届清和四月中，馀春犹在蕙兰中。云峰层叠偏遮雨，潮鼓喧阗只啸风。逢闰自应添昼景（是年闰四月。）得金宁果害农功。（军行月令，立夏得金，五谷不成。是日立夏却逢金。）何当觅处飞霜散，一洗烦嚣万虑空。”全诗不见费力之处，但备一格而已。杨了僧送钝初安葬时，有“南郊一路奔龙輴”之句，事在阳历三月廿四；而引用之故事，则系四月十三日者。按《宋史》：太祖开宝十年四月上崩，十三日发引，群臣升梓宫于龙輴。又真宗景德三年，四月十三日立夏，迎南郊。余以说诗故，附及之。

一五

四月十四日，古人尤作诗者。惟宋陈翠虚于宁宗嘉定六年四月十四日，在潭州与会主云：“我来当尸解。”会主不以为意。翠虚留四句曰：“顶上雷声霹雳，混沌落地无踪。今朝得路便行，骑个无角火龙。”亦六言之体也。惟语气超忽，我辈俗人，殊不解此。近人如钱塘袁树四月十四日赋《雨》一章云：“正思祈雨慰舆情，忽听芭蕉起点声。地险岂宜逢歉岁，天高终是爱苍生。已看沃野都回润，还祝浓阴莫放晴。好是今宵清梦稳，桃笙净拂晚凉轻。”又如金陵何士颙《四月十四夜天池道士招诸同人集雨花山房》三章，其一云：“闭门抱微疴，默坐结遐想。忽来紫府招，如鸟出罗网。入门尘事空，庭轩爱幽敞。疑闻步虚来，竹梧奏清响。一饮壶觞倾，举坐尽萧爽。不知留客迟，但见归禽往。虚白襟袖生，前峰月初上。”其二云：“月上众妙生，变幻弄烟霭。造物巧设施，水墨为图绘。山树尽浮空，点点梢在外。共喜置身高，纵观得不昧。微风吹草香，露气上衣带。何处鸣疏钟，馀音散深翠。”其三云：“深翠望无极，中有流莺鸣。应为月所误，深夜认天明。下界堕睡乡，夜气失其清。输与独醒客，灵境谁相争？不须秉烛游，畅我行乐情。动静分顷刻，东方红日生。”袁诗清圆流利，而何诗则超秀拔俗，深得悟境，皆可诵之作也。余有《四月十四日晚郊》一章云："占得龙潜气候真，东南风色号长春。乡农翘足团团坐，趁着晚凉说洞宾。"按《玉海》：唐高祖武德六年四月十四日，幸龙潜宅。又《占候书》：晴主岁稔，得东南风尤吉。又《史纂》：丘处机号长春子，金世宗设二帐于御幄之东，令长春子于是日居之。又吕岩字洞宾，以贞元十四年四月十四日生。乡人多好谈仙怪，而于洞宾事尤详，余诗故云云。

一六

《岁时纪》云：四月十五日，自堂厨至百司厨，通谓之樱笋厨，故诗有"春事无多樱笋来"之句。今则物候渐移，所谓樱笋之节，已在立夏许矣。皮日休《四月十五日和陆龟蒙书事》有句云："竹叶饮为甘露色，莲花鲊作肉芝香。松膏背雨凝云磴，丹粉经年染石床。"盖锤炼之句也。《韦斋诗钞》中（宋朱松著），载《四月十五日上元道中》一章，有"一苇横斜风叶度，千滩赑屃雪成堆"之句。张明弼《四月十五日怀家》有句云："乱中新句干戈气，梦里红香儿女香。"皆奇而能丽者。李懏《四月十五日车驾临雍恭纪》有句云："虎拜轿门千骑拥，龙飞壁沼五云迎。"则雄壮而得体矣。尤西堂四月十五日，圣驾祷雨，雨立降，喜赋一诗，有"今朝灵雨零三五"之句，亦系颂扬口吻。钱塘陆湄君女士，有四月十五日龚浦川移樽随园，招同朱草衣、史茗湄、王梅坡分赋得"识"字一章云："雅会须良时，端居多暇日。谁欤载酒过，纷然众宾集。人生至乐事，莫如新相识。漫把棋子敲，频将钓竿拂。贴水出新荷，吹香媚佳客。朱阳隐层巅，素魄坠瑶席。春去已多时，月犹留春色。客归月未归，何以遣兹夕？"缠绵绮丽，诚闺阁中不可多得者。余有《四月十五日高祖杏江公祭日散胙》一章云："曰若哉生霸，刚逢禁足辰。牲牢沿俗例，樱笋荐时新。麟趾千年应，螽斯百岁春。友于是亦政，堪以法宗人。""哉生霸"见于《书经》。《荆楚岁时记》：僧尼四月十五日就禅刹挂塔，谓之结夏，故《释苑宗规》云：祝融在候，炎帝司方，当法王禁足之辰，是释子护生之日。又《宋史》：元祐二年四月十五日，东坡《代赐彰化军节度使宗晟诏》有“《书》云：‘孝乎，惟孝友于兄弟，施于有政，是亦为政。’卿以滕下之养，为宗人之法”数语。又《同日赐宗晟第二诏》，有“方庆瓜瓞之繇，欲观麟趾之应”数语云。

一七

李令哲四月十六日夜宿东柯，听雨赋诗，有句云：“官私蛙两部，倡和鸟三更”。读之饶有趣味，疑为刺时之作。袁子才是日端州公宴晚香堂，有古体一章云：“七十老翁不知老，来看岭南山色好。两株荆树忽相逢，一朵铁花开未了。通家难得来杨修，招我披云楼上游。阅江宝月次第到，此间风景胸全收。归来晚香堂，弟问兄知否？即日五人同上寿，（杨兰坡、刘瓒华、彭蔼堂、袁龙文及子才。）彭铿斟雉，刘安进酒，龙文扛鼎阿香走。有如不期而会八百国，都为先生一张口。千里脯，五侯鲭，三十六种骨董羹。一一罗列求褒评，不怕忙杀天上天厨星。果然天星闻酒香，张嗉颐朵雷公狂，手持北斗斟仙浆。化为大雨猛如注，摇动一堂蜡烛光。合席蹲蹲人起舞，都道今宵得千古。十日平原何足数，师生昆季兼文武。谁是宾朋谁是主，个个忘形到尔汝。请各酣嬉将力努，珍羞吞尽珠玑吐，莫管衙外鼕鼕起三鼓。”虽非绳墨之作，而余则绝爱之。此老天才，毕竟不弱。余是日有《农谣》一章云：“无谷与有谷，但看这十六。日月对黄昏，夏秋雨不成。我言如不信，请君量月影。夜立一丈竿，省得问青天。月影过竿影，大水且没胫。影如九尺长，夏秋雨水忙。八尺雨逢八，七尺田人熟。五尺暑何酷，四蝗三饿腹。吾谓不如月上早，低田亩亩收好稻。乡人且怕月上迟，高田一亩无人犁。其实稻与谷，只苦人民骨。铜龙铁凤好经营，昼夜张灯是北京。”按《玉海》：贞观六年四月十六日，太宗避暑九成宫，王勃进颂有“铜龙对霤，铁凤连甍”之句。《宋史》：祥符六年四月十六日，则听京城张灯一昼夜云云。其量影事，则见于《通书》。编者按：以上载第八集。

一八

《逸史》载：唐元和十二年，吴清之妻杨氏，号监真君，头痛静坐，忽然不见。至四月十七日夜，见杨氏裹坐屋上，称先日有同行伴煎茶汤相待，汴州姓吕名德真、同州姓张名仙真、益州姓马名辨真、宋州姓王名信真。及还，有一女冠赋诗相别云："道启真心觉渐清，天教绝粒应精诚。云外歌声笙管合，花间风引步虚声。"诗虽不佳，要亦子才所谓理言也。董说四月十七夜焙茶赋诗，有句云："玄味纵清香，亦略近烟火。"句中亦有悟境。余有《四月十七日感事》一律，近作也，诗云："中外人情好恶同，水灾蝗祸迭相攻。利臣日进满仓鼠，德教风衰当道熊。定国不闻知礼义，附民空自说公忠。最难堪处藤花尽，不见明驼谢赤龙。"《明道集》：熙宁三年四月十七日，程明道再上疏谏新法，有"中外人情，交谓不可。设令由此侥幸，事小有成，而兴利之臣日进，尚德之风寖衰"云云。又苏轼元祐二年四月十七日，代赐故夏国主嗣主乾顺进奉谢恩马驼回诏，亦有"惟忠可以附民，惟礼可以定国"之句。又《逸史》：玄宗微时，常至洛阳令崔日知宅，崔设馔未熟，因寝庭前。藤花初开，日知见巨蛇食花，逡巡不见。上觉曰："饥甚，梦中食藤花，甚美。"日知乃知他日启圣之验也。后景龙二年四月十七日，在厅事假寐，宋大辨等三十人，同见赤龙据案云云。

一九

余友沈漱庵，四月十八日观土谷祠道场有句云："今朝又是道场节，不见宫差赐赉来。"说本于《都梁纪》。盱眙县之瑞岩庵，宗室女尼也，赏赉甚厚，后割于金，为南使驻节之所。每岁四月十八日，仍建道场，远近士女，持香供络绎弥月。漱庵之句，感慨系之矣。孙仲益《四月十八日李茂嘉惠茶》，有"拟把金钗候汤眼，不将白玉伴脂床"之句，载《鸿庆集》中。范成大《四月十八日馀杭道中》，有"桑眼迷离应欠雨，麦须骚煞已禁风"之句，皆肖物之句也。余有《四月十八日山居笺经》绝句一章云："笺注经文心血俱，逍遥山上亦清娱。无灵乞得天仓米，只自埋头拔发须。"按《左传》孔子于哀公十六年夏四月己丑卒，诸说皆从之。其实十六年乃壬戌之岁，四月之朔为戊申。有乙丑而无己丑，己丑乃五月十二。"己"与"乙"文相近，故误书也。所谓乙丑，则确为四月十八矣。又《蜀志》：成都府逍遥山壁上，有“汉安元年四月十八日会仙友”字。宋景德间，杨用悔隐居于此。又《月令》：四月十八日天仓开，拔白发须，吉。余年才四十而发已苍苍，既穷且老，可嘅也。

二〇

四月十九日，为中国四千年前之政治革命纪念。武王伐商，以是日告师周庙，后之人数典忘祖久矣。于立《至元戊寅四月十九日风雨大作村民以为龙王嫁女以诗纪之》，有“西方龙君嫁龙女，雷车彭彭载风雨。鲛人献绡珠泪泣，鸾裾行烟翠痕湿。胭脂紫土吹海腥，阳侯击浪玻璃声”诸句，皆诡丽之句也。康德涵四月十九宴东侍御园亭，赋诗八章。数其警句，如：“风流不减分司典，唤出红妆劝玉钍。”“玉面未从花里出，瑶筝先向月中开。”“层层楼阁弯弯水，小小亭台面面花。”亦秀丽可诵。余有《四月十九日舟行至安昌镇》云：“翠色十分酣，莲光倒影涵。怕闻龙嫁女，乐听燕宜男。锦绣新堆马，乡村才了蚕。前流箫鼓拥，像是百花潭。”按《蜀志》：冀国夫人姓任，汉上小家女。任媪尝祷于神祠，梦神授以大珠，觉而有娠。明年四月十九日生。有僧过其家，疥疮遍体，女独敬事之。一日僧持衣求浣，女欣然濯之溪边。每一漂衣，莲花应手出，里人惊异。求僧不知所在，遂识其处为百花潭。后为唐宁节度微服行民间，见女而悦之，纳为妾。妻死，遂为继室，封冀国夫人。每生日，置酒江上，泛舟徘徊，访漂衣故处。故后人以四月十九日为百花潭之胜会。倾城皆出，锦绣夹道，即官员亦至潭上，置酒高会也。又《柬绮老入都》绝句云：“十哲祠堂香火缘，（讥文庙、武庙。）重华景世都升仙。（指爱伯、蓢甫前辈。）遥知师道文高古，赢得求贤万世传。”《唐书》：肃宗上元元年四月十九日，以星文变异，立武成王庙，选历代良将为“十哲”，白起、韩信、诸葛亮、李靖、李勣列于左，张良、田穰苴、孙武、吴起、乐毅列于右。又《群仙录》：张重华、郑景世，皆于四月十九日升仙。又苏轼元祐二年四月十九日，同傅尧俞、孙觉状奏徐州布衣陈师道，文词高古，度越流辈，过壮未仕，实为遗才，欲望尊慈特赐录用。诗故云云。

二一

余乡有《分龙谣》云："四月小分龙，五月大分龙。龙来非好事，少吉而多凶。"按"小分龙"即四月二十日也。《占候书》有云：四月二十日为小分龙，分懒龙主旱，分健龙主雨，分白龙主大水，分青龙主小水，故谣中如此云云。此虽农夫口头禅语，疑当初亦能文者作之也。和靖《四月二十日池阳山店即赋》，有句云："惊鸟忽冲溪霭破，暗花闲堕堑风香。"写景琢句，俱见工致。惟集中则传为初夏之作，余于别本见之，乃四月二十日赋也。革新而后，余辈文人，无可粉饰，党祸既株连无已，而水患又相逼而来，触目惊心，弥胜感喟，因新成一章云："冤人入地呼苍穹，天祸东南是白龙。无补当今之切务，满朝不见古人风。""冤人"二字，亦有所本。《续玄怪录》云：张质授临涣尉，日暮，见数人持符来，约与去，质乘马随之。至柏林下马，行百馀步，见大府门，入则美须衣绯者，据案责其曲，质言无此事，乃呼冤人证之。冤人言，此非贞元十一年四月二十日推事者，乃临涣尉张质也。判以姓名偶同放归，而质伏于柏林下马旁，已七日矣。又《宋文鉴》：四月二十日诏言过失与朝廷政事之阙，司马光应诏，有"敢不为陛下别白当今之切务，少补万分之一"云云。苏轼元祐二年四月二十日，同李常、王存、邓温伯、孙觉、胡宗愈状奏，谓给事中顾临，慷慨中立，无所阿挠，供职以来，封驳论议，凛然有古人风，云云。今之为官者，闻此数言，亦负疚中心否乎？余料工于弹劾之肃政史，亦一时之叫豪而已，所谓古人之风者安在？

二二

《玉海》载宋真宗景德二年四月二十一日幸龙图阁，阅太宗御书，宴于崇政殿。帝作五言诗示从臣，是诗亦不传。而诗史中且不言真宗能诗，亦一疑问也。徐时夏四月二十一日山行，有"樱桃初染朱砂果，蚕豆新开水墨花"之句，酷似《剑南集》中语。余去年四月二十一日赴戚家小饮，座客有痛斥时事者，举座为之不欢。归而感赋一绝云:“一座蓬莱锁帝王,妖星出没更无常。狂夫负醉弄空影,唯诺何如执政堂?”亦伤心之语也。按《玉海》:唐高宗龙朔二年造蓬莱宫成,于四月二十一日徙居之。又《唐书》:肃宗上元元年四月二十一日,妖星见西方,至五月始灭。又《道书》:谭景升著《化书》,有“稚子弄影,不知为影所弄;狂夫侮像,不知为像所侮。化家者不知为家所化,化国者不知为国所化。醉者负醉,疥者疗疥。”皆理语也。后授齐丘,号碧虚子,于嘉祐五年四月二十一日题其后序。又《朝野杂记》:宋神宗元丰七年四月二十一日,中书奉旨,给事中驳正事,赴执政堂禀议。余不知无声无臭之政事堂,将何以体国而经野也。为之一叹。

二三

《礼志》载宋孝宗淳熙七年四月二十二日,御书“明堂门”三字,少傅史浩等三十四人,进明堂庆成诗。是诗盖未之见,意者必颂德之体也。余辈耳目浅陋,至于如此,犹呶呶说诗,亦可笑甚矣。张耒《己未四月二十二日大雨雹》云:“木衰火滥气浮洩,激此阴沴成冰坚。”写雹字甚切。刘基《四月二十二日郊外游得水字》云:“繁林溺深绿,清池散圆紫。鸟啼树有风,帆过烟生水。”丽句也。余前二十年四月二十二日,题外舅枚臣先生手藏宋拓河南《圣教序》云:“不见怀仁集右军,同州赝本雁塔真。世南赢得唐皇惜,賸有河南第二人。”按《实录》:唐太宗贞观十四年四月二十二日自为真草,书屏风以示群臣。笔力遒劲,为一时之绝。谓魏徵曰:“世南没后,无一人可与论书。”徵曰:“褚遂良。”又按河南《圣教序》有三:行书一,怀仁集右军者,今已无之。楷书二,一在雁塔,一在同州。雁塔乃原本,同州者,则河南殁后,好事者以雁塔本更刻一石,以志刺史之不忘也。

二四

宋高宗绍兴二十五年四月二十三日,讲《易》终篇,赐宰相侍读以下,犀带牙简,金鞍勒马。余知当日群臣,必有以谢诗进者。其时金患未宁,江山愈小,而君臣泄沓若此,可慨也。黄鲁直以绍圣二年谪黔州,四月二十三日至摩围,有“东县闻铜臭,江陵换袷衣”之句,其刺时也深矣。余有《咏佚史》绝句云:“万历年间纪幻风,王家屋宇更西东。出人意外飞筵席,香满杯盘酒满盅。”此诗有议余为怪诞者。按《居东录》:万历庚子四月二十三日,缁川县大风,有王氏屋宇三间,自西院移置东院,门窗户牖,衣服笔记,宛然如初。国氏巷屋脊上,有桌一张,风平亟视之,香簌布列,杯中酒满不溢,乃近地人家筵上物也。此事以年月日纪载,必非齐东之谈。编者按:以上载第九集。

二五

东坡于四月二十四日游国通禅院,宿焉。院为老泉旧游处。其明日,为老泉之忌日,乃手写《宝积献盖颂佛》一偈,以赠长老仙公。仙公拊掌笑曰:“昨夜梦宝盖飞下,着处辄生火,岂此祥乎?”东坡于是诗以纪之曰:“石耳峰头路接天,梵音堂下月临泉。此生初饮庐山水,上日徒参雪窦禅。袖里宝书犹未出,梦中飞盖已先传。何人更识嵇中散,野鹤昂头未是仙。”事载《长公外纪》,而《东坡集》且不存其诗。玩其诗句,殊少警策,平铺直叙,类乎初学者所为,虽云纪事之作,亦殊嫌直率。东坡盖精于自删也。戴石屏《四月二十四日喜晴》,有句云:“苔榻有泥妨座客,稻田贮水慰农心。”造句虽率,写事颇能真切,惟“稻”字略有语病而已。余有《四月二十四日有友人自燕京归述某公子雄心叹而赋此》:“北望帝王居,妖言缀简书。雨天开玉玺,暮夜耀金鱼。檄已驱胡马,火将烧巧狙。无论应谶者,十倍曹皇储。”按《南史》:齐高帝四月二十四日,荥阳郡人尹千,于嵩山东南见天雨石,开之,有玉玺在其中,文曰:“戊丁之人与道俱,肃然入草应天符,扫平河洛清魏都。”或云宋禅位于齐,此其符验也。又《实录》:唐睿宗景云二年四月二十四日,勑鱼袋着紫者金装,着绯者银装,故有“银青”、“金紫”之称。又宋元丰末,亲王赐玉鱼以副金带,金鱼以副玉带,谓为唐礼。故唐时又有金鱼、银鱼之别。如韩文公诗“不知官高卑,玉带悬金鱼”是也。又《三国志》:汉章武三年四月二十四日,先主知不起,乃泣语孔明曰:“君才十倍曹丕,必安国而成大事。”云云。余又有《四月二十四日柬何觳庭大令》一章云:“恺悌慈祥君子乡,如公方不愧贤良。手书佛偈应天谶,(城中大善寺碑为公手书。)躬御耕田督稼场。(公专重农。)冰雪一年夸节操,风霜两字入文章。高卑官职寻常事,不见金鱼百世芳。”按《宋史》:高宗绍兴二十六年四月二十四日,置六科举士:一曰文章典雅,可备制诰;二曰节操方正,可备台谏;三曰才识该通,可备刑谳;四曰节用爱民,可备理财;五曰慈祥恺悌,可备监司郡守;六曰智勇绝伦,可备将帅。令侍从岁举之。第三句即东坡事也。又《玉海》:宋高宗绍兴二年四月二十四日,谓侍臣曰:“朕闻祖宗时,禁中有打麦殿,今于后圃令人引水灌畦,种之,亦欲知稼穑之艰难。”云云。

二六

朱逢年于四月二十五日夜,梦至一处,流水被道,色清绝,若有栏槛而无屋宇,有笔砚,皆浸水中。朱惊问何地,旁有应者曰:“此玉栏堂也。”梦中欲取水中笔砚作诗,诗未成而觉,鸡已一再鸣矣。因赋一诗,曾载《玉润集》,有“千寻濯足衣裳冷,六字哦诗笔砚香”之句。余极爱其松秀,或谓逢年集以“玉润”命名,即取此梦之意,亦可凭之言也。董炳文四月二十五日郊行,赋诗有句云:“催耕不惮一而再,打麦何辞倦复劳?”如此琢句,所谓吃力不讨好,何苦何苦?余有《四月二十五日掷笔绝句》云:“论功已愧丹青手,应对未详西朔方。幸有乐章遣漫兴,晓来回忆玉栏堂。”按《玉海》:宋绍兴九年四月二十五日,李德光上《五帝功臣绘象图》。又唐天宝二年四月二十五日,问诸番国远近,鸿胪卿王忠嗣对曰:谨按西域图,自陀拔恩单国至史国,凡十有二。又《宋史》:景祐二年四月二十五日御制雅乐曲及乐章。玉栏堂则已详于前矣。

二七

是日为芒种节,余因连类及之。范成人《芒种即赋》,有“己酉甲中雷雨惊,乘除却贺芒种晴”之句。其后则董农山《芒种即事赋》有句云:“一犁浸足鹦歌粒,万倾吹成翡翠针。”又云:“绿蘋数点迎梅雨,白雪千家络茧风。”范句不切,董则过事雕琢,流于板滞,惟“白雪”句尚可耳。余有《芒种日郊行》一章云："乡村四月闲童少，溪上老人罢垂钓。催耕打麦不惮劳，翡翠池塘梅雨绕。"亦不过即景而已，未能言之有章。大约诗人之成习，多勉其易而忽于难也。

二八

四月二十六日，古人鲜有赋者，惟余廷璜《丙寅四月二十六日同董中江张园小饮即席赋》，有"麦须迎旧蝶，酒尾饯新莺"之句，亦点景之切者也。会稽金也香，为邑名诸生。戊戌岁试，竟不录，心怏怏甚，以四月二十六日过访余，余留之饮，并赋一绝以慰之云："男儿事业在丹青，忠烈庙前香火灵。赢得一千七百贯，但与方正惜惺惺。"按《明杂记》：永乐年，进封蒋忠烈武顺昭灵嘉祐王。四月二十六日为王之生辰，加一祭。又《七修类稿》：王佐与朱文公同科。四月二十六日，自状元王佐以下，各赐钱一千七百贯。又《玉海》：宋元祐二年四月二十六日，复置贤良方正直言极谏科，逾年即罢云云。盖是时新说竞进，屡有请罢科举者，余料必不久，故云云。

二九

丁酉四月二十七日，内子以父病宁家。余苦于岑寂，乃取汉史读之。至昌邑王时，感赋一绝云："怎见狗头幻赤云，星台太史占天文。东行为顺西行逆，社稷已归博陆坟。"此纪其本事也。《汉书》：昌邑王以四月二十七日废。先是祥云如狗，赤色长尾三枚，夹汉西行。占曰：天文以东行为顺，西行为逆。主人臣运柄，祥云为乱，此大臣欲行权以安社稷也。逾日遂有是事。而后之读史者，几将汉室威名，尽付于霍光之手。为大臣者，以行权而得重名，此外殆未之见。余诗故慨乎言之。梅尧臣《四月二十七日与王正仲饮赋》，有"醉忆曩同吾永叔，倒冠落佩来西都。高吟特去拥鼻学，雅曲付唱纤腰姝。山东腐儒漫侧目，洛下才子争归趋"诸句，自负殊甚。朱曰藩《四月二十七日行田杂歌》，摘其警句，如："更怜村妇多新饷，潮落平沙蛤蚌鲜。""雨过青坪不见人，剪茸新鹿白如银。""田田荷叶太湖西，千队鸳鸯掠水低。"皆可诵之句也。余又于丁未四月二十七日宿湖州府城，旅舍旁民户有被官中催租，鸡犬不宁者，书此志感："歌舞声中不见春，眼前税政虎于秦。州官愈老愈生事，(时宰某县者颇唐殆甚。)信口开河牧小民。"按东坡元祐七年《乞罢税务岁终赏格状》：窃见今年四月二十七日，敕废罢诸路人户买扑上产税场。令下之日，天下歌舞云云。又《长公外纪》：元丰二年四月二十七日，东坡到湖州谢表："陛下知其愚不适时，难以追陪新进；察其老不生事，或能牧养小民"云云。噫！若某县令者，将何以见东坡于地下？

三〇

四月二十八，道家以为天休节，佛说以为药王生，皆不可得而凭矣。张咏至道元年四月二十八日悼蜀云："游女白玉珰，骄马黄金络。"又云："花市春惭怍。"琢句之丽，殆无与匹。程敏政四月二十八日起，屡赐鲜笋、鲥鱼、杨梅、雪梨，感赋，有"缄发紫泥留榼筥，香生青篛带冰盐"，亦工而得体者。余有《四月二十八日渡湖》云："十万湖光拜大苏，山声云语叠相呼。水心胜似道心静，照得红尘一念无？"按东坡开西湖，于四月二十八日兴工，申状中有"添得十万丈水面"之语。又《史纂》：老君于四月二十八日上升，弟子尹喜悲恋请留，老君告以除垢止念，静心守一之旨。言讫，即耸身坐云华上云。编者按：以上载第十一集。

三一

周洪道自号平园老叟，曾于四月二十九日会同年，设讌，晨起感赋，有"清晨自扫落花厅，小甕亲篘竹叶清"之句，闲雅甚矣。张文潜《四月二十九日即事》，有句云："蝶衣晒粉花枝午，蛛网添丝屋角晴。"又云："黄帘翠幕断飞蝇，午影当轩睡未兴。"又："枕隐海鱼镌紫石，扇凉山雪画青缯。"又："廊阴日转雕栏树，坐冷风生玉盌冰。"写景韵而切，且厚，似剑南集中作。余有四月二十九日游湖自刚直祠归得一律云："胜地数登临，湖山眉目森。龙图心似铁，鱼袋饰为金。伟绩付青史，祠坛傍紫岑。雕栏闲坐久，怕有落花侵。"按坡公元祐五年四月二十九日杭州行牒开西湖状云：杭州之有西湖，犹人之有眉目。云云。

又《事文纪原》：唐高宗永徽二年四月二十九日，给五品以上随身鱼袋，以防召命之诈。三品以上饰金，五品以上饰银。又《玉海》：孝宗淳熙八年四月二十九日，召丞相赵雄等赴经筵，听讲正说终篇。浩等请付史馆。又玄宗天宝九年四月二十九日，谓侍臣曰："宜于皇城西南，改置黄帝坛，朕当亲祀。"云云。尾联解见前。

三二

孔临江《四月三十日送子敦都运待制赴河北》，有句云："君能安辑之，千苍与万犄。"语近奖饰，赠行者常套也。董说《四月三十日作》，有"花事阑珊看百药，感怀将次到三间。吴郎衣摺莼条阔，诸葛皮肤骨干疏。"读之饶有趣味。说自注：吴道子画释像，衣折如莼条。诸葛孔明手肤，疏如松柏纹。云云。不知出于何书，吾人寡读俭腹，良自恧也。余有《四月二十九日书感》云："四交五月不自如，花事年年九折馀。形槁还如诸葛手，心慈欲上百僚疏。无多兄弟惊离散，焉有灾荒属子虚。到此出家已不得，牢怀叠叠到三间。"按《中州风土记》：洛阳花事，至四月杪，只賸一折。诸葛手见董诗注。又《白孔六帖》：汉成帝河平元年四月三十日日食，诏公卿百僚，疏陈过失，无有所讳。刘向对曰：四月交于五日，月同孝惠，日同孝昭，其占恐害继嗣。云云。又《汉纪》：和帝永元十五年四月三十日日食，时帝遵肃宗孝章帝故事，有司以阴盛对，宜遣就国。上诏非之。又《贻谋录》：宋时民间诉水旱，旧无限制，往往欺謾无以覈实。至淳化二年，诏诉水旱，夏以四月三十日为定制。又《楚通志》：道悟，荆州天皇寺僧，神仪挺异，幼而生知。年十四，求出家，父母不听。遂损减饮膳，形体羸瘁，父母不得已而许之。以宪宗元和二年四月三十日告寂。三间见董诗。端阳节近，一般忧国志士，又将起若何之感触。苊心苦节，悉付东流，良可悯也。

三三

《宛署记》：燕都以五月一日为女儿节。自一日以至五日，饰小闺女尽态极研。已出嫁之女，亦各归宁。而《岁时记》中，则又云：京师以五月一日为端一。董农山有句云："端一群趋宣政殿，无双独赐牡丹诗。"亦单指京师而言，首善之区，其热闹自必倍于各都会也。"牡丹诗"见《玉海》，宋孝宗淳熙元年五月一日，御书唐元稹牡丹诗以赐吴琚云云。至玄妙之家，或云五月一日天帝游东井，或云五月一日太上老君传《三天正法》，付汉代张天师，荒怪不经，抑何可嗤之甚。坡公《五月一日和戴主簿》有句云："手裁兰与菊，侑我清宴终。"又《五月一日作》，有句云："晋阳岂为一门事，宣政聊同五日朝。"对句与董诗同意。然则五月一日为端一，自宋已然矣。杨万里《五月一日过贵溪舟中苦热》有句云："一生怕热长逢热，千里还家未到家。"情至之文也。陶当涂《五月一日与黄仲珍雷景阳酌于维扬抵暮出城有怀友人寄拳拳之意》有句云："雪乳泉甘醒午醉，璚花雾散与客过。"程孟阳《五月一日雨中过东林轩惜别》有句云："冬青香满花堆雪，苦楝风多径糁苔。"曹少保《五月一日作》有句云："梅雨黄未足，蒲风绿有馀。"汪文桢《五月一日半山看龙舟》有句云："游人画舸壖难越，壄艇村航次第过。"都是写景佳句。然至创格者，则为董思《五月一日夏至沁园春》一阕，中有句云："看女儿节始，风迎绮箑；黄梅雨过，香润珠囊。"写来却非常容易，而自能不切不移，允推斫轮老手。董霞山师其意而为律诗，如："姤初卢橘垂金弹，端一甘蕉吐白莲"、"十团金粉飞蝴蝶，一日南风化蟪蛄"、"又值金蝉升嫩翼，史遭瑞鹿解新茸"诸句，活剥硬凑，无一毫生动气，以前词较之，何如艰险也。余有《五月一日趣语》数章，其一云："今朝已是端阳一，不拜丈夫拜女儿。携了钱财出门去，王姑寺下黑风吹。"按《神枢》：五月一日属钱财，宜进财，勿出财。又《家塾事亲书》亦云：五月一日不宜出钱财。又《邸抄》：康熙十五年五月一日午时，日丽中天，皎洁异常，忽有大风黑气，自西而东，有人从王姑寺带至前门大街者。其二云："州官第一要亲民，桑上中为忧患身。莫待五花泉溢水，浮云涌起百千人。"按《后汉书》：任文公，巴郡人，时天大旱，白刺史曰：五月一日，当有大水，其变卒至，不可防救，宜令民吏预为之备。刺史不信。至日中云起，须臾至，晡时湔水涌起十馀丈,突害数千人。又《泉州志胜》:德花县五花山有端午泉,每至五月一日,泉水溢至栏,凡五日为度云。其三云:“失笑英雄胆气矗,金钱换得太平符。饶州学士今何在,一订朝仪便是孤。”按《宋史》:真宗祥符二年五月一日,皇太子生,知开封府周起方奏事。帝曰:朕始生子。即入禁中怀金钱出以赐起。又靖康二年,太后命太常少卿汪藻草手书,告中外,略曰:“乃眷贤王,越居近服。汉家之厄十世,宜光武之中兴;献公之子九人,惟重耳之尚在。兹乃天意,夫岂人谋?”云云。康王遂以是年五月一日,即位于应天府。又欧阳公帖:唐时有五月一日朝会之礼。是日君臣集会,其仪甚盛,不知起自何帝云云。余诗故援用之。

三四

一日既为端一,则二日必为端二,可以类推知之。杨万里五月二日苦热长歌中有:“吾曹避暑自无处,飞蝇投吾求避暑。吾不解飞且此住,飞蝇解飞不飞去。”可谓趣语,亦玄语也。其外古无作者,惟董穀士有“孔盖凌波张玉律,翠华照野赐金钱”之句,则又病于堆砌矣。余有《五月二日醉后伤时》绝句云:“渔稼不闻驻使节,和亲一策金瓯缺。羞与佞士叙同年,醉来且向故人诀。”按《宋史》:太宗兴国九年五月二日,出南史门观稼,令民刈麦,赐以钱帛。回幸玉津园观渔,张乐习射,既宴而归。又《唐书》:僖宗乾符五年,郑畋、卢携议蛮事,携主和亲,畋不可,至于争。上曰:大臣相诟,何以仪型四海?以五月二日皆罢为太子宾客分司。又《七修类稿》:王佐等二百三十人,以五月二日就法慧寺叙同年。又《金史》:承晖好学,淹贯经史,五月二日与师安石浮白饮满。醉后取笔,与安石诀。及安出,闻哭声,复还问之,则承晖已薨矣。又柬易鼎编者按:“易鼎”疑当作“易顺鼎”。都中云:“相公拜甲叙同年,半为宫中太子贤。满腹文章怕倒写,何如新御女金莲。”“倒写”即《金史》承晖故事。《幼幼新书》有:五月御女,宜一日、二日、三日、四日。云云。余诗微有隐刺,易以风流著,所谓太子者,即某当道之公子也。编者按:以上载第十二集。

三五

放翁《五月初三日病体觉轻愈偶书》有句云:“乘雨旋因西崦药,留灯自覆北窗棋。”皆于景物无切。其馀名家无作,惟赵宜真于五月初三日物化,呼弟子于前,书一偈曰:“遁世和光了幻缘,缘消幻梦独超然。清风遍界无遮障,赫日当空照大千。”盖至理之言也。余有《五月初三日登镇东阁遇雨继以风》云:“风雨晦冥景,登高触处愁。街心捐扇市,湖角泊龙舟。武酒难下咽,雀巢不可留。大千无障碍,虎取亦予求。”按《史纂》载:赵宜真物化时,风雨晦冥,其明年五月初三日,徒刘渊设祀行奠,亦如是。又《岁时记》:五月初三日谓之扇市,在东市车马特盛。又五月初三日试龙舟,龙舟之俗,越中为最热闹。遇雨则掩旗息鼓,停泊不前。又《晋史》:习凿齿与桓泌书曰:吾以五月三日来达襄阳,觞目悲感。又有“魏武之所置酒”之句。又《玉海》:唐高祖武德八年,赤雀巢于殿门,宴五品以上,上颂者十馀人。又《异苑》:会稽钱祐,以元嘉四年五月三日为虎所取,后乃自还。大知卜占,无幽不验。云云。余同行中有易竺仙者,赋诗,中有“及早从容论治法,莫教彗气出房心”之句,其语亦皆典。按《玉海》:宋孝宗五月初三日,诏执政每日诣选德殿奏事。盖上欲从容论治之意。又《宋书》:晋义熙十一年五月初三日夜,有彗星出天市,其芒扫帝座。天市在房心之北。云云。当时晚清之季,操文事者犹复尔尔,不识今之颂芸台公子者,将何以为情耶。

三六

余前见《董炳文集》,有五月初四日拟联一则云:嗢没斯三千重译,风牛与雪雉偕朝;莲花馆一邑双星,雌电共雄雷无恙。”其语实根古典。上联见《一品集》,唐武宗二年五月初四日,嗢没斯帅其国特勒宰相等二千二百馀人来降,上降状。下联见《稽神录》:有使过南康,县令胡侃置酒于县南莲花馆。忽有暴风吹沙从南来,食器皆覆,时一里外皆闻馆中迅雷,而馆中不闻,侃亦无恙。云云。玩其口吻,最相当于皇华馆,置之其他,毫无趣味。岑侍御《五月四日送杨少府归华阴》有句云："仙掌分明引马头，西看一点是关头。"杨诚斋《五月四日阻风鄱阳湖观竞渡》云："棹翻波浪山如雪，醉杀儿郎喜欲颠。"董榖士《沙盆潭观竞渡》云："折榴悬艾皆诗意，斗草分丝亦画图。"皆风雅之句也。佟世南五月四日饮顾向中园，即席倚《鹊桥仙》一阕，其最切贴者，则为"菖蒲绿映酒杯红，早知是明朝端午"二句，能令读者不必审其何题，已知为端四日作，盖即赋之能手也。余有《五月四日村居》两章，其一："笔札生涯一半赊，幸无风信折莲花。明朝知是端阳节，多买菖蒲待辟邪。"按《山堂肆考》：五月四日王沂公上帖子云：明朝知是天中节，旋刻菖蒲要辟邪。又《玉海》：宋绍兴七年五月四日，给尹焞笔札，校《论语》以进。云云。其二："村后村前喜欲狂，龙舟两字醉儿郎。平阳重四杀风景，巧夺三闾粽子香。"按《温州府志》：平阳江南五月四日做节，谓之重四节。而《异苑》载：屈原妇作粽，以吊其夫。然则重四节之设，三闾大夫不享也。余诗故云云。

三七

午日之诗，沈沈夥颐。盖年必有端午，而诗人之寄兴，且与遭际以更，其实非咏端午也，所谓即景生情，写满肚不合时宜而已。今以典切者为阑，略述于下。一、题联应制类，如欧阳修午日皇帝阁云："宝典标灵日，明离正午方。"又温成皇后阁云："香黍筒为粽，灵苗艾作人。"又夫人阁云："黄金仙杏粉，赤玉海榴房。"王禹玉皇帝阁云："金缕黄龙扇，兰芽翠釜汤。"燕公《午日三殿侍宴应制》云："助阳尝黍彘，顺节进龟鱼。"王直《午日观打毬射柳应制》云："玉勒千金马，琱文七宝毬。"于慎行《午日谢赐画面川扇》云："云影金泥黄帕解，花开宝绘玉函空。"一、宴饮类，如唐玄宗《午日宴群臣》云："穴枕通灵气，长丝命续人。"东坡《午日酒局》赋云："一与子由别，却数七端午。水饼既怀乡，饭筒仍愍楚。高谈付梁罗，诗律到阿虎。"杨万里《午日独酌》云："子兰赤口禳何益，正则红船看不妨。"唐顺之《午日庭宴》云："冰柈错出仙人掌，金缕遥分织女丝。"董闻京《午日同弟相枋松林小酌》云："逢时卫足存吾道，闭户穷经养尔才。"董榖士《午日家宴》云："榴花却演龙舟胜，珀酒遄飞端午殊。”一、途次类，如党怀英《午日日炤道中》云：“三岁已无平老艾，一杯聊作辟愁符。”陆世楷《珠江午日歌》云：“银甲开时水马腾，锦标动处雕龙舞。”又：“蛮部诸儿结束新，吉花簪帽腰红巾。”“绘槛粽亭巧制成，轻桡柔桨随波舞。”又：“桃花炤水亭亭立，燕语临风故故低。”又：“王家步阵千寻紫，石氏珊瑚四尺红。”孙自式《午夜秦淮灯船》云：“歌起春星联士女，舟回锦浪散鼋鼍。”钱谦益《午日钓台舟中》云：“五日缠丝仍汉缕，三年灼艾有秦灰。”叶映榴《午日虔州官舍》云：“丹砂清酒添红泪，采缕悬裳愧白须。”又《午日集金鱼池》云：“杯酒酬左徒，独醒世所诟。”董师植《午日上洋观海》云：“拟绘天峦艳石帆，拚堆沉虎斫潜鹿。”妓景翩翩《午日汎舟》云：“操舟临雒水，作赋吊湘潭。”一、题咏类，如薛季宣《二女篇》云：“非鬼亦非仙，世士凭谁侦？”卢肇《宫船》云：“报道是龙刚不信，果然夺得锦标归。”高启《午日咏美人钗符》云：“从今能镇胆，不怯睡空房。”一、寄访类，如林和靖《铜陵县午日寄兄弟》云：“丹杏钉槃深簇火，碧醪倾盏酽堆饧。”又：“粽剥雪肤明席上，酒倾玉骨映杯中。”虞堪《午日访沈元圭席上》云：“一帘葵景灿晴霞，五色丝虹映臂纱。”释智舷《午日过就公》云：“阶暝烟粘草，篱疏风损葵。”一、杂感类，如魏收《午日》云：“辟兵书鬼字，神印题灵文。”黄朝英《午日》云：“因笑唐家公主骇，预令驰驿翦祇洹。”王筠《午日》云：“绢纨既妍媚，脂纷亦香新。”李邦直《午日》云：“艾叶成人后，榴花结了初。”傅墨卿《午日》云：“百炼鉴从江上铸，五时花向帐前施。”王禹玉《午日》云：“夕然辟恶仙香度，朝结延年帝缕成。”陆游《午日》云：“萧艾著冠称道陵。”范成大《午日》云：“已孤菖绿十分劝，却要艾黄千壮医。”又：“蜜粽冰团为谁好，丹符采索聊自欺。”周亮工《午日》云：“不分焚林寻介子，颇憎当户长孟尝。”钱升《午日》云：“为民续命丝何补，循职储材乂可期。”叶襄《午日》云：“石榴红刺晶帘影，茉莉香分薤簟清。”潘尔夔《午日》云：“听令纹命教缠采，看斗宜男试踏青。”汪文祯《午日》云：“将丝五毒绣香罗，红豆羢缗斗闹蛾。”沈尔璜《午日》云：“素影风绵垂柳岸，绿光水剑泛蒲池。”

又:“夜合枕中知意远,鸳鸯被底笑情痴。”董师植《午日》云:“噎鸠麦畔怀高凤,卫足花前吊鲍庄。”以上诸句,皆典切可诵。而尤以途次类钱氏“五日”两语为最佳,惜不称其人耳。暧昧之流,满嘴大义,殊无足怪。杂感类钱升两句,可入《千秋金鉴录》,而李邦直“艾叶成人后,榴花结子初”,看似寻常实奇特,甚不弱。董师植“噎鸠”两语,读之亦饶有感慨。兹再举词而类分之。一、杂感类,如陈去非《临江仙》有云:“万事一身伤老矣,戎葵凝笑墙东。”刘后村《贺新郎》有云:“灵均标致高如许,忆生平既纫兰佩,更怀椒醑。”又云:“谁说《骚》魂千载后,波底垂涎角黍。又说是蛟馋龙怒。”苏轼《浣溪纱》云:“采线轻缠红玉臂,小符斜挂解云鬟。”张榘《念奴娇》云:“谁挽汨罗千丈雪,一洗些魂离别。”又:“菖蒲桃柳,忆闺门铺设。”又:“堪笑儿童浮昌歜,悲愤翻为嬉悦。”史达祖《凤来朝》云:“一梦蒲香葵冷,堕银瓶脆绳挂井。”编者按:以上载第十四集。清真居士《齐天乐》句云:“扑粉香绵,唤风绫扇小窗午。”又云:“卧听江头,画船喧韵谱。”杨无咎《南歌子》句云:“罗绮纷香帕,鱼龙漾采舟。”吴梅村《浪淘沙》句云:“缠臂采丝绳,妙手心灵,真珠嵌就一星星。”又云:“旁系纂丝银扇子,半黍金铃。”王岱望《千秋岁引》句云:“篱前石措谩含唇,柴门艾虎空张翼。”蒋景祁《贺新郎》句云:“陡然魂礌浇如许,笑何为、受人杯炙,恋人醲醑。”王晫《醉红妆》句云:“制得守宫羞不点,明日验怕全销。”佟世南《华胥引》句云:“短蒲漾水,新竹梢云,暖风正好。”陈其年《虞美人》句云:“一生多子是红榴,更爱萱花小字是忘忧。”又云:“守宫蜥蜴粉蟾蜍,还剩玄绡半捻裹蜘蛛。”又《蝶恋花》句云:“五毒罗囊裙带系,始信人生骑虎非难事。”尤西堂《菩萨蛮》句云:“酌酒劝檀郎,蒲花衬口香。”曹溶《一萼红》句云:“粟玉纤环,泥金双带,娇小浑不胜风。”沈雄《浣溪纱》句云:“远注横波看掷凫。”又云:“茧白新缫双臂缕,麦黄重擘小钗符。”郑侠如《满江红》句云:“语石自挥高士麈,卧游焉用仙人仗。”李天馥《归自谣》句云:“爰缠九子佳名粽,郎同梦,怕还说到兰汤共。”吴震《念奴娇》句云:“蒲绿柳红,声丝竹韵,休得今朝错。”董汉策《浣溪纱》

句云:“巧幻曲中莺燕语,宜嗔宜喜似神仙,此情如诉汨罗冤。”董农山《沁园春》句云:“看女儿节丽,佳人虎绣,五时图灿,才子龙雕。”又《八声甘州》句云:“眼媚眉娇也,水夏秋波。”闺秀叶小鸾《临江仙》句云:“酒汎菖蒲香玉碎,嫩红双靥横秋。”一、客感类,如卢次夔“淮西午日”《水龙吟》句云:“念《离骚》恨远,独醒人去。”侯寘“豫章午日”《杏花天》句云:“采丝皓腕宜清昼,更艾虎衫儿制就。”又云:“榴花故意红添皱,映得人来越瘦。”吴文英“盘门外寓居过午日”《满江红》句云:“梅子未黄愁夜雨,榴花不见簪秋雪。又金罗红字写香词,年时节。”又云:“湘水离魂菰叶怨,扬州无梦铜华阙。”陈其年“宛城五日追次旧游漫成”《忆江南》句云:“红板闸喧停画鹢,翠花磁温贮黄鱼。”又云:“庙市花盆笼蟋蟀,门摊锦袋养鹌鹑。”又云:“麝粉细调蛾子绿,虎钗新破虿儿黄。”又云:“墙脚蜗牛行艾叶,帘牙鸠妇话榴房。”龚鼎孳“湖上午日同吴修蟾和周美成韵”《齐天乐》句云:“屏枕芗潮,扇摇玉雪,同赋采兰新句。”又“湖上午日”《贺新郎》句云:“唤深情大苏苏小,对浇芳醑。”赵吉士“秦淮午日”《绮罗香》句云:“十二灯船过,两边丝竹。”丁焯“秦淮午日灯船同黄俞邰徵君龚蘅圃主事家观察兄赋”《澡兰香》句云:“船张雪幔,灯翦冰瓦,好趁浴兰佳候。”李雯“兰溪端午即事”《念奴娇》句云:“朱果雕蒲,粉盘绣虎,长缕飘香细。”一、游观类,如蒋捷“午日观竞渡”《女冠子》句云:“结璃纫璐,料贝阙隐隐,骑鲸烟雾。”杨无咎《蓦山溪·端午观竞渡》句云:“崇仙岸左,争看竞龙舟。人汹汹,鼓鼕鼕,不觉金乌坠。”王岱《望湘人·五日吊三闾》句云:“看汨罗竞渡争先,胜景宋《九招》如许。”严绳孙“午日观竞渡”《满江红》句云:“一簇愁红空极浦,半湖柔绿净归艇。”姜垚“娥江观兢渡”《法曲献仙音》云:“人斗虬龙,龙节移旌节,共吊孝娥千古。”又云:“怪杀汉中郎,幼妇词、装点如许。不若今朝,撼贝阙、一部钲鼓。”童霞山“午日拟汎洞庭观龙舟不果”《踏莎行》句云:“前队如飒,后群似箭,采旗摇飏擎纤腕。”一、宴饮类,如归允肃“午日谯集追和荘平夫子”《贺新郎》句云:“故里舲箫人唤渡,动兰桡,一霎飞香雨。”沈谦“午日对酒”

《鹊桥仙》句云："茂弘喻布，孔群酱毕，竟谁非谁是？"又云："一尊无处酹灵均，也只合当年醉死。"董霞山"午日畹香小饮追和梦窗韵"《踏莎行》句云："丛蕙分香，么荷擎扇，迎阶萱蕊黄而浅。"又云："鱼响成钟，雉惊流箭，粉团争射弓悬腕。"其他如东坡"午日赠黄守徐君猷"《少年游》句云："好将沈醉酬佳节，十分酒，十分歌。"又如尤西堂之"闺中午日"《河传》句云："阑珊乞印半夏九。"成德"午日雨眺"《摸鱼儿》句云："滴成一片鲛人泪，也似汨罗投赋，愁难谱。"皆能写景写时，亦典亦切。至于寄托，则让陈其年之《蝶恋花》独步。乾嘉而下，代有词人，近时如首善之区，文人荟萃，长言短句，美不胜收。今弟举雍正以前略述之，盖一偏之目也。余自解章句而后，凡遇令节，多有感咏，信口胡诌，无甚可录。惟丙申午日，内子以省疾未归，独醉蒲觞，寂寞无似，因作《无题》四首以自遣，其格较创，今具录之："回忆繁华属豆娘，频频酌酒劝檀郎。制成桃印心非恶，浴罢兰汤态亦香。青绮扇头描鸾凤，黄纱被底戏鸳鸯。忘恩负义两无取，愿为卿斟百寿觞。"按《唐宋遗纪》：江淮南北，五日钗头采胜之制，备极奇巧，色色逼真，或贯为串，名曰"豆娘"。又《汉书》：桃印本汉制，以止恶气。今端午以采缯篆符相问遗，亦以置屏帐门户。又《大戴礼》：五日蓄兰为沐浴。又《楚辞》：浴兰汤兮沐芳华。又《唐书》：时翰林初选者，试制书批答三首，内库于五日赐青团扇。又太宗五日飞白"鸾凤"等字扇子。又《妆楼记》：明皇五日避暑兴庆池，与妃子昼寝于水殿中，谓宫嫔辈曰：尔等爱水中鸂鶒，争如我被底鸳鸯。又《汉书》：胡广本姓黄，于午日生，父母恶之，藏之葫芦，弃于河流。居人牧养，及长，有盛名，父母欲取之。广以为背所生则害义，背所义则忘恩，两无所归。托葫芦而生也，乃姓胡。又《唐书》：五日宴群臣，赐百寿索。云云。"便捣丹砂不自持，琵琶巧拨献身词。一弯臂系合欢索，五色符组续命丝。省借小童消苦热，难凭辛女疗情饥。独摇草本热心种，却盼明年又午时。"按《汉书》：武帝以端午取蜥蜴，以丹砂捣之，以涂宫中处女臂，犯男事则没。又《南北史》：冯淑妃，名小怜，太穆后从婢也。能弹琵琶，善歌舞，以五月五日进。又《唐书》：代宗五日语李泌曰："既献其身，当惟朕所用。"又《燕志》：北人五日，结合欢索于臂。又《汉仪》：五日朱索、五色符为门户饰。又《风俗通》：五日赐五色续命丝。又《汉书》：苍梧郡陈临为太守，以五日祠东门城外，令小童以洁服舞之。又《一统志》：辰州府城西十里，有石屹立，相传高辛氏女于此化为石。每岁五日，土人致祭。又《樵书》：独摇草生大秦国及岭南，五日采诸山野，亦往往有之。两片开合，见人自动，带之令夫妇相爱。又《道书》：洞宾诡为佣者，为陈澹然治圃，未几忽辞，曰："吾将远行，明年五日午时复来。"云云。"一捻痴情付合欢，玳瑁钗影几回看。无多乐事枕花酒，大半爱情射粉团。线火不知焚顽石，玉仪犹自坐冰盘。料他采得车前子，飞渡三山漏未残。"按《隋书》：炀帝五日赐玳瑁钗。又《秘书》：杜羔妻赵氏，每岁午日午时，取夜合花置枕中。羔稍不乐，辄取少许入酒，饮即欢然。又《唐书》：宫中五日造粉团角黍，饤金盘中，纤妙可爱。以小角弓架箭射之，中粉团者得胜。又《西溪丛话》：北安圣院，午日忽有一线火光入屋，少顷大如车轮，燎僧之左臂及右臂，又入于背，复为一线火飞去。此火不焚石、焚金，而独焚身，又何解也？又《南北史》：胡皇后梦于海上坐玉盘，遂有娠。天保七年午日生后主，美仪容。又《长生略》：五日采车前子，阴干为末，酒下，久服，轻身能跳越岸谷，耐老长生。又《翰府名谈》：陈尧叟泊三山矶，有老叟相谓曰："午日午后，舟行必覆。"后果然，尧叟得免。云云。编者按：以上载第十六集。

愿无尽庐诗话

钝　剑 撰

一

余十七岁时，曾作咏史小诗一百首，稿久已失去矣，忽于败纸麓中觅得残片，喜不可支，然已大半污毁不可识。为抄录几章，有于《诗话》中，以见当时之思想一斑云。一、《孔子作春秋》："外夷内诸夏，大道撑宇宙。所以文物邦，不化作禽兽。"一、《宋南渡》："不免小朝廷，初误李邦彦。恨不生致之，而我吐其面。"一、《韩信》："王孙少傲骨，只合寄人食。无意为真王，假王弄不得。"一、《文中子》："开口说礼乐，旷乎王佐风。蚍蜉撼大树，还问朱晦翁。"一、《淝水之战》："安亦殷浩流，临事稍静默。天不欲倾晋，儿曹竟破贼。"一、《荆轲刺秦王》："秦政非齐桓，奈何生劫之？倘遇樊于期，地下将何辞？"一、《后唐庄宗》："群小戏相狎，仓卒死流矢。亚子非可儿，是亦豚犬耳。"一、《汉武帝征伐四夷》："和议计非得，绝域千百战。雄才靖九垓，不作书生见。"一、《景阳井》："患难不相弃，妾身即君身。谁谓无心肝，的是深情人。"一、《东晋经略中原》："谁是北伐才，祖生大可恃。寄奴真英雄，生擒数天子。"一、《项羽诛子婴掘始皇冢》："世世作楚将，楚为秦所覆。春秋九世仇，愤王一朝复。"一、《周处》："斩断长桥蛟，射杀南山虎。万年头不枭，遗恨埋黄土。"更有咏史乐府百馀首，已全归乌无有之乡矣。惜哉！

二

《石头记》为小说中有名之作，而题词无一佳者。我友傅钟根所填《念奴娇》一解，可称隽妙绝伦，真不厌百回读也。兹采于此："天生顽石，是何年、鞭走青埂峰下。填海补天，都未得、息息尘埃野马。钗黛升沉，玉金离合，倩问谁真假？红楼梦觉，忍挥珠泪盈把。　何物盲左膑孙，中情郁结，自把牢愁写？别有伤心怀抱，恶千载、更无知者。儿女嗔痴，家常琐屑，字字声咿哑。几时撒手，大家从此归也。"

三

余去年思刊《文学杂志》，李叔同上海能文之士，素工歌诗小说，而词尤极哀艳感怨之致，以数章见寄，虽属绮情，却有无限苍凉意也。

《忆歌郎金娃娃》调寄《高阳台》一阕："十日沉愁，一声杜宇，相思啼上花梢。春隔天涯，剧怜别梦迢遥。前溪芳草经年绿，只风情、辜负良宵。最难抛，门巷依依，暮雨萧萧。　而今未改双眉妩，只江南春老，红了樱桃。忒煞迷离，忽忽已过花朝。游丝苦挽行人驻，奈东风、冷到溪桥。镇无聊，记取离愁，吹彻琼箫。"又《有赠》两阕，调寄《菩萨蛮》："燕支山上花如雪，燕支山下人如月。额发翠云铺，眉弯淡欲无。　夕阳微雨后，叶底秋痕瘦。生小怕言愁，言愁不耐羞。""晓风无力垂杨懒，情长忘却游丝短。酒醒月痕低，江南杜宇啼。　痴魂销一捻，愿化穿花蝶。帘外隔花阴，朝朝香梦沈。"

四

李叔同诗有时颇似龚定盦。如《昨夜》云："昨夜星辰人倚楼，中原咫尺山河浮。沈沈万绿寂不语，梨叶一枝红小秋。"《丁未初梦》云："鸡犬无声天地死，风景不殊山河非。妙莲花开天尺五，弥勒松弯腰十围。恩仇恩仇若相忘，世界琉璃七宝妆。隔断红尘三万里，先生自号水仙王。"此等境界，非他人所能到也。叔同自署其字曰息霜，其厌世之流欤？

五

此间有一女郎，略饶风韵，雅比绿珠；出自小家，无殊碧玉。芳龄二九，已过破瓜之年；绣枕低吟，熹续《采葛》之句。倚楼则未免有情，对镜而无端生恼。羞为玉碎，恨欲珠沈。春水一池，干卿底事；芙蓉半盏，与世长辞。嗟乎！青年薄倖，大抵如斯；黄土无情，忍此终古。亦足劝乎？大可怜已。余为作《怨词》六解，又成《虞美人》词以吊之。《怨词》曰："怨煞欢情薄，侬竟为情死。水流石不转，磊砢常如此。"（一解）"秋风空庭响，落叶辞柯枝。可怜欢与侬，永无再见时。"（二解）"虽则死别离，心事侬已了。恨煞侬痴情，情痴生烦恼。"（三解）"欢若闻侬死，欢意竟如何？应添哭侬泪，洒向金叵罗。"（四解）"愁雨打香魂，楚楚酸酸怨。生生复世世，不愿重相恋。"（五解）"胸中点点血，杜鹃无此红。世间痴女子，请记欢与侬。"（六解）词曰："蛾眉遽肯痴如此，甘为萧郎死。此生赢得那人怜，断勿他生再住奈何天。　原来颜色难常好，玉碎珠沈了。兰啼蕙叹恨何多，深怕沧桑劫数尽如他。”

六

慷慨激昂，固诗之佳处，然不善为之，易入诪张叫呶之习。自古诗人，患此甚多，李白、放翁，犹不能免，况下焉者乎。此病七言尤为易犯，作诗者不可不慎也。

七

吾友太一作《自忏诗》两章，录以见示，且嘱和之。其诗乃见道之言也，诗云：“究竟苍苍非正色，岂知扰扰实劳尘。本来迷误今如此，颠倒众生自在身。”“歧路亡羊剧可哀，空花迷自几生来。何方清净一坏土，乞著一生已作灰。”余为依韵以和，诗曰：“佛与众生无以别，大千同是一微尘。菩提正果参成后，出世原来入世身。”“阅尽沧桑未足哀，即生即灭去还来。最无用是皮囊臭，付与豺狼碎作灰。”写示钝根，钝根亦成二首见寄：“一缕秋魂支病骨，念年春梦逐芳尘。老天无赖偏生我，此世如何着此生？”“生不知归亦可哀，得功何事再生来？百年忧患归终好，拚把灵心寸寸灰。”其附言曰：“人言愁，我亦欲愁，非同忧患人，固不足与道也。”诚哉其言之矣。

八

作诗不可不学古人，亦不可太学古人。宋明以来，学杜者众矣，然多得其皮骨，能得杜之神髓者，六人而已，退之、子瞻、半山、鲁直、义山、放翁是也。以其虽学杜，而仍有己之本色，己之气概。若并此而无之，则即为伪诗人而已，又何贵哉！故余谓不可太学古人也。学杜之病如是，即学他人，亦何独不然？

九

沈道非素工诗文，在浦东中学校教授，尝同人组织一杂志，以第一号惠寄，发而读之，见其中有《读伯初五日纪程》题《高阳台》词一解，又叹其词之工矣：“缩地长房，乘风宗悫，双轮飞过轻埃。碧渚晴峦，依依笑逐人来。南朝箫管今何在，付渔樵、短笛酸哀。殢吟魂、胭脂废井,花雨荒台。 江山一派鲜妍画,似天公粉本,留待删裁。百两送鞋,编者按:"送"字疑误。探幽踏破青苔。平添多少风骚料,逐征尘、俛仰低徊。判安排、十笏隃麋,五斗清才。"道非词不多作,偶一为之,而风骨之高骞如是,所谓"五斗清才",洵无愧矣。

一〇

王郁仁自署无生生,为当今文学界巨子,尤长于说部,著《断肠花》甚佳。余《怀人诗》五十首中,有绝怀之云:"掞天才藻丽云霞,生小维扬号作家。治纸血痕红湿透,不堪重写《断肠花》。"无生见诗,答我两首:"海上风涛卷地来,飘零书剑不胜哀。如何波浪污流地,忽枉篇章到不才。""作意西风扑面寒,青琴瑶瑟少人弹。游娥梦冷知音绝,手把新诗不忍看。"余更为步其韵以报之:"风歌麟泣为谁来,屈子《离骚》抵死哀。百劫河山君莫恨,只缘中夏不宜才。""月明江上鼓鼙寒,瓜蔓抄残泪暗弹。匣里龙吟眠不得,模糊醉眼几回看。"

一一

刘季平,豪士也,豪于诗,更豪于酒。行三,故自称"刘三",而人亦共以"刘三"称之。曾为余题《万树梅花绕一庐卷子》两首,可谓哀感悱恻极矣。犹记往时,海内志士题咏此图,不下数百首,其中名作,诚复不少,然余时时诵刘三诗,以为乐也。为录于此:"岂学骚臣爱悱恻,滋兰树蕙托清华。应伤前度风和雨,三十三天梦落花。""放翁已死逋仙去,剪纸招回未断魂。只恐花时寒澈骨,不辞春酒为君温。"

一二

顾九烟,同邑人,余之表叔也。二十六岁以前之莫逆交。长于文,为诗亦复隽妙,著有《忧庐诗集》,久欲付刊,卒卒未就,颇以为恨事。其集中多可传之作,余尤爱其五律一首,题曰:"情怀似海,长日如年。忽来黄莺,向我柔声缓啭,若慰予离索之感者,爰报以小诗。""渺渺予怀远,嘤嘤尔意殷。人而可无友,鸟尚感离群。脆竹清丝韵,双柑斗酒论。人天联眷属,浩荡写灵芬。"今读其诗,凄然如山阳闻笛时也。编者按:以上载第六集。

一三

《居易录》云："张吏部序余《过江集》曰：'笔墨之外，自具性情。登览之馀，别深怀抱。'知己之言也。盖必如是而后为诗不妄作，否则味同嚼蜡，多此一番笔墨，甚无谓也。"渔洋诗殊不足当此，而四语却不刊之论矣。有意攻击古人，此固轻薄者之恶习，然毫无独见而专以他人短长为短长者，亦未见其得也。何论文也、诗也？在己苟有自得之地，好恶尽可迥异他人。欧阳修之不好杜诗，苏东坡之不好《史记》，岂好恶与人殊哉？盖别有所见耳。

一四

黄晦闻为中国文界巨子，为诗颇苦，往往数日吟成一首，其不苟如是。余作《怀人诗》五十章，其一章云："森严笔法鲁《春秋》，乱世儒生志未休。何奈频遭丧明憾，出山盍践武林游。"即怀晦公也。君有三子，前丧其二，今又丧其一。在沪时，仍约同游玩，后回广东未果，故及之。晦公答我七律一首："别后寄书能慰我，江楼应识此时情。月斜鸦倒回天影，雨过车留碾石声。坐看须麋有秋气，强扶魂梦惜新晴。凭君饭颗山头见，已为题诗太瘦生。"是诗可谓秋士能悲矣。诗馀类是。此时余正小病，得晦公诗筒，凄怆不能自已，乃更报一章："瑶华何意到灯前，细数星辰辖惘然。多病芙蓉愁见月，入秋杨柳怕成烟。红鹃衰草休相问，黄蝶凄风倍可怜。渐觉今生狂不得，只伤依小近中年。"

一五

吹万叔《浙江观潮诗》，实为七古中奇作，昔黄仲则作前后《观潮》两诗，随园甚称之，以此较彼，正不复能定其优劣也。吹万叔将至杭，余曾赠以一章："只番清兴添多少，篷背沈吟想见之。西子湖边怜独往，中秋月好定相思。愁人堪踏悲秋地，斜月偏逢放棹时。倘过岳王坟畔路，烦君壁上替题诗。"继而吹叔报我一章，胜原唱多矣。诗如下："毕竟临安山水好，一年不厌再游之。岂无芳草伤情绪，尽有孤云系梦思。倚枕中宵人去后，推篷凉露月来时。隔江便是山阴道，秋雨秋风怕赋诗。”

一六

余庚子以前诗，大都散佚，读《忧庐诗集》，犹得其所题拙稿三首，时时诵之，不啻自观旧稿也。然尔时余诗少精进自得语，其所奖饰，殊不足称，思念及此，辄唤奈何。兹特录之：“肮脏心肠短后裳，宝刀铁笛醉飞觞。莫嫌气概粗如许，热泪填胸肝胆芳。”“书生结习几蹉跎，廿载人争被墨磨。铁石心肠军国恨，中宵涕泪湿琱戈。”“忽儒忽侠忽诗人，旖旎风怀亦入神。才子前生原是佛，一身现出百千身。”

一七

忧庐有吊晚唐诗人曹唐诗三章，其慷慨激切，现于眉宇，非具一肚皮不合时宜者，无以解此。诗云：“黄冠抛却带儒冠，刻意吟诗思汗漫。快读《游仙》九十八，髣疑身在五云端。”“明珠火齐绕盘行，荒诞迷离数不清。具此仙才占仙籍，自然金榜上无名。”“英雄无地各悲秋，郁屈瑰奇万古愁。一代霸才穷幕府，衣冠那不到猕猴！”

一八

东海褰溟氏，近今诗界一巨子也，多雄豪慷爽之音，读其诗，即知其为伟人矣。如“壮士事戎马，封侯入汉关”、“斗酒纵横天下事，名山风雨百年心”、“烟消大漠群山出，河入长天落日浮”、“笔携上国龙光去，剑带单于颈血来”等句，皆有磨盾横槊之风。

一九

东海褰溟氏诗无体不佳，而古诗尤峭折奇伟可爱。《六盘山转馕谣》云：“马足蹩，车轴折。人蹉跌，山岌崒。朔雁一声天雨雪。舆夫舆夫尔勿嗔，官仅用尔力，尔何不肯竭？尔胡不思车中橐橐物，东南万户之膏血！”此作笔大如椽，汉魏盛唐人中，亦所罕见。至若《西域引》、《蜕园》等作，则又似学长吉体矣。

二〇

黄山谷律诗，才气无双，能将太白歌行运于五十六字中，真为奇事。然有时失之生涩，少自然天趣，不若杜牧之之豪宕流转，其气势更为浩然沛然也。余意既称为律，终究以音节和谐、风调圆美为上乘，若以奇险争胜，去律字之诣远矣。

二一

作诗用书卷则深厚，不用则单薄，然不善用书卷者，反致意为词累。如王荆公诗，纯用白描，不使典故，弥觉遒劲清真。可知文字不专以富丽为工矣。

二二

太一词都是血泪结成，即以工拙论，亦不减姜斋，况气概又绝相似者耶。《满江红·感事》二阕，其一云："旅梦十年，问蝴蝶、庄生谁是？只可恨、盗多如鲫，圣人不死。长夜苍蝇声断续，漫天贝锦文凄斐。恐从今、黑暗更难分，人和鬼。　挽千斛，银河水。洗千种，平生罪。卧高楼百尺，元龙差拟。腐鼠任凭鸱鹞嚇，泥鳝莫喻蛟龙怡。便浮云、转眼过长空，休提起。"其二云："黄鹄高飞，待唤取、归来同住。剧劳汝、暮三朝四，狙公赋芧。一曲《广陵》今夜月，千钟鲁酒黄昏雨。叹炎凉、时节已推移，天如故。　惜往日，屈原赋。投五体，要离墓。笑壮怀勃郁，而今老去。灯火险为魑魅灭，山头听惯婴儿语。猛回头、世事几沧桑，心魂怖。"《柳梢青·除夕》云："一年容易，惟闻更鼓，声流替。编者按：此句疑敚一字。五个除宵，家园客子，断肠各自。　二老料知何似，误一片、倚门心事。天若有情，念侬孤苦，也应回睇。"

二三

读诗当先读宋元明清诸大家，然后乃进观三唐，进观八代，更进而楚词而《三百篇》，则思过半矣。

二四

我友柳亚子，以《像生花》一词见寄，调寄《念奴娇》，可谓神妙之作。古人云：情生文耶，文生情耶。盖一而二，二而一者矣。词如下："芙蓉迟暮，况迢迢远道，涉江千里。眼底秋容谁赠我，绝妙兰心蕙意。不似枝头，风痕雨点，狼藉斓斑里。孤眠伴我，铜瓶帐情味。编者按：此句疑敚一字。　岂是当日唐寅，缕金剪采，妆点春三二。中有美人魂一缕，独自背灯摇曳。憔悴年华，花开花落，飘泊浑非计。人天惆怅，铜仙无限铅泪。”

二五

道子以一书一诗赠亚子及鄙人，读之凄然欲泪。录其诗如下：“冒雪经霜又一年，伤心底事不堪言？而今幸得虚舟意，任被风涛只晏然。”余为四叠韵和之，其一：“不见龙川近一年，魂销骨折未堪言。只愁孱体增新病，雨横风狂思悄然。”其二：“伤心如此又今年，坐待河清默不言。漫说情深同骨肉，订交到我亦徒然。”其三：“众生憔悴已多年，佛堕泥犁恨可言。十七史从何处说，向天看剑意茫然。”其四：“盼断王孙忆去年，新亭对酒向谁言？况当草长莺飞日，大好江南信黯然。”

二六

余移居留溪，成小词两解，一时和者颇众，就中平平者较多，而佳者亦复不少，当以钝根《喜迁莺》一阕为最胜云。词如下：“飞来一纸，道移住留溪，遣怀赋此。秋雨潇潇，秋风淅淅，拚把愁肠惊起。又作稚川移宅，漫说晏婴近市。心空净，境清闲，不怕阿侬羡死。　否否，任凭他，抱膝高吟，未必安便耳。红豆抛残，青山买得，翻怨今非昨是。肯使弯强厌骏，付与黄冠草履。都休了，待归来，且自饮醇拥美。”

二七

中国旧时所称诗人，乃狭义之诗人，而非广义之诗人。若西国则所布龙、苏克斯比、弥儿登诸人，称之为世界大诗人者，非专指五七言之韵语而言，凡一切有韵之文，传奇脚本之类，皆包括在内。余谓必如此，所谓诗者乃足尽其量。夫言者，人心之声也。言之中于理者，则为文；而文之有音节者，则为诗。《三百篇》之诗，但有音节，而无一定章句。嗣后屈原、宋玉起，变《三百篇》而为《骚》。司马相如、班固兴，变骚而为赋。唐宋盛行五七言，而骚与赋遂衰矣。再传而后，词曲并作，演为传奇。诗之日新日盛，至于如此，不亦人心进化之征耶？今人但知曹子建、杜少陵、李太白、陆放翁之为中国大诗人，抑知屈原、司马相如、汤若士、高东嘉、王实甫、孔云亭、辛稼轩、姜白石等之亦为大诗人乎？明乎此理，而诗之变化尽焉矣。

二八

余以两七律怀太一湘中，曾刊诸《须弥日报》中，后太一和我两章，其悲壮感慨，不下原诗，读者亦可以哀其志矣。急录如下："海水群飞高万丈，卧游终古老三神。天方沉醉人宜瘦，境遇艰危识渐真。每倒清樽倾北海，翻因瀹祭羡西邻。江干几树红红豆，一夜飘零涕满巾。""稳住玉笥续《九歌》，渡河生怕水生波。千年蜀国啼鹃苦，八月洞庭落木多。越鸟巢南成底事，风牛异地可如何？才华已尽潮流猛，订古商今到橐驼。"又寄《戊申七夕词》四首，语极沉痛，又极新颖。录两首于此："女牛离别未央渠，闻说今宵又驾乌。怪尔愁多欢更少，不如一岁一回无。""人世沉浮醉梦过，分飞劳燕各愁多。几生修到无机物，万岁由来一任他。"来书云："壬癸丁三年，均有绝句。"惜未窥其全豹也。

二九

世界日新，文界、诗界，当造出一新天地，此一定公例也。黄公度诗独辟异境，不愧中国诗界之哥仑布矣，近世洵无第二人。然新意境、新理想、新感情的诗词，终不若守国粹的、用陈旧语句为愈有味也。林少泉往时以书寄我，所言可谓先得我心矣："（前略）所示《历史记念歌》十八章，十九期《白话报》当为刊入，以贡于世。后有杰作，尚望勿过靳閟，使敝报常得藉以增重，至盼至盼。国事日亟，吾党中才足以作为文章、鼓吹政治活动者，已如凤毛麟角，而近犹复盛持文界革命、诗界革命之说。下走以为此亦季世 种妖孽，关于世道人心靡浅也。吾国文章，实足称雄世界。日本固无文字，虽国势甚至今日，而彼中学子谈文学者，犹当事事丐于汉土。今我顾自弃国粹，而规仿文辞最简单之东籍，单词片语，奉若《丘》《索》，此真可异者矣。先生诗学，根柢深厚，香山乐府之作，正有待于今日。（后略）”

三〇

汪叔麑自号汪痴，人亦以痴目之，其实不痴也。平日衣服污壤，不加修饰，金钱到手，即用尽而后已。无蓄产思想，特长于演说，每登台，口如悬河，描摹社会情形，淋漓尽致，听者无不鼓掌。素不能诗，今稍稍从事，亦颇不俗。曾以两律赠余，录入《艺林》中。其一为《柳色迷离》，余和以原韵云：“风尘歌泣露天真，肮脏人间三十春。普度泥犁犹有舌，大招花国已无魂。送穷未许除豪气，民困谁知竞哭声。能唱《桃花》新扇剧，云亭死后要斯人。”其二曰：“龙泉剑冷旧忘名，倦读《离骚》梦屈平。万本梅花心室静，一囊诗卷脑桥清。艳情渺渺碧云影，热血空空仁雨声。寒月溪头（在张堰，今石碑犹存）春去也，萋萋芳草正愁人。”余复和之云：“物到无机亦解鸣，水流激石证生平。天人魔佛科难别，化湿卵胎数不清。国土庄严忘我相，天空簸荡发雷声。一毛一孔一世界，何地能容庞世人？”

三一

《民呼报》出版，余成七古一章以祝之，兹录于此：“雄鸡一声天下白，东南飞起云五色。安用神州叹陆沉，迴斡南董数枝笔。政治异帜真恢奇，意大利产马志尼。共和制度有热力，鼓舞文明完天职。法国辨者弥拉巴，抵抗政府功蔑加。压制政治论出现，万民欢呼看国花。独我中华春光老，西风北风吹悄悄。海上报界多死声，种亡族灭此先兆。天民帝民民以大，子民蚁民民以小。君大于民国权沦，民卑于官国础沉。若欲民生民权两发达，先得民德民智扶植勤。即今神州民气如死灰，看君独上昆仑山。大呼民魂归去来，一呼再呼民魂哀。千五百年民心死，印埃覆辙谁之耻？我所思兮民史氏。”亚子亦有《满江红》一词祝之，惜未刊入，为录于此：“禹域尧封，叹频年、自由钟歇。蓦涌现、殽函紫气，三辰争烈。凤羽朝阳仪五色，《麟经》大义王正月。誓从今、只手挽狂澜，雄心切。　秽史耻，须湔雪。黄史谊，肯埋灭。看悲歌慷慨，舌存未缺。衮钺无情《南史》简，江湖有党东林血。向昆仑、顶上大声呼，撑天阙。”

三二

蔡哲夫以所作《蠡楼词》一卷见寄，中多绮丽之辞，颇与李笠翁相近。就中余酷爱其两阕，如《昏夜苦寒》调寄《愁春未醒》词云：“湿烟裹树，淫雨迷楼。画出暮昏景，问如何、寒气还留？想是水云阴，海氛冷，客寮幽。未离大被，未收软褥，未卸重裘。　耿耿寒灯，沉沉寒夜，薄薄寒裯。浑如朔风吹大雪，人在孤舟。记否前年，桃花映面杏盈眸？春人旖旎，春衫潇洒，春梦温柔。”《中秋有寄》调寄《人月圆》：“今宵海上生明月，怎禁起相思？伊人秋水，空劳远睇，千里抛离。风流云散，月明灯灭，意苦词悲。愿卿长久，拚侬阔别，侭有归时。”

三三

太一知余等有《南社诗集》之刊，以其师刘歗樵先生之作见示，风格老健，不愧前辈典型。《佛字岩》云：“岩扉幽僻白云关，路出藤萝步履艰。世界本无真个佛，定留一字误人间。”《咏梅》云：“辟得闲园地半弓，种梅几树向当中。开时不藉东君力，第占几番花信风。”《登祝融峰观日出》云：“披衣走衡岳，夜见祝融君。祝融爱我狂，持帚驱浮云。坐我望日台，使我观朝曛。忽闻天鸡如狮吼，地维破裂天分剖。怒涛山崩海水赤，鼋鼍失策蛟龙走。须臾海宇尽朱丹，天风袭衣生微寒。归向祝融述前事，谓于天地穷奇观。祝融闻之笑莞尔，子殆未上泰山耳。他时与子登日观，再从天际看云水。”太一书云：“先生有《沧泉賸稿》数卷，署名或曰沧泉，或曰镏师陶，均可。”太一谋有以传先生名于不朽，不远千里，特写以见示。在余未必能传先生，而太一真可谓不忘其师者矣。编者按：以上载第七集。

三四

戴南山之诗，余未之见，其自云好诗而不工诗，盖实事也。但彼虽不能诗，而却善说诗，与能诗无异，彼岂真不能诗耶？不苟作耳。南山之言曰：“《书》曰：诗言志。志者，诗之本也。荀子之论《小雅》曰：疾今之政，以思往者。其言有文焉，其声有哀焉。此诗之情也。

今之人举所为本与情者而无之，相与为浮淫靡丽之作，而以为工。而作诗之旨，失之远矣。”又曰：“古之人，虽田夫野人女子，皆能自言其情，情之至而诗自工。今之人以诗为取名声争坛坫之具，自汨其情，而忘其己之诗，以务摹拟夫古人之诗，此诗之所以衰也。数百年来，诗数变，而其变愈下。彼此呰謷，互起迭仆，淩迟至于今。而世之说诗者，其术更黠，而其说更谲诈，而不可穷诘。”噫，明代诗人之状态，唾骂尽矣。南山著有《齐讴集》，共一百馀首，惜不得见。南山常以身在穷困，而曾无发泄愤懑之什，每自惜且恨，其胸中殆有不可明言者矣。

三五

蔡成城以所和雪蝶《本事诗》十章嘱和，且以雪蝶原唱抄示，云贞长、佩忍皆有和作。惜余不得见。雪蝶此遇，诚一段佳话，不可以孤负也。余为次韵以报之：“相逢应了前生愿，绮恨偏从弦上鸣。春士善悲秋女怨，最移情算八云筝。”“金粟如来空说法，我闻如是意凄然。可能芍药将离酒，重订云英再见缘。”“不信华严仍小劫，红蚕春病尚抽丝。黄金未把名花铸，脉脉灵犀欲语谁？”“怨已难笺况感恩，发香梦醒尚含颦。前生鹦鹉今生佛，出入人天总一生。”“碧阑十二倚吹笙，叠叠《霓裳》秋思盈。天女拈花迦叶笑，人间安用是痴情？”“四壁《西厢》都画罢，老僧击钵再吟诗。无明有爱参平等，十种《楞严》顶礼时。”“休憎柳絮东风影，传说高唐有雨云。弹出离莺新曲谱，两行红泪湿罗裙。”“面壁好参欢喜果，古禅镫畔怕消魂。难除结习消魔障，记取袈裟认酒痕。”“仙姝少住樱花岛，一夜相思海上潮。临去秋波刚一转，惹人抵死梦红桥。”“文君白发诗何怨，薄倖人争笑长卿。如许才华谁赏识，为君青眼奏银筝。”成城诗甚工妙，为录如下：“美人心事英雄泪，无限辛酸共一鸣。谁省浔阳凄绝后，有人更感八云筝。”“青灯煮梦春寒夜，低唱君诗益惘然。绮障弥天谁忏却，姑同欢喜话因缘。”“法眼早知空世界，只无慧剑断情丝。阿难戒体休轻毁，细认摩登伽是谁？”“最难消受美人恩，怕惹郎愁黛敛颦。早欲皈依摩诘去，如花争不自由身?”“凭肩灯下听瓶笙,一缕茶烟斗室盈。照见并头杯茗里,停盅无语不胜情。”“伏枕含羞濡凤笔,蛮笺索写定情诗。低头抚带叮咛语,记取新欢浓盎时。”“已教琴操皈禅悦,莫遣分飞若彩云。美眷如花年似水,春人珍重合欢裙。”“似此佳人难再得,值君为渠断吟魂。遥知省梦诗成夜,不辨啼痕与酒痕。”“我亦多情慕之子,无端绮梦逐春潮。片时飞入蜻蜓岛,踢碎樱花过板桥。”“底事相逢还避面,画图早已识卿卿。漫嗔游屐来狂客,斜倚银屏懒弄筝。”再录雪蝶原唱如下:“无量春愁无量恨,一时都向指间鸣。我亦艰难多病日,那堪更听八云筝?”“丈室番花手自煎,语师香冷涕潸然。生身阿母无情甚,为向摩那问夙缘。”“丹顿斐伦是我师,才如江海命如丝。朱弦休为佳人绝,孤愤酸情欲语谁?”“慵妆高阁鸣筝坐,羞为他人工笑颦。镇日欢场忙不了,万家歌舞一闲身。”“桃腮檀口坐吹笙,春水难量旧恨盈。华严瀑布高千尺,未及卿卿爱我情。”“乌舍凌波肌似雪,亲持红叶属题诗。还卿一钵无情泪,恨不相从未鬅时。”“相怜病骨轻于蝶,梦入罗浮万里云。赠尔多情书一纸,佗年重检石榴裙。”“碧玉莫嫌身世贱,同乡仙子独销魂。袈裟点点疑樱瓣,半是脂痕半泪痕。”“春雨楼头尺八箫,何时归看浙江潮?芒鞋破钵无人识,踏过樱花第几桥?”“九年圆蟹成空热,持锡归来悔晤卿。我本负人今已矣,任他人作乐云筝。”蒋创人为铁岸和尚,有“绿酒献花诗献佛,青楼听雨寺听钟”之句,雪蝶所遇,正复相同。莫说枯僧形似木石,当初佛祖,原亦多情,于此益觉英雄不得志而遁于禅者,为愈可怜矣。编者按:所谓“雪蝶”,即苏曼殊。

三六

道子系理,几一年矣。亚卢有二词忆之,调寄《蝶恋花》,真一字一咽,欧九此词,恐不得专美于前矣。其一:“木卜他生今已误,钗断琴焚,南浦当时路。十样蛮笺劳寄与,几曾写尽相思语。　往事思量谁记取?断雨零风,又送春归去。正是江南三月暮,鹧鸪声里留人住。”其二:“镜里窥侬颜色误,憔悴年来,总为郎辛苦。鹦鹉前头休絮语，背人红泪还如雨。　绣尽回文无一句，倩梦惊魂，只逐杨花去。盼汝今宵飞到处，秦淮水绕钟山树。”君言愁，我亦欲愁矣，为依韵以和之：“如许佳期偏又误，梗断萍飘，江北江南路。织就鸳鸯谁寄与，断肠诉尽相思语。　袖底芬芳须领处，来不多时，便又匆匆去。隔着红墙天欲暮，争禁牵得痴魂住。”“密约今生堪几误，驩会难期，侬实真凄苦。绿叶成阴安可语，一春花事风还雨。　吐出伤心千万句，青鸟无凭，消息谁传去？曲曲梦中寻觅处，迷离山色迷离树。”偶诵太一旧稿《蝶恋花》一词，不觉愁沈沈以袭余心。因步其词得两解，寄长沙：“花正开时人已散，十斛鲛珠，便尔抛残半。一任江南风景换，沧桑滋味依尝惯。　蝶醉蜂狂愁思乱，无赖杨花，漠漠烟笼岸。去去东皇肠欲断，搴帘细把春光看。”其原作并录于此：“月易缺圆云易散，九十韶光，又早花朝半。镜里朱颜今昔换，年年春去春来惯。　何处流莺声呖乱？斗酒双柑，记否江南岸。和梦和人消息断，泪痕莫把青衫看。”又录其《减兰》一词云：“一天情绪，遇着西风吹作雨。雨雨风风，听到黎明耳也聋。　好事休说，好月易圆行复缺。猛些回头，各散芳筵各自愁。”措词选字，雅近自然，其写感情处，尤顿挫入神，令人低徊欲绝矣。

三七

唐初始专七律，沈宋精巧相尚，至王岑高李，格调益高矣。及大历才子起，而词意气格更增完备，谓不逮盛唐者，此谬说也。宋明诗人，于此体佳句颇不乏，特少通体美善耳。余近得两诗，为录于此。《树颠鹊巢为顽童所毁为赋此章》：“看尔生离兼死别，一朝惨状泪应流。独遭丧乱休天怒，纵受漂摇不汝尤。只合因缘成劫数，岂关阴雨未绸缪？须知予室翘翘甚，同是清歌在漏舟。”“生增日暮叹途穷，绕树悲鸣觅故雄。自古高明原瞰鬼，到今寥廓信多风。嗷嗷黄口嗟何及，记取丹心又苦逢。只是一场春梦了，倾巢覆卵太匆匆。”

三八

明季金冬心先生，编者按：原文如是。冬心为清人，此误。奇士也，其诗多独辟异境，渊渊有古心。所为七绝尤佳，录六章于此。《咏斜阳》云："板桥瓦曲酒垆荒，一段清愁百折肠。蝶散冷香花落粉，最难留住是斜阳。"《咏雨》云："夜雨客帷冷泼冰，骚骚屑屑复懵懵。此声如在黄茅驿，淘剩空杯听一灯。"《咏淮堤柳》云："绿柳一株红板桥，东风用力媚春朝。可怜种向淮堤上，不是低头便折腰。"《咏秋荷》云："渚宫水殿客依稀，不信人间秋渐非。连日败荷伤夜雨，暗销青盖落红衣。"《旅岁云暮取琴弹之久不成曲感赋二首》云："轸上流尘扑又生，弹时十指少和平。枯泉僵木若箝口，始信无声胜有声。""相较伶人绝路怜，不成三叹辍哀弦。刺船吾欲寻师去，且住青山一百年。"词旨凄怨，虽千载下，如见其心事矣。仆本恨人，何堪卒读耶？

三九

《小叙》编者按："小叙"应作"大序"。曰："发乎情，止乎礼义。"《记》曰："温柔敦厚，诗教也。"盖诗之为道，不特自矜风雅而已。然所谓发乎情者，非如昔时之个人私情而已；所谓止乎礼义者，亦指其大者远者而言。如有人作为歌诗，鼓吹人权，排斥专制，唤起人民独立思想，增进人民种族观念，其所谓止乎礼义而未尝过也。若此者，正合温柔敦厚之旨。或曰："如子之论，叫嚣极矣，岂有合于孔圣之诗旨耶。不知《巷伯》之诗，讥刺奸佞，恶之至甚，乃欲投畀有北，《墙茨》、《相鼠》诸诗，其措词亦不尚含蓄。可知孔子所以不删者，正以为有合诗教耳。夫"温柔敦厚"四字，岂可专于其词而决之乎？决之于诗人之心而已。苟其人以温柔敦厚之心出之者，词虽激，又奚伤于大雅乎？不然无其心而专以和平柔顺之言，以取悦于世，又曷贵哉？《孟子》曰："固哉，高叟之为诗也。"余之论诗，其亦庶乎免矣。

四〇

丁未夏，亚卢以《怀人诗》见寄，《小叙》以为感触鄙作五十章而作也。第二首辱蒙及我，诗云："文采风流我愧卿，未堪冷落怨胡尘。青丘词笔渐离筑，同向人间诉不平。"戊申冬，亚卢又寄示《怀人诗》十六章。其杆赠云："蓬梗萍飘迹屡歧，代飞燕雁怅心期。酒徒燕市今重叙，不见悲歌高渐离。”盖余久不至沪，故云然。是时太一亦适以《怀人诗》六十五章之一抄示，真两地有同心矣。诗曰：“冬至阳生春又回，词人苦忆高天梅。江南江北春归早，为问寒花几树开？”钝根亦以诗见怀，题云“索居无聊，取诸友诗读之，各系一诗”。录一如下：“诗人我识金山高，古风挚谊冠吾曹。金山才调豪复豪，东阁梅花娇复娇。”末句谓亚希也。情真意切，皆为可传之作。编者按：以上载第八集。

琴心剑气楼诗话

肝　若撰

一

龚定盦自言庚辰之秋戒为诗，辛巳夏决藩杝复为之，至丁亥冬乃诠次《破戒草》一卷。又自矢之曰："余以年编诗，阅岁名十有八，自今以始，无诗之年，请更倍之。汝如勿悛，俾无能寿考于而身，至于没世，汝亦不以诗闻。"其下语若铁注。然越十二载而己亥，一年中，复获《杂诗》三百十五篇，反较曩时为特多。守戒之难欤，抑文人结习之不易除也？

二

定公《己亥杂诗》三百十五篇，五花八门，可作年谱行状读，乃人第喜其行间璀璨，吐属瑰丽，不知声情沈烈，悱恻遒上，直如万玉哀鸣。苟例以随园、船山诸作，则定公诗几无一句可解，此伧父所以咸目为古来未有之格也。江建霞标前辈有定公诗文集批雠本，极精核，往年曾假录之。其题《杂诗》后两截句云："清才深恐天涯少，艳福从来未必奇。若得河东君尚在，定教手写定公诗。""不从俗熟矜奇句，却啃华鬘眂博综。一笑跳枰相对处，茶烟正飏鬓云鬆。"可谓得定公之神髓矣。

三

易实甫顺鼎诗名播全国，与湘绮、樊山诸人靳。去岁读其《六月十日纪事》一律云："铜台高峙浊漳横，飞去美人天四更。筵月有黄奔后羿，占星人白窃梁清。珠衣迷雾原无质，罗袜凌波岂有声？鹦鹉乌龙都睡了，步虚谁听董双成。"林狂甫卜琳和之云："网疏黄蝶任纵横，月暗尘宵不计更。乔木丝萝缘岂定，聘钱河汉水难清。歌云已渺朝云影，吐凤空翻火凤声。底事汝南饶艳福，海山无处觅双成。"两诗皆蕴藉而多讽。盖京师自光复以来，女伶盛行，士大夫之有周郎癖者，咸重女而轻男，致老伶工王瑶卿有"阴盛阳衰"之叹，谭叫天有"吾道穷矣"之悲。歌舞场中，趋向遂为之一变。实甫膺史馆闲职，兴之所至，时与侪辈相征逐。其时有女伶孙一清者，色艺双绝，盛名满京华，实甫昵之。一夕，忽为有力者窃负而去，试探之，谓是京师第一要人之三公子。风声所播，道路侧目，相戒弗敢道只字。实甫愤无可泄，乃纪之以诗。当时属和者，原不止狂甫一人也。余以识狂甫故，故只录其一首。他日有人作某要人杂事秘辛者，会当取材于此。

四

余幼年学词于外叔祖金仰之文梁。外叔祖为前清孝廉，邃于词。有所作，必协律，不以难而苟率也。尝谓余曰：词学今已失传，近时只许鹤巢玉瑑一人，尚知考究，许鹤巢即刻四印斋八家词及《词林正韵》者。其他则依样葫芦，不过凑成百十字之长短韵语耳，实未知所谓音律也。又曰：君家隐之先生所为《二白词》若干卷，乃字字叶律之作，初学者正宜服膺云云。于是复出其所校订之周草窗《绝妙好词》一函，珍重相视，谓宋词选本，此为最佳，然亦有出入纰缪之处，竭余半生心力，始为之校订如斯。虽未敢以尽善自诩，要不致误及后学之人。余唯唯受教。试阅之，见蝇头小楷，丹墨已满其隙，遂向坊间购他本，照录一通。此余学词之初步也。晴窗无俚，偶忆儿时事，爰记之以质今之学为词者。

五

弁阳老人《绝妙好词选》，旧有仁和厉樊榭笺注，乃大半纪述作者之履历与其本事耳，他则无所及也。余既得外叔祖之校订本，遂遵其所指，益肆力于此书。旁求博采，见他书中有足以阐发于是者，悉汇录之。计六易寒暑，辑成《笺证》若干卷。脱稿之日，恰值己亥中秋，因倚石帚自度腔《秋宵吟》一阕，题其端曰："漏声长，月影皎。一缕秋心萦绕。阑干外、把半卷新词，尽情歌啸。况新词，正绝妙。拚得工夫精校。休相诮、只刻羽移宫，未教错了。　旧曲重闻，想昔日、江湖数老。诗盟围艳，酒社扶香，集几许同调。此后俊游少。胜地烟销，绮梦絮漂。恨空留、梵谱宫楣，弹入琴轸韵易杳。"庚子以后，余浪迹海外，是卷每藏诸行箧，希冀遇一同调而就正之。不意为胠箧者所窃去，悬重赏不获归。十年辛苦，付诸泡影，知之者咸代惋惜。然亦未始不是天欲令余藏拙，故使此妙手空空儿攫之去也。

六

山阴寿石工玺性洒脱，精篆刻，作客沈阳，与余颇相契。其为诗文，学龚瑟人，其琢金石，摹赵次闲。集定公诗句，脱口而出如宿构，且绝无斧凿痕。近日旅居都门，闻有集龚诗一百首之作，余未见焉。但忆其往日有《题桐影蔬香卷子》诗十截，卷为女伶小桂凤、小白菜而作。诗云："冉冉修名独怆神，天风鸾鹤怨三生。夕阳忽下中原去，一例春潮汗漫声。""白云出处从无例，消息闲凭曲艺看。侥幸故人仍满眼，春山佳处泪阑干。""中年才子耽丝竹，甘隶妆台伺眼波。偿得三生幽怨否，江湖侠骨恐无多。""隔帘谁报雨沈沈，座客苍凉酒半醒。赖有阿咸情绪好，小屏红烛话秋心。""古今谁免馀情绕，亦是风花一代愁。惟恐刘郎英气尽，美人信有错刀投。""豆蔻香温启瓠犀，伪留片语订来期。愿移北地胭脂社，留报金闺国士知。""红豆年年掷逝波，风云材略已销磨。征衫不渍寻常泪，其奈尊前百感何？""重来不见绿云稠，但折梨花照暮愁。两种情怀俱可谅，文人珠玉女儿喉。""岂其落笔定阳秋，不负张衡咏《四愁》。青史他年烦点染，梨园爨本募谁修"？"黄金华发两飘萧，剑气箫心一例消。绝似琵琶天宝后，万千哀乐集今朝。"又《将去沈阳志别》四首云："阅历天花悟后身，耻为娇喘与轻颦。新诗急记销魂事，我亦当筵拜盛名。""美人才地太珑玲，整顿全神注定卿。爇罢心香屡回顾，佩声耳畔尚泠泠。""误我归期知几许，江关词赋笑兰成。儿家心绪无人见，交与鸳鸯诉不平。""虎豹沈沈卧九阍，难苏万古落花魂。不留后约将人误，强续狂游拭泪痕。"

七

填词有即集词句者，且亦有通阕只集一人之句者。考其端，实始于荆公《临川集》，如"咏梅"《甘露歌》三首、"草堂"《菩萨蛮》一首，皆集句也。有清之时，竹垞每喜为之，有《蕃锦集》一卷行世。吾家隐之公于《二白词》外，亦有《霏玉集》一卷。或取诸各家，或专集一人，剪雪裁冰，移宫换羽，极鬼斧神工之能事，与竹垞《蕃锦集》洵当后先媲美。且《霏玉集》卷首有自序一篇，及吴嘉洤序文一篇，虽骈四俪六，亦皆集宋元人词句而成。对仗工整，气势贯串，灭尽针线之迹，能者固无所不能也。

八

往见吴县陈小松兆元"题翠薇花馆词集"《金缕曲》一阕，系专集词牌者。词云："月底修箫谱。步虚词、减字偷声，霓裳中序。揉碎花笺双红豆，原注：君号双红词客。翠羽吟歌白纻。且坐令、潇湘夜雨。原注：君诗集名《潇湘轩集》，并习用'一帘烟雨梦满湘'小印。愁倚阑干青玉案，调中腔、哨遍黄金缕。无闷甚，个侬绪。　春从天上来多丽。意难忘、长亭怨慢，垂杨南浦。庭院深深留客住，花发沁园大酺。原注：丙子岁，梅花开时，君招集半树书屋，创为词筹酒令，裙屐风流，一时佳话。后订牡丹芳宴，以赴邗江，未与雅集。生别怨、江南春去。如梦扬州探芳信，极相思、消息愁春未？原注：余在扬州，君有见怀词数首。此即用其句意。离亭燕，又秋霁。"通篇皆系调名，所用以连续意义者，只三五字耳。具见巧思，然究非正格，仅能目为一时游戏之作。方诸集词句而成者，更退一席矣。编者按：以上载第六集。

九

偶检旧箧，有碎纸录七古一首云："居无桃花主人之汪伦，出无鉴湖狂客之季真。丈夫少壮不得志，年来流落江水滨。掉头不受哙等伍，手抱美人梦龙虎。刘项殂兮阮籍哀，时不再来焉用武？金尊泛酒如葡萄，酒酣长啸天争高。胸中千万之块垒，随风飞落为奔涛。美人为我扬清歌，歌声含愁不能和。罢酒相向各痛哭，尔我共命将奈何？范大夫，玄真子，身挟名姝弄江水。烟波不问乱与理，拍手大笑吾仙兮。"编者按："兮"字平声，失韵，疑误。题曰《赠餐霞楼主人》。又七律一首云："山头宿草不重肥，我亦人间百事非。有墓清明来一恸，无家魂魄汝何归？零星挂纸冥资薄，仓卒焚香野祭微。岁岁萧郎为添土，可怜故鬼已啼饥。"题曰《视墓》。又不著题七绝四首云："阿母香坟宿草荒，餐霞楼碎散群芳。年来汝似亡巢燕，苦向人家觅画梁。"

“曾侍珊瑚笔架旁，曾经呼唤点茶汤。左芬今日非娇小，那更潘郎鬓有霜？”“易残风月感南唐，何处天台觅阮郎？地下有灵怜块肉，好从苦海乞慈航。”“枉向人间说可怜，青楼从古恨如天。不应使汝犹沦落，我愧曹瞒嫁蔡年。”历观数诗，悲感动人，虽不详作者姓字，要皆出于一手。且据其前后语意，知为一人一事而作，其所谓餐霞楼主人，殆亦燕子楼与眠香楼中一流人物，与作者或有共命之约，而天不假年，遂致中道分析。《视墓》一律，当是凭吊香冢而作，至七言绝中所指者，则为墓中人所遗一块肉。其词甚明晰，一段哀艳的历史，固已包藏于此数诗中矣。姑纪所测，以俟详考。

一〇

池州杨仁山先生，深通佛典，为海内大师，寓金陵碑亭巷最久。谭复生嗣同学佛于先生，即居于是。先生尝谓其具有夙根，于黑夜中能见物，颖悟之敏妙，冠及门诸子。复生成仁后，余尝以其所著之《仁学》，就质于先生。先生谓复生学佛，全在颖悟，以其无苦功故，见道犹未的确，遂以手批《仁学》一册见示。余假归，拟过录之，未果，即索去，约异日复借钞。然余于此时方东渡日本，嗣后竟未获一面，今先生已归道山，《仁学》批本，亦未见行世。惜哉！先生文字，海内流传绝少，余曾见其所为诗二首，盖犹是早岁未离文字相时所作也。《咏剑送汤服民》云：“检我箧中诗，倾我杯中酒。把我手中剑，谓我世无偶。此剑人罕知，刺心不刺首。有时光照空，大作狻猊吼。威声震八荒，闻者尽束手。为君试一挥，霜锋摧败柳。君去莫迟回，元珠在渊薮。”又《送程碧山赴沪》云：“日落大江昏，孤城早闭门。风潮争送客，宾主各销魂。歧路休回首，男儿重报恩。相期在霄汉，挥手欲无言。”

一一

陆氏十万卷楼藏书，于光绪末叶，被日本人以十万元购去，士林惜之。光复之际，罗振玉氏避居东瀛，尽挈其所藏书籍以去，闻亦售诸日人矣。吾国古籍，存者无几，收藏者殚精竭虑，铢寸相积，不知耗尽几许心血，而弃之者视若败屣，以视文澜阁等之遭天劫者，其罪不可道矣。杭州丁氏藏书，于光绪末年间，亦几为日人购去。时瑞午桥方节制两江，建图书馆于金陵，因收买之储馆中，其书乃得无恙。险哉！辛亥春，胡思敬以直言罢职出都，作《七别》诗，其《别琉璃厂书贾》一首云："十载困缁尘，闭门恒碌碌。损俸求遗书，渐与书贾熟。书贾喜我来，延我入深屋。满架排牙签，光怪夺绮縠。《四库》所未收，别贮为存目。倾囊惬所求，不啻工择木。有时欲居奇，秘笈韫高匵。百计赚之归，雇胥共抄录。荆妻颇安贫，随我餍齑粥。见我挟书回，相对眉暗蹙。徐徐进箴规，谓我无多禄。矫俗辞炭金，又勿贪馆谷。积此充屋梁，饥不鼓君腹。东家军校官，出门美裘服。西家秘书郎，趋走盛僮仆。宦游当广交，胡独守敝簏。东西屋两头，列置逾万轴。人寿曾几何，白首难偏读。半部佐太平，自反毋乃缩。有子脱不贤，或竟委墙麓。旧学俗所嗤，榛莽翳白鹿。略诵新法规，升迁或可卜。我知妇言忠，虽忠却嫌渎。我知贾心贪，虽贪不疑黩。行行厂东门，过门辄停毂。一瓻时往还，咀嚼甘于肉。整装忽言旋，瞠若车脱辐。临行赠汝书，戒汝毋炫鬻。有烛堪助明，有膏堪助沐。秘阁且重开，求售岂在速？不遇奥生牂，汝实未尝牧。海客从东来，辇金事搜蓄。夺我陆家庄，士族同一哭。（即指十万卷楼藏书而言。）宁为六丁收，慎勿资彼族。"此诗结意，与余实有同情。又十万卷楼藏书为日人购去后，王书衡推丞有纪事诗数首，余曾录置箧中，今遍觅不能得矣。

一二

杨哲子有《海月歌》一首，慷慨淋漓，颇有击楫中流之致，盖作于己酉渡海时者也。诗云："朝登芝罘山，夜泛沧溟水。四围碧浪冲舟来，万里浮云连月起。星辰隐隐水波动，光影冲融暮烟里。明月似欲出，浮云将蔽之。天光海色瞬息异，惟听波声如吼狮。偶登重楼一怅望，极目四顾心忧疑。蛟鼍偃伏未敢动，冯夷海若相逶迤。我欲呼龙作予马，驰骋天风任高下。手执长鞭驱白云，使月长明照天下。月兮月兮听我言，古今治乱非徒然。昔时少师与击磬，悲念故国沈深渊。至今夜半海波激，犹似当时咽管弦。战国有士名鲁连，长揖万乘称高贤。不忍强秦霸诸夏，披发蹈海何凄然！仲尼皇皇五十年，宗周王鲁皆空言。晚年欲向九夷去，乘桴远钓沧溟烟。田横子弟心胆坚，一时刎颈海岛边。匹夫同心尚如此，何况一国上下君民间？吁嗟乎，海是古时海，月非今日月。百代兴亡在眼前，泪洒长风向谁说？碣石芝罘相向奇，河山信美非吾思。当年秦皇刻石处，只今遍插欧人旂。海波长不息，月明知几时？我今击楫向空去，东西南北将安之？”

一三

一二年后，阿芙蓉云将绝迹于中国，有心人跂而望之，惟恐其流毒或至于无底。回忆鸦片极盛时代，各地烟馆林立，虽一偏僻乡村，必有整洁之烟馆。若通商大埠，则穷极富丽，点缀新奇者，尤望衡皆是。染此癖者，自士夫以迄舆台，形形色色，莫不沈溺其中。而一二文人墨客，则且钩心斗角，形诸歌咏，方以为长康啖蔗，同此境味，不惜津津然乐道之。纪海上某烟室有联句一付，为人所传诵者云：“重帘不卷留香久，短笛无腔信口吹。”集合天然，形容尽致，洵佳构也。又闻某地有人就其宗祠馀屋而开设烟馆者，主人好事，布置一意免俗，征求对联，抉择良苛，因有人构成一联云：“与祖宗呼吸相通，方是香烟一脉；叹子孙诗书未读，也尝灯火三更。”语既贴切，意尤感讽。主人不以为侮，竟大书深刻，高悬之楹柱间，亦足征当时国人之醉心于此，实有视同粟食者矣。近日烟禁大严，虽在外人租借地，亦复不许开设烟馆，而市上戒烟医院及医生之招揽戒烟者，则触目皆是。有某医者，曾毕业于某地教堂中，为人戒烟，尚多效验。余以一联赠之云：“惟上帝假尔以圣手，愿中国从兹无病夫。”见者颇以为不脱不黏，有“文章本天然，妙手偶得之”之概云。

一四

旧闻某地新设酒家，颜曰：“天然居”。或为联云：“客上天然居，居然天上客。”久之不得偶。后过一大刹，见名“大佛寺”，憬然曰：“得之矣。人过大佛寺，寺佛大过人。”自然工巧，为一时所传诵。乃近亦有以“僧游云隐寺”五字征联者，殊少佳构。其幼子甫九龄，笑曰：“回文已足，奚事他求？僧游云隐寺，寺隐云游僧。非妙对耶。”闻者惊叹。后闻此子嗜释典，竟为僧云游以去，殆亦杨仁山先生所谓“具有夙慧”者欤。编者按：以上载第七集。

退思斋诗话

庆　霖撰

郑海藏先生曰："北地旷爽，诗蕴皆尽，山川秀蕴，则触处成吟，原野衰廷，则搜剔难就。"又曰："作诗无深抱远趣，不可适独坐。能盘郁于中者，稍久其出之也，必有自耐咀味者。"又曰："作诗用利笔易，用秃笔难。"数语邃密微妙，诚学诗之秘要也。庆霖于言韵一事，东郭滥竽，而于郑先生言，固一枝不解也。今岁暑假归来，小住园中，而白荷香里，好雨时晴，时对炉香杯茶，盘藕碗瓜，不能无所视事，乃辑诗话焉。稿成，凡二礼拜。有自撰，有集古人，有选名家。班门弄斧，杂乱不章，著超君幸毋笑我。

一

予随侍居粤有年，自癸丑至甲寅三年来，复居邗上。每有感发，皆寄之于诗，固不计其工拙也。《赠友》云："滔天孰挽海澜回，倦眼摩挲未忍开。满地江湖归短褐，乱思文字拨寒灰。麒麟岂是人间物，鹦鹉曾传绝世才。幸有足音到空谷，可容抵掌坐莓苔？"《咏月》云："藏珠通内忆当年，风露青冥忽上仙。重咏景阳宫井句，菱干月蚀吊婵娟。李义山《景阳宫井双桐》诗：'秋港菱花干，玉盘明月蚀。'"摘句《咏梅》云："寒侵修竹犹堪侣，世有孤花贵善藏。""已无水部吟东阁，几见星躔指少微。""别墅岂曾萌远志，西州谁为寄当归？""方朔善谐嗔阿母，朝云香梦伴东坡。""调羹事业原虚语，酒晕无端入醉哦。""路逢驿马杳何峦，冷忆弓蛇影未弛。"

二

昔岁居粤时，春游三君祠，见壁上有诗云："大江东去尽蒿莱，尚有黄花此地开。落木山空秋色老，平芜天远暮愁来。惊风沙碛盘雕健，残照关河过雁哀。蓦记今朝是重九，独携樽酒上高台。"疑为感事之作。沈郁顿挫，饶有杜意，惜不得作者姓名。

三

扬州史抚部念祖，身出行伍，中年始折节向学，所为诗，疏宕有奇气。兹得其故近体十数章，如《古意》云："美人不出世，嫁必轻薄儿。

奇士不出世，遇必乱离时。天公最有心，可以见操持。"《征夫吟》云："丈夫当请缨，挥手勿复虑。怀中儿问爷，但道封侯去。"《苦雨行》云："天不雨，东皋禾麦不出土。天欲雨，道上行人征戍苦。欲雨不雨心京京，吁嗟天亦难为情。"《驻军赵旗屯除夕发家书》云："大捷欣看露布驰，春风入垒酒盈卮。几千万语无人道，二十一年有限时。谁灭孙卢回浩劫，已收淮蔡是偏师。家书先写平安字，战状从容报母知。"《即席赠歌者》云："湓浦琵琶恨未深，六弦添出写秋心。弓弯破梦翩翻舞，丝袅无痕宛转音。惜别大难蓝尾酒，用情容易《白头吟》。他年重访清江道，绿叶阴成何处寻?"《雨后》云："春波泛绿与桥齐，蒲没青尖秃柳低。昨日汀花留未采，潮生行不到前溪。"《野寺纳凉同五兄莲叔》云："萤光湿雨明灭飞，昏月挂树松风吹。露凝落叶堕微响，宿鸟扑扑惊高枝。古碑卧地断可坐，翁仲无言拱道左。溪东大冢郁林莽，野狐出没逐燐火。半晌问答声响息，童携灯来满眼黑。转念身世各努力，兄弟夜吟亦难得。"《英山》云："松花一径蹋成尘，松子枯馀拾作薪。绕屋溪声时讶雨，当窗山色远窥人。野樵度水乱斜照，幽鸟和烟断晚春。颇似江南小村落，谋生到此悔征轮。"数诗似乎可夺宋人之席。

四

先族祖南海张樵野公，年三十有奇，始折节为学，淹通掌故，骈文直逼宋晋，馀事为诗，亦复清苍深重也。尝得其遗诗一卷，皆遣戍西行时途中所作，爰择其尤者录之。《九月晦渭南道中得廉卿书述敝居及垲儿踪迹奉答一诗》云："无限艰危一纸书，二千里外话京居。覆巢几见能完卵，解网何曾竟漏鱼？百石斋随黄叶散，两家春与绿杨虚。霸桥不为寻诗去，每忆高情泪引裾。"一气关生，情文交挚，何大复浔阳江上之作，无以过之。《留别邓锦亭》云："交臂京华感慨深，只凭秋雁寄边音。艰难三箭痕犹在，仓卒离筵酒共斟。瘴海同乡知韦叡，天山旧迹访裴岑。长途旌旆劳相送，万古难忘此夜心。"其歌行浑灏流转，尤深入坡老之室。《周式如以钱叔美入关图为赠，赋诗奉酬》云：

“松壶画笔时所珍，派别宋元逾三文。《人美图》为蒋侯绘，玉门归鞚嘶边尘。款署南阳岁癸未，阅世行将八十春。桃花如笑簇鞭影，晴川野馆山嶙峋。矮松红柳互映带，大旂猎猎悬城闉。风沙万里羌无垠，至此似觉天回温。伯生赀郎原通人，丹青赖尔能传神。一艺升沈会前定，坎壈岂独曹将军？海王声价日骤长，广搜始自潘文勤。伊予藏弆本非俭，巢覆散作凉秋云。天涯作伴只王恽，米船未许充劳薪。使君投赠吉语增，仿佛仙梵空中闻。蹇驴一夕压球璧，怪底宝气腾氤氲。廿年京邸相过频，屡困南箕伤溷茵。便宜坊夜炙鸭臛，迢迢情味犹在唇。从兹中外顿契阔，一麾西迈悭片鳞。无端遇合岁云暮，严谴何敢行逡巡？此身九死不忍述，合检寒具供陶甄。天教生入作左券，愿乞山水作廛民。”呜呼，孰料玉门既出，遂无生人之望也哉。公富名迹，收藏石谷卷轴至多，尝建百石斋以储之。自被祸后，桓玄寒具，遂成云烟之散矣。其《度乌梢岭寄陶公，并怀拙存征士》云：“镇羌破驿不任住，大风吹送龙潭去。乌梢岭势原平夷，往来辄与昏霾遇。行人视此如险艰，材官亟劝勿犹豫。沙沟石滑丛冰积，独木危桥一川注。几经跋踄达山趾，三五人家杂牧竖。坡陀数折如龟穹，时见烟墩间电柱。岭巅孤峙韩湘祠，觊及逐臣征吉语。严程何暇叩山扉，但见水崖浮绀宇。自从秋度四天门，河潼二华忘朝暮。疲极虚瞻玉女盆，饥来安得仙人露？六盘青岚倍幽隽，酹酒山灵或题句。征途计日过伊凉，羌笛吹残玉门树。邮亭二九犹晴暄，天不绝人况编戍。狞飙岂有终朝鸣，四顾青苍散妖雾。沿山旧垒相委蛇，云是防边最要处。前年鼙鼓騺西宁，汉回血战洮湟腥。董军捷奏太子寺，公侯从此资干城。急移胜兵控山海，更募健儿充神京。甓斋经略逾万里，夹袋别已储三明。花门活佛并苏息，宵昼出没无鼯鼪。龙云蔼蔼补官柳，竹头木屑皆有情。沈蒲教肃气静穆，上流节钺流休声。庄浪水利以时拓，尽收刀剑趋牛畊。荷戈目廑仁人矜，调护苦待冰桥成。鸡壑回春在何许，去德滋远心摇旌。纪群高桀今成英，侍行求己为言经。《灵光殿赋》不足儗，说偈宜使蟒泪零。时艰更期保玉体，补缀云物酬升平。”《寄赵次珊》云："五云楼阁调羹手，万里山河负米心。"皆具象深微，别有寄托。

五

陈伯弢年伯有句云："万里一身如坠叶，三江二月有轻雷。"语极自然，常人百思不得。予日前有句云："夜久一萤深入露，月明双眼静生波。"亦未经人道语也。

六

幼时曾忆于某颓殿石柱见有联云："南渡东都馀片土，明前汉后少完人。"语意沈痛，不解何指，恨不记其处。先伯祖铁崖公，有咏"酒帘、杨妃布"云："招来杨柳村边路，隔住桃花洞口春。"语极潇洒风流，大江南北，颇盛传一时。

七

管缄若之《韫山堂诗》，宗法杜苏，不随俗靡，方袁随园执牛耳于东南也，天下之士，从之如市，缄若独不肯附和。尝赋诗以见志曰："耆旧风流属此翁，一时月旦推江东。寸心自与康成异，不肯轻身事马融。"可谓婉而严矣。

八

游西湖诗，作者夥矣，欲尽扫陈言，独标新义，与前人竞胜，难乎其难。予有《湖上》二绝云："湖波太娇软，画船殊难载。最宜拏小艇，尽领烟水态。""诸峰竞弄影，湖水与摇曳。不用借楼台，为渠作庄丽。"有嘉余为独树一帜者，余殊不敢当。

九

宋徵君为浙东处士，勤身尚古，操韵高洁。自以本贯之名不雅驯，每不愿称，后寄居瑞安，积年乃卒。兹录其《庚子冬题吴君遂比部北山楼集》云："全盛大都三百载，坐令荆棘没铜驼。南中复社难回日，雪苑文章涕泪多。"《趵突泉》云："怪绝阴阳炭，煎成百沸泉。伏流能怒发，人事竟难然。"断句云："浊世可庄谁，危途当折行。"《盛事》云："孟德但愁人负我，仲尼空说国通身。"语曰："威凤一羽，足验五德。”讵不然欤。右事见先大父振之公之《三影阁集》中。编者按：此指宋恕。

一〇

予翻阅先大父之诗集中，见有《答友人》云：“休问征辽旧门第，公卿今已作舆台。”又云：“男儿报国真成调，犹是人间一幸民。”二作皆似荆公。悲歌激楚，读之使人辄复不怡，如睹当年羁况也。

一一

法云和尚，浙江昌化人，八岁出家，年登古稀，不废麴蘖，而耽韵语。与袁爽秋为方外交。尝有《题大涤山栖真洞》云：“松梳凉露意珠圆，月印寒溪心镜澈。”语殊微妙，清越可诵也。编者按：以上载第九集。

一二

赵氏秋谷《谈龙录》中有曰：“德州田纶霞行视河工，至高家堰，得诗三十绝，南士和者十数人。余适过之，亦以见属，余固辞。客怪之曰：‘是诗即我之作，亦君作也。’客曰：‘何谓？’曰：‘徒言河上风景，征引故实，夸多斗靡而已。孰为守土？孰为奉使？孰为过客？孰为居人？且三十首重复多矣，不如分之诸子。’客怃然而退。”庆霖据此知秋谷不特薄渔洋，并薄纶霞矣。兹录纶霞三十绝，以待后之论定，不复为两家骑驿焉。诗曰：“二月淮南春事无，马蹄不惜蹋寒芜。可怜杏白饧香日，风雨潇潇叫鹧鸪。”“汉水春风唱柘枝，大堤一曲写乌丝。今番应笑无佳句，合付孙郎仗下儿。”“卢家风物那堪论，漠漠湖光断客魂。沙鸟一行弄烟雨，不知何处莫愁村？”“垂柳贪眠傍水涯，小红桥外路三叉。湖村村畔多游女，日暮溪头弄菜花。”“昨趁夕阳芳草归，鞭丝帽影雨霏微。可堪三月春风老，到处桃花燕子飞。”“稜稜堤作双眉绿，瑟瑟波如一镜明。片片辛夷惜花尽，朝朝布谷喜春晴。”“落日芜城一抹霞，竹西水调乱昏鸦。樊川不作扬州梦，辜负唐昌玉蕊花。”“重到淮南少拍张，牵船岸上亦无妨。分明半笏维摩室，只少天花作道场。”“张旗打鼓放江船，负弩人来忆往年。莫怪一番花寂寞，春深老柳不吹绵。”“客愁还藉诗排遣，往事都从梦破除。何逊清吟狂态作，樽前沈范两尚书。”“一间草屋筕篖扉，鸬鹚相狎来依依。移家已上桃花岸，更有鸬鹚无数飞。”“大堤荦确小堤平，狡狯春风故故生。谢絮沈钱填马路，蜂须粉蝶碍人行。”“朝朝暮暮浪花中，闲立沙头水勃公。不分鸳鸯菱叶上，奢云艳雨浴衣红。”“烟中艇子柳边楼，消得愁人几许愁？唯有一条袁浦上，酒家帘影落春流。”“衣叠苔钱将入夏，钗分燕尾已过春。莺梳一段烟丝缕，织作蕉衫付酒人。”“四月八日佛生日，野色湖光妙谛参。几峠栗留代清磬，一枝麦穗当优昙。”“湖边芍药二三种，白糁红酣山寺开。料得无人相谑赠，僧雏折献水神来。”“柳接隋家帝子栽，长条尽作马挝材。黄鹂应是精灵使，勾引双柑斗酒来。”“枇杷颗颗黄将尽，桑椹离离鸟啄残。可笑多情白翎雀，满身烟雨恋江干。”“憔顇江潭落照斜，子山多病未还家。愁听小谢轻埃雨，半湿新桐抱风花。”“食法严龟太琐细，天教馋口养麤才。长须解办花前酌，买得芦芽蛤蜊来。”（《唐书》有《严龟食法》二卷。）“罗含宅废情无赖，王粲楼荒魂黯销。未卜梁鸿何处住，绿槐深巷是皋桥。”“一局丁东入夜阑，三条蜡泪玉虫残。此行不比羊元保，愿作宣城太守官。”“老夫多痒倩谁爬，鸿爪留痕病转加。闲读《汉书》过戊夜，神仙不到蔡经家。”“绝少当垆买酒钱，孤村小肆麦风前。故人为解相如渴，汲尽春申涧底泉。”“病马龙钟似瘠竹，短鬣那复森开张。杜陵野老作浪语，苦试明年春草长。”“便欲结茅湖上住，屋旁鸭嘴小渔船。惯掺思话纤腰鼓，不费君平卜卦钱。”“诗思刁骚爨下琴，短吟弹出又长吟。十三徽碎钟期少，不向人间更铸金。”“渺渺鸿陂白练铺，芋魁豆饭野风呼。它时两鹄歌声歇，似得浮山一格无。（“鸿陂”见《汉书》。“荆山为上格，浮山为下格”，见《南史》。）“沿溪鸦髻数儿童，倒接罱来指老翁。休唱白鞮矜醉态，须教拍手笑山公。”

一三

金陵莫愁湖，以卢家少妇得名。征莫愁身世，始“莫愁”，终以一愁字了之。噫嘻，世易时移，河山屡异，一泓湖水，岂真长此莫愁耶？

予尝有诗云："曾闻天子号无愁，又见卢家有莫愁。试问游人愁也未，湖山歌舞一齐休。"

一四

莫愁湖上建有清太傅曾公祠，额曰："江天小阁坐人豪。"是直欲夺莫愁之席。予亦尝有诗曰："南国佳人字莫愁，湖山千载尚风流。缘何儿女伤情地，乃有人豪坐上头？"曾公有灵，其质予言。

一五

樊城赵汝舟，年少负才名，未获佳偶。时有曲女名谢素秋，才色无双，誓非才士，必不失身。人为之语曰："男中赵汝舟，女中谢素秋。"生闻女名往访，不遇。见庭间红梨花盛开，因题之曰："换却水晶玉骨胎，丹心吐出异香来。武林溪畔人休说，只恐夭桃不敢开。"女归读其诗，悔不遇。和之曰："本分天然白雪香，谁知今日却浓妆？秋千院落溶溶月，羞睹红脂垂海棠。"

一六

项王自为诗，以诀虞姬。虞姬复和之，歌数阕，左右皆泣，莫能仰视。英雄末路，有色有声，千载而下，读之犹为感慨。《蕉轩随录》中谓美人名"虞注"，美人有《答项王楚歌》云："汉兵已略地，四面楚歌声。大王意气尽，贱妾何聊生？"辞旨悲惋，实开汉以后五言之先声。而司马温公作《资治通鉴》，独删去之，岂以美人不足纪乎。

一七

扬州广储门外史公祠中墓联有云："死含瑶草千秋恨，魂傍梅花万古香。"工稳而切实。先予不解"瑶草"二字何谓，偶读《马士英传》，始明瑶草为马字，可知学问之不穷也。予过史公祠，凭吊孤忠，有诗云："半壁江山支十年，为民流血注成田。梅花岭上扬州月，长向江南泣杜鹃。"

八

"此处不留人，自有留人处。"二语熟在人口。偶读六朝诗，乃知为陈后主所作。后主宠张贵妃，每御沈后宫，蹔入即还，谓后曰："何不见留?”遂赠以诗云:“留人不留人,不留人也去。此处不留人,自有留人处。”后答之云:“谁言不相忆,见罢倒成羞。情知不肯住,教遣若为留?”

一九

明末七言律诗有两派,一为陈大樽,一为程松圆。松圆有警句云,如:“瓜步江空微有树,秣陵天远不宜秋。”“梅残烛烬西窗雨,雪冻香浓小阁云。”“古寺正如昏壁画,层湖都作水田衣。”“梦里楚襄昏作墨,画中湖雨白于丝。”“远雁如尘飞水面,乱帆随月下吴头。”“回峰冻雨皆成雪,出雾危岗半是云。”“多年华发丝相似,三月春愁水不如。”“硐饮断虹明积翠,湖飞片雨乱斜阳。”“雨声变后寒风急,虹影消来白日过。”“城上雪声游子屐,县南风色酒人家。”“岳寺夜眠春硐雨,浦楼寒醉雪山风。”皆不愧为古作。

二〇

长夏既过,新秋却至,将就学焉,而八礼拜中,案头集得诗稿,择其尤者亟录之。《读史有感》云:“庙堂无剑诛张禹,草野陈书咎马周。”《夏夜》云:“夏夜真良夜,更阑梦亦阑。虫依幽砌听,灯隔画帘看。诗思兼花瘦,秋心带雨寒。忽然闻犬吠,曙色尚漫漫。”《蕉花》云:“篱落幽馨远,墙坳吐嫩姿。淡黄迷镜槛,新绿上阶墀。槐夏清阴展,芳辰艳色滋。一丛披拂处,香到晚凉时。”《桐花》云:“玉砌沈幽艳,虬枝倚碧空。香飞前夜雨,露落一庭风。秋在铜铺外,凉生水殿中。倚栏凝望久,椮径影濛濛。”录尚未尽,俟诸第次。编者按:以上载第十一集。

二一

民国四年国庆日,予校例有假一日,归家省母,并得读父书。予父有感怀诗,赐示家中云:“谪宦遐荒又一年,蛮夷未化愧三迁。盖予父是岁中先守永顺,次令南丹,现任忻城。五更鼓角声悲壮,万里乡心泪黯然。蓬转萍飘如我辈,刑清政简亦神仙。予父因政事太繁,故有是希望。男儿未遂封侯志,屈伏山衙且学禅。忻城四面皆山,而署背适近山脚。”父云：是诗为幕友黄君见，后又得本地人三四及黄君酬和，因再草一章，以答曰：“诸君交许订忘年，文字因缘幸谪迁。满境嘉禾占大有，境内禾田茂盛。四方多事那安然？梓乡自治开风化，陇亩优游是逸仙。惭愧风尘奔走客，妄谈诗又妄谈禅。”予父曰：此一韵，尚差强人意。嗟嗟，予父怀抱利器，郁郁不得志，遥守鄙边，不能无感于中，读其诗，即可窥其意矣。

二二

予父尝又以诗赐示云：“乙卯七月，予奉调忻城，已阅四月。县署依山，瘴气潮湿甚重，予之两小腿及右脚面，骤患湿疮，现已渐愈，有感而作。诗曰：‘今来治斯邑，病足四十天。步趋颇不易，坐卧欠安然。宦况清如水，羁愁日似年。宵分犹听讼，漏尽不成眠。起赏中秋月，遥看岭末烟。既非遭贬谪，何必苦留连？五斗如陶令，千秋几马援？昔日马伏波征交趾，曾过此一带。杏花春雨候，万里着归鞭。’”又《乙卯中秋日粤西忻城署中感怀》云：“一年容易又中秋，佳节频逢我倍愁。兄弟暌违均困囿，妻儿欢慰接书邮。家无半亩难言隐，官有常薪敢忘求？今夕月明人尽望，天涯王粲怕登楼。”平淡写来，实具无限感慨，颇得古诗气派。予父数龄即立志向学，曾从先伯祖铁崖公读，殆立年始入仕途，不拈笔者，凡十有馀年。今忽以数诗赐示，庆霖亟录入《退思斋诗话》中，工拙固不计也。

二三

予父书曰：“昨见有‘渐与骨肉远，转于僮仆亲’之句，苟非身历此境，不能得之。”予父为八口之家，以求斗斛之禄于万里外，加以政事劳心，又患湿气，为子若予，诚不孝矣。盖不能稍报劬劳恩也。予曾有句云：“头颅空妩媚，肚腹却牢骚。”鹏抟万里，封侯何日，俾有以报生我劬劳者乎？

二四

南越地气温暖，冬月蟋蟀满阶，蚊虫飞扰，无异夏时，而四时花木，均不凋残。昔人有咏云：“四时皆是夏，一雨便成秋。”盖切咏也。

东坡诗云："静看月窗盘蜥蜴，卧闻风幔落蛜蝛。"又《正月与客野步，见杂花盛开》云："涓涓泣露紫含笑，焰焰烧空红佛桑。"袁氏文《甕牖笔乘》有评苏诗云：蜥蜴、蛜蝛，非冬间所有之物，含笑、佛桑，夏中所放，冬时那来只些物件。予意袁子未曾到过岭南，故有此疑也。

二五

读《东坡外纪》，见有论黄山谷书曰："鲁直字虽清劲，而笔势有时太瘦，几如树梢挂蛇。"山谷曰："公字固不敢轻议，然觉褊浅，亦甚似石压虾蟆。"予因之有句云："牙签落架因生蠹，秃笔临书挂死蛇。"质之二公，以为如何？

二六

杜诗有"家家养乌鬼，顿顿食黄鱼"之句，盖言鸟捕而人食也。峡中人称颅鹚为乌鬼，蜀人豢此鸟，用以捕鱼者，俗又呼之为鱼鹰。吾叔有《鱼鹰》诗云："江上有鱼鹰，赋性贪且狡。终日波浪里，攫拏恣翻扰。大鱼惊逃避，小鱼供餐饱。岂知老渔翁，网罗遍围绕。将汝笼致之，生涯在是了。予汝三日饿，肠空目深窅。皮环搤汝喙，麻绳缚汝爪。纵汝入水中，泅身没头脑。鲂鲟亦何仇，张口吞多少？纵汝复擒汝，倾囊得鲜薧。赖汝口中物，换得米盐好。善哉用汝贪，汝不如人巧。"借题发挥，足为贪婪者下一针砭。螳螂捕蝉，黄雀在后，涉世者可勿鉴诸？

二七

尝读书见有句云："明月冈头人不见，青松树下影相亲。"此盖幽清哀怨极顶之音也。惜不记载何书，为何人诗？姑志之，以俟异日查征。

二八

桑民怿诗云："《四愁》自比张平子，《六笑》堪怜范茂明。"案《六笑》诗云："我笑支道林，远移买山书。巢由古达士，不闻买山居。我笑贺知章，欲乞鉴湖水。严陵钓清江，何曾问天子？我笑陶靖节，自祭真忘情。胡为托青鸟，乃欲长年龄？我笑王无功，琴外无所欲。当其恋五斗，乃独不知足。我笑杜子美，夙昔具扁舟。老大意转拙，欲伴习池游。我笑韩退之，不取万乘相。三黜竟不去，触事得谗谤。”又有《自题六笑》诗云：“客言莫谩笑古人，笑人未必不受嗔。螳螂捕蝉雀在后，只恐有人还笑君。回头生愧不能语，嘲评从今吞不吐。誉尧非桀亦何为，讪周讥禹终无取。”范浚作也。浚，宋人，字茂明，兰溪人，有《香溪集》。是诗盖见诸集中。

二九

予幼时最爱东坡《水调歌》词，和韵中有“秋削孤桐叶，影坠月明间。”意溢言中，似未经人道语也。又《夏夜》有句云：“轻轻团扇翻花影，剪剪宵衣缀露纹。萤火飞来帘似水，鸦黄描就鬓垂青。”《秋夜》有句云：“梧叶惊风喧急雨，竹梢带月剪轻烟。”是皆与成句工力悉敌，且有天然之风味云。

三〇

扬州闵葆之《暮雨》绝句云：“怒潮东海走鲸鲵，十载河山往事非。瑟瑟灵旗吹暮雨，邦人争赛李侯祠。”张元奇《登奉天龙首山》绝句云：“北去风沙扑马头，一杯聊此吊残秋。座中各有新亭泪，迸入辽河水不流。”一意致凄惋，一音调激越，皆有唐贤气韵也。

三一

盘山在蓟州，名区也。昔人有游山诗二：一、《感化寺》云：“山寺野花飞，山僧去不归。无人吊高躅，　为立斜晖。阅世成今古，争墩有是非。回头谢云罩，云罩，寺名。明发赏心违。”一、《翠屏山》云：“日落翠屏山，驱车过其右。人言潘家女，昔作杨家妇。府吏府中趋，空房愁独守。情天有坏空，佛沾无净垢。阿难戒体毁，观音锁骨朽。至今梳妆楼，隐约蔽杨柳。一客听未终，整襟屡摇首。虞初说九百，君了不上口。悠悠滕薛争，谁能置可否？呼僮且晚炊，为我爇斗酒。宣和世已遥，兹事莫须有。”前作以清逸胜，后作以典雅胜。吾谓咏俗事而能典雅，尤难。

三二

宁都曾青藜，选清初诸家诗，名《过日集》。其《凡例》有云："诗以性情、音韵相近，声律自谐。《三百篇》至汉魏六朝，初无一定之韵。自沈约《韵谱》一出，唐人稍加增损，取以设科，名曰《礼部韵略》，遂使千馀年间，学诗者奉为刑书。予尝考沈韵，东钟、真文、支微、鱼模、寒删、萧豪、庚青、覃盐，应分也。今不分东钟、鱼模，而以东冬、鱼虞，分为二说。支微、真文、寒删、萧豪、庚青、覃盐数韵虽分，而微韵之惟、危、眉、悲，删韵之残、阑、餐、珊，文韵之春、纯、屯、轮，青韵之清、情、精、莺，混入支、寒、真、庚诸韵，真文又分为真、文、元，庚青分为庚、青、蒸，萧肴分为萧、肴、豪，覃盐分为覃、盐、咸，江阳本一音也，分而为二，麻遮本二音也，合而为一。种种舛谬，不可殚述矣。

三三

明初采文宪等正讹订谬，定为《正韵》，虽东钟、支齐、庚青、真文诸韵，间有混淆，然尚不失为中道。夫音韵之正，韵谱之舛，则在唐李涪已极言之矣。况唐时多有不拘沈韵者，或又谓古风不拘，律则未有不严者，不知少陵五律《雨晴》："从西万里风，久雨不妨农。"襄阳《元日》："今朝岁起东，无禄尚爱农。"岂皆非东、冬二韵乎？襄阳五律《省觐》："劳歌沙海涯，亲望老莱归。"岂非支、微二韵乎？少陵七律《崔氏东山草堂》："落日更见渔樵人，饭煮青泥坊底芹。"岂非真、文二韵乎？善夫夏洪基曰："学唐者，宜学其品格之高古，气韵之浑厚。学李杜者，又宜学其才情识力，其法清新俊逸，卓炼沈雄，不徒拘拘于韵谱也。"若徒韵谱之是拘，则三唐悉用沈韵，而诗如李杜者有几？今人知依唐韵，而诗如唐者，复有几？其取重概可知已。况音有古今异读，盖运会使然，不可强合。纵使孔丘复生，恐不能以《三百》之韵，比今人而同之。以故沈韵之不合古者多矣，今韵之不合沈者又多矣，岂沈韵不用古则是，而今不用沈则非哉？宋濂溪曰："《国风》、《雅》、《颂》四诗，以位言之，则上自王公，下逮小夫贱隶，莫不有之。以人言之，其所居有东南西北之殊，故所发有剽疾重迟之异。四方之音，万有不同。孔子删《诗》，皆堪被之管弦者，取其音之叶也。楚汉以来，《离骚》之辞，郊祀安世之歌，以及于魏晋诸作，曷尝拘于一律，亦不过协比其音而已。”明末云间陈大樽选诗，凡用《正韵》者，诗虽佳不录，甚矣，其舍父而庙别祖也。编者按：以上载第十四集。

三四

尝读《秦淮见闻录》，见载有武进黄仲则《中秋夜游秦淮》七古诗一首。近阅黄所著之《两当轩集》，其秦淮题咏尚有诗词数篇，因选录之。《金陵杂感》云：“平淮初涨水如油，钟埠峨峨在上头。花月即今犹是梦，江山从古不宜秋。鸟啼旧内头先白，客到新亭泪已流。那更平生感华屋，一时长恸过西州。”又《过秦淮》诗云：“凄凉苔藓掩金钗，无复笙歌动六街。回首南朝无限恨，杜鹃声里过秦淮。”予亦有《秦淮杂诗》十六首，今亡其九，录其七云：“年来梦绕秣陵舟，又作秦淮十日游。长板桥空金粉谢，烟波犹带六朝愁。”“丁字帘前绕晚潮，轻桡几度载红绡。一声短笛催归去，凉月随人过画桥。”“参差水阁俛寒流，面面珠帘尽上钩。十里新堤杨柳色，美人楼上不知愁。”“晚风画舫上灯时，弦管声中半醉痴。豪竹哀丝听不得，一腔心事几人知？”“缠头掷尽阮公囊，赢得琵琶半面妆。一曲当筵金缕恨，萧萧暮雨怨吴娘。”“莫愁居处石城西，又向湖亭认雪泥。烟水不知人去久，寒风说与杜鹃啼。”“词客梅村旧擅名，曾于诗酒识倾城。可怜踏遍秦淮路，辜负江南下王京。”

三五

予伯氏楚卿曾与秦淮名妓杨宝珠结不解缘，奈大妇奇妒，藏娇金屋，不克如愿。会伯氏回，以《咏柳》四章见示，盖即赠别宝珠也。诗云：“弱质轻盈不自持，章台依旧舞腰肢。春来毕竟愁何事，似恨东风未展眉。”“风吹起舞睡难安，带雨笼烟泪未干。漫道寻春无雅客，且舒青眼向人看。”“伤别伤离恨未休，短长亭畔送迎愁。莫教竖子轻攀折，戏作鞭丝贱牧牛。”“年华惨绿暗相催，眉黛青青皱不开。春色未阑先作絮，好随风起上楼台。”

三六

《白门新柳记》题诗最夥，其佳者如上元方伯雄诗云："秦淮依旧水盈盈，五载归来百感生。渐喜近时复佳盛，鼓鼙声变管弦声。"沱江张春陔诗云："红桥鬓影杂衣香，一曲琵琶最断肠。露叶风枝可怜甚，瘦腰强学斗新妆。"古歙江海门诗云："南朝金粉感飘零，城角啼乌不忍听。快睹升平传盛事，白门新种柳青青。"上元姚友梅诗云："青溪曲曲水多情，冶叶倡条管送迎。解作晓风残月句，人间惟有柳耆卿。""宰相风流忆谢安，重将锦绣换凋残。夹城一路垂垂发，当作平泉花木看。"北平丁砚香诗云："又见春风上柳条，夕阳箫鼓水迢迢。南朝金粉飘零尽，旧记依然续板桥。""晴波摇荡绿杨丝，画舫银灯夜泛迟。惆怅晓风残月里，为卿重谱柳卿词。"予亦尝有诗，勉附诸先进骥尾云："碧玉年华正入时，徐娘老去也堪思。番风念四重头数，一卷乌丝绝妙时。"

三七

北人不能扬舲，南人不能骤骥，所处之地非也。大概宫词之作，出于帝王宫女之口吻者必佳，盖曾亲睹其事，而叙事得真矣。予尝得有明宁献王权《宫词》一百七首，为私家藏本珍钞，惜册页零落，不能得全豹之窥矣。然不幸中尚幸，仍有四十八章，词云："阊阖云深锁建章，瞳昽旭日射神光。紫宸肃肃开黄道，万岁声声拜玉皇。""楼阁崔嵬起碧霄，微闻仙乐奏箫韶。天风吹落宫人耳，知是彤庭正早朝。""才开雉扇见宸銮，天乐催朝尽女官。宝驾中天临百辟，五云深处仰龙颜。""太平有象乐时雍，刁斗声间罢夜烽。从此宫中无事日，南风惟奏五弦桐。""天鸡初报五更筹，万户帘旌控玉钩。合殿报传妃子过，御香先到凤墀头。""银潢斗转挂疏棂，翡翠窗纱夜未扃。三弄琴声弹大雅，一帘明月到中庭。""忽闻天外玉箫声，花下听来独自行。三十六宫秋一色，不知何处月偏明。""十二银屏十二峰，一峰一个绣芙蓉。东风吹醒阳台梦，人在珠帘第几重?""昨夜梅花漏早春，和香和月弄精神。休教玉笛三寒奏，惊起含章梦里人。""暖日烘晴淑气嘉，春风先发上林花。莺朋燕友时相得，似识东城帝子家。”“霁天旭日敞金扉，和气氤氲满禁闱。宝殿昼长帘幕静，牡丹花下蝶交飞。”“翡翠空间云母屏，宫娥夜坐数流萤。月华淡淡清无暑，笑把瑶笙学凤鸣。”“太液池中翻翠荷，小娃学唱采莲歌。画船不系垂杨下，尽日随风漾碧波。”“溶溶庭院梨花月，风静时闻笑语妍。今夜婕妤犹带酒，秋千蹴破柳间烟。”“宝妆蝉鬓觯金翘，露下铜盘月影遥。春思逼人眠未稳，闲开棋局度清宵。”“玉阑杆外木樨开，应是西风昨夜来。宫女不知清露重，折花偷插凤凰钗。”“一夜东风酒半醒，海棠亭上月华明。隔帘鹦鹉学人语，恰是君王唤小名。”“屈指颦眉叹岁华，总将心事付琵琶。不堪弹到关心处，蝴蝶双飞上鬓花。”“庭梧秋薄夜生寒，谁把箜篌别调弹？睡觉满身花影乱，池塘风定月团圆。”“自蒙君宠到昭阳，衣袖犹闻宝串香。半倚朱门凝睇夕，和愁和月待昏黄。”“深院日长瑶草生，重门不见幸车行。落花为怨东风急，一夜春归到帝京。”“柳色偏承雨露恩，也将青眼暗窥人。可怜不解东风意，仍把柔枝绾旧春。”“杏雨纷纷满径迷，穿帘燕补落花泥。衔将春色归巢去，辜负莺儿枝上啼。”“重重帘幕掩流苏，花下相携倒玉壶。报道停斟半含醉，踉跄起舞倩人扶。”“寒蝉泣露曳秋声，杨柳枝头淡月明。半掩笼门怕关上，今宵犹恐幸车行。”“池塘骤雨打新荷，点点如珠似泪多。纵把金针穿不得，几回搔首奈愁何？”“素梅有意为谁香，故出宫墙作淡妆。昨夜梦魂清入骨，觉来斜月到椒房。”“幽花竹下自分芳，旋摘琼花带露香。收拾风花妒春色，六宫从此学新妆。”“庭树团团作翠阴，夜凉清话坐更深。无端感起闲愁思，弹到梅花月满琴。”“魷鰌冷夜迢迢，海峤云飞月色遥。宫漏已沈参倒影，美人犹自学吹箫。”“采胜双双斗凤钗，薄罗金缕燕花牌。宫中先得阳和气，知是春从天上来。”“一夜瑶花满禁阶，晓来旭日映西斋。宫人团雪作狮子，笑把冰簪当玉钗。”“金碧围屏面面开，牙书盈几列平台。晚凉偷把琼箫弄，忽报鸾舆圣驾来。”“雕檐蟾魄度罘罳，蛛网呈祥坠喜丝。知是昭阳有恩泽，灯花昨夜结红芝。”“一自承恩入建章，为怜妾貌待君王。

殿头自此书名字，日日联班近御床。”“新选昭仪进御来，女官争簇上平台。宫中未识他名姓，都把名花作字猜。”“宫女新传御制词，人人争唱斗歌时。娇嗔不识伊川谱，错把腔儿念作诗。”“银汉沉沉玉漏迟，一钩斜月上花枝。恰似徐熙新扇面，美人欢笑共题诗。”“寂寂重门夜泬寥，天风时送御香飘。三十六宫秋月白，美人花下教吹箫。”“掬面东风酒晕浓，频将罗扇掩羞容。抬头只恐君王见，佯把金针花下缝。”“效颦常锁远山愁，蹙损东风翠黛羞。笑贴鬓钿双玉燕，一天秋思上眉头。”“谁翦吴江一幅绡，巧裁宫样缕金袍。妖娆偏称腰肢小，每向龙墀侍早朝。”“沈沈庭院夜如何，坐看黄姑织女过。月下偶然应面识，谁知世上有嫦娥?”“上院寻芳挹翠华，东风先到帝王家。宫娥不识春归去，争插庭前芍药花。”“远山凝翠叠青嬴，秋水芙蓉映碧波。门外晚晴无限意，梧桐叶落已无多。”“金莲步步响回廊，未到先闻宝串香。知是六宫妃子至，殿前嘹亮奏笙簧。”“月奁金镜绮窗寒，云母屏开五色鸾。宝篆有香椒壁静，一帘红雨杏花残。”“翠盘金缕绛纱笼，银烛荧煌照汉宫。应制草词书细字，灯花报喜吐殷红。”编者按：以上载第十七集。

洪武佳话

秋　人撰

一

刘基初见，太祖问："能诗乎"？基曰："儒者本事，何谓不能？"时帝方食，指所用斑竹箸使赋之。基应声曰："一对湘江玉并看，二妃曾洒泪痕斑。"帝颦蹙曰："秀才气味。"基曰："未也。汉家四百年天下，尽在留侯一借间。"帝大悦，以为有宰辅器，恨相见之晚。明兵围集庆路，与元兵大战，元兵解去，乃坚守江左。见驿中有七岁儿居其中，太祖问之，对曰："臣父当此役，已故，今臣代父耳。"太祖问："能对乎？"曰："然。"太祖曰："七岁儿童当马驿。"即对曰："万年天子坐龙庭。"太祖喜，因蠲其役。

二

太祖在军中，喜阅经史，操笔成文。征伪汉，至潇湘赋诗云："马渡溪头苜蓿香，片云片雨渡潇湘。东风吹醒英雄梦，不是咸阳是洛阳。"昂头天外，何慷慨乃尔。

三

又尝作《接树》诗云："老幹将柯伐去烧，从新接起旧枝条。虽然未历风霜苦，自是先沾雨露饶。四五錾泥牢护足，二三皮篾紧缠腰。东君看顾归家后，分咐儿童莫去摇。"

四

临海赵太守，洪武间卒业太学，为中贵题《蚕妇图》云："蚕未成丝叶已无，鬓云撩乱粉痕枯。宫中罗绮轻如布，争得王孙见此图？"太祖幸中贵宅见之，诘问，中贵以赵对。即召除肇庆知府。在郡有廉声，及归，叹曰："昔赵清献持一砚，吾今倍之。"遂持二砚以归，号赵双砚。太祖之爱才，赵之特操，后世无不叹美。编者按：以上载第十集。

装愁盦诗话

怀　霜　撰

一

古之诗人，有以一章一句得名者，盛行于李唐，如郑谷之有鹧鸪佳什，世遂称为“郑鹧鸪”。展转效颦，不可悉数。此特出于朋侪之揄扬，非自晋美称也。时人粗解吟咏，勉欲附庸风雅，竟有自赏所作，取为别号，篆诸印章者，真不值识者一笑。番禺沈君孝畊宗畸赋《落花》甚工，人称为“沈落花”。顷得读其元作，题至庸熟，而能独出机杼，以“落花”名之，洵无愧色也。其警句云：“著地似依沈醉日，退房苦汝半开时。”“悔不思量偷折去，恐难解脱笑拈来。”“岂独高枝无结果，即今平地有危机。”“不分初胎终堕劫，得留半面倍伤心。”“春去有声啼杜宇，月明无影负阑干。”皆隽永有味，不可多得。

二

林文忠公灼见雅片之害，雷厉风行，著为禁令。惜奸庸卖国，不竟厥志，流毒遂以迄今，可胜慨哉。公资禀岸异，夙敦气节，所为诗文，闳中肆外，气盛言宜，酷肖其人。尝读其《出关》四章云：“雄关百尺背天西，万里征人驻马蹄。飞阁遥连秦树直，缭垣斜压陇云低。天山巉削摩肩立，瀚海苍茫入望迷。谁道殽函千古险，回看只见一丸泥。”“东西尉候往来通，博望星槎笑凿空。塞下传笳歌敕勒，楼头倚剑接崆峒。长城饮马寒宵月，古戍盘雕大漠风。除是卢龙山海险，东南谁比此关雄？”“敦煌旧戍委荒烟，今日阳关古酒泉。不比鸿沟分汉地，全收雁碛入尧天。威宣贰负陈尸后，疆拓匈奴断臂前。西域若非神武定，何如此地罢防边。”“一骑才过即闭关，中原回首泪痕潸。弃繻人老谁能谢，投笔功成老亦还。夺得燕支颜色冷，吹残杨柳鬓毛斑。我来别有征涂念，不为衰龄盼赐环。”禁烟之令初下，外人及粤中奸商，皆思厚贿以图免，幕僚属官之不肖者，亦欲因以为利，公持之甚坚，无间可入而止。父老相传，烟禁亟时，一夕公方读诗，有盗仗剑自檐端跃下。公叱问何为，盗熟视公，释剑再拜曰：“公仁人，乌敢得罪天下后世？”公微哂曰：“惟若所欲，胡作态为？”盗遽逸去。洎公出关，行次某县，盗复夜至，则秃然僧矣。起居讫，郑重属公曰：“此行已致大名，赐环后，望公坚卧林泉。”公笑曰：“出处自有定分，何劳越俎代计？”僧太息而别。此事公深秘之，惟语一老仆，当世遂有知之者。

三

汴中有丐妪，其子妇绝丽，妪以贫故，受赂豪家，虚篷室以待，子妇不可。乃易为一夕欢，亦不可。乃与豪家谋，诱入巨室，妪左朱提，右白刃，为之陈利害。其辞未卒，子妇疾赴锋芒，伤项及胸，豪家惧，亟纵之。从一女冠，操行清苦，其人至今犹存。同年萧君书楼为诗美之，记其十章之一云：“新翻乐府伤姑恶，久树空房本女贞。霜刃雪肤争至皎，风狂何处著无情？”人格之低昂，固无与于境遇之丰啬也。嗟夫！

四

眉韵楼在虞山城东周孝子里，昭文孙师郑吏部雄尚，编者按："尚"字衍。偕其如夫人章韵琴眉史，凭庑而居。章谙吟咏，互相唱和，检书烧烛，问字拈题，致足乐也。章归师郑后，手录古今名媛诗稿，将盈二千首。至己亥秋间卧病，始辍业。师郑自言留心吟咏，实自章来归始。章侍师郑凡六年，匜盥之馀，辄以韵语相商榷。戊戌、己亥间，章尝以与师郑商榷之语，随时记入小册，题曰《眉韵楼诗话》。且戏谓师郑曰：“妾体弱心怯，恐不永年。异日人间天上，别恨茫茫，夫子检阅此册，即与见妾无殊，不必学冒巢民作《影眉庵忆语》也。”已而果以疾卒。丽质清才，昙花一见，乌虖师郑，何以为情哉。师郑因所记录，别为纂辑，仍题曰《眉韵楼诗话》，冀慰幽灵而传永永。今录其卷首一则云：“阳湖周韬甫先生腾虎，才气纵横，为林文忠、曾文正所器赏，卒赍志以殁。赵惠甫烈文表其墓。文中叙述先生行事，悉奇恣兀傲，迥不犹人，而性情既厚，风义尤笃。世以狂士目之，真不知先生者也。”

五

咏古之作，著笔为难，坚光劲响，可推为当。今推射雕手者，当以亚庐为最。兹录其《读松陵诸先辈遗集》八章实诗话中。第一首咏卜盂硕："痛哭辽阳战血腥，如君原不是狂生。我来绿晓庄前过，天地苍茫失此人。"第二首咏吴长兴："一代人豪迥不凡，纶巾羽扇早登坛。如公更缓须臾死，此虏终应悔入关。"第三首咏王晓闇："观物堂空宿草丛，知心惟有蒋山傭。天人绝学空矜惜，可奈挥戈日未中。"第四首咏吴赤民："劫火狂烧野史亭，坑儒遗恨最心惊。丛残尚有人收拾，观物遗编伍编者按："伍"疑当作"无"。处寻。"第五首咏计改亭："渊源学派衍黄镏，阁部军前借著筹。一跌可怜浑不似，只馀诗笔占千秋。"第六首咏潘次耕："覆巢遗卵恨无穷，文叔何缘事圣公？孤负简书珍重意，困亨叟与蒋山傭。"第七首咏吴汉槎："绝艳惊才吴季子，生归白发已婆娑。鞭鸾笞凤寻常事，谁遣吴禽入网罗？"第八首咏叶横山："僧衣初换宰官妆，苦节终惭午梦堂。门下归愚原不弱，诗书发冢事堪伤。"又有《题钱蒙叟诗集》一首，亦佳："东京党锢旧名流，晚节披猖恨未休。棋局丛残悲失着，蜡丸辛苦运奇谋。生矜一代龙门史，死傍千秋燕子楼。地下若逢临桂伯，为言鸣镝满神州。"

六

古闽林拾穗以《和题大同瓦》词见寄，即按《虞美人》调。录如下："福缘布施随人意，佛示阿那矣。百千万亿涅槃身，解道佛心只是普通情。　浮图七级凭心造，善信如伊少。聚头端的尽冤家，果得早登净土免挤排。""随时旧物翻新样，望古憎惆怅。由今再历几多年，只恐向来国粹绝无传。　神州一半从夷俗，冷抱何方廊？刬苔剔藓等无聊，剩向劫灰堆里哭前朝。"览其词意，亦古之伤心人也。来函称余为慧云女士，为之失笑。偶成两句云："女权坠落无终极，不愿今生作美人。"写示林公，亦当捧腹。

七

余成任为健行公学旧同学，今肄业东洋中学，因劬力攻学而死，学界无不深惜之。余悉此耗，惨然默坐，不语累时。爰哭以两诗云："启余断自推商也，尼父倾心叹未休。如汝嵘峥头角少，泣麟我道竟悠悠。""旧巷乌衣何处寻，及门桃李未成阴。那堪重话开元事，白发宫人泪满襟。"其哀感为何如。犹忆健行创立时,负笈来游者,多才俊之士,一时指画谭论古今,颇称东南之盛。曾几何时,而风流云散矣,求如曩昔之复集一堂,渺不可得。生离已可怜,而若余君者,今乃竟以死别耶。吾党多才,又弱一个,仆本恨人,何以堪此?复得亚卢挽词两什,真与我表同情也。并录于此,诗云:"玉树长埋恨,伤心奈汝何?才华原敏捷,身世太蹉跎。豹有留皮感,人无返日戈。秋坟蒿里曲,哀怨不能歌。""乐育英才意,当年迹已陈。江湖空结客,桃李不成春。寥廓嗟何世,穷愁失此人。生离翻死别,谁与话酸辛?"编者按:以上载第十集。

网庐诗话

昂　孙撰

一

古之善为诗者，不于诗乎求之也。俶傥之才，英伟之识，深博无涯涘之学，积而不已，则以其馀溢而为诗。触境而发，称心而出，斯时草木万汇，尽为我机杼，风云百怪，皆入我炉冶。言其所欲言，得其所独得，无意为诗而诗自工。与夫摘章缋句，分唐界宋者，诚有天渊之判。譬诸木之大者，参天蔽日，垂阴十里，至于方春着花，则旖旎无伦。又如水之大者，包山络川，溉田千亩，至于因风起澜，则沦漣不住。作诗之道，何独不然？余故尝曰：无俶傥之才，英伟之识，深博之学者，即能诗，亦如皂隶人家，生一稍有姿色之女子，非村则荡耳。

二

山则行樵，水则行渔，歌啸终身，自有天地。一二骚士，借得芳邻如许，便尔出《雅》入《风》，此亦飞来之诗境也。余邑胡枚臣前辈，著有《贺家池打鱼谣》十二章，趣味隽永，余至今犹爱诵之。诗曰："桃花渡口柳津边，满郭烟霞新霁天。笑绝作家无长物，生涯全寄打渔船。""西村深处是侬家，白板双扉碧柳花。欸乃一声人去也，跨湖桥畔夕阳斜。""贺家池南十里烟，贺家池北半桑田。渔兄渔弟快晒网，怕煞黄梅久雨天。""门外荷开分外红，纳凉人约小桥东。黄粱饭熟更初定，短笛无腔明月中。""一寸渔钩一丈竿，一轮红日下前滩。扁舟撑入溪深处，不为避秦避暑残。""晚风听唤卖鱼频，摇出孤舟鉴水滨。酒价怕昂鱼价贱，古柯桥买十洲春。""枫叶萧萧又此午，妻孥补网蓼滩前。诗篇不换芦花被，钓罢归来好醉眠。""三山山前白鹭飞，三山山后胪鱼肥。大家相约睡不得，夜半放船菱湖西。""采菱艇子南湖边，采莲艇子西湖前。阿家生长在渔户，风雨孤灯对蓼眠。""一竿划破玻璃色，艭旁时见鸥出没。板桥茅店寂无人，孤篷睡起满江月。""风斜雨细镜湖塘，漫向寒江吊雪忙。箬笠蓑衣舍不得，年来生意好平章。""蟋蟀堂开介寿觞，常禧门外正斜阳。巡檐人索梅花笑，入座酒斟竹叶香。"余闻枚臣前辈著诗甚富，邑之人视其题咏若拱璧，惜伯道无儿，遗稿悉数散失。今余所见者，仅东鳞西爪耳，可胜浩叹哉。

三

古人谓诗以言志，而志之大小浅深，则又视乎人之性情，故又曰诗以道性情。既曰道性情矣，自以随手拈来，乃成妙谛，必专事雕琢，则性情且日斫矣。袁子才《答李少鹤书》曰："近今诗教之坏，莫甚于以注疏夸高，以填砌务博，捃摭琐碎，死气满纸。一句七字，必小注十馀行，令人舌绊口呿而不敢下，于'性情'二字，几乎丧尽天良。"数语直把近时诗人，骂得无地可入。

四

作诗不可无才，无才则中枯，又不可无气，无气则势弱。然过于矜才者，必溢；过于使气者，必散。此中庸之所以难也。昔严沧浪论诗，笑东坡、山谷二人，如子路侍夫子，纯以行行之气。余谓前清最负盛名之诗人，远如袁子才，近如龚定盦，亦无一非行行之气耳，是皆才气之累也。

五

泉唐丁嘉鱼先生丙，以书生任天下事，粤难而后，浙之人食其德者几万人，至今犹称道勿衰，其魄力可谓宏矣。先生又工诗，意其所作，必华贵富丽，不可一世，曩于友人陆子猷处，得读其《感逝》四章、《悼亡》八章，则柔淑如少女。其平日所为，乃茎草化丈六金身也，知其蕴藉者深。亟录之。《悼亡》诗云："一别凄惶了此身，可怜欲泣也无声。招魂只望归来梦，仟佛难偿往日情。已续鹍弦惊再断，空持鸳牒证三生。壁间遗挂分明在，旧恨新愁两难并。""忆昔庭开却扇筵，职修内则共称贤。小姑为试调羹味，大妇同赓咏絮篇。书劝少讐怜我弱，药因多病累卿煎。回思往事都陈迹，怕理妆台旧翠钿。""妇仪淑慎女仪贞，叹息萱帏病几经。不厌驱风薰艾药，更勤排日进葠苓。亲衰每替持家政，弟弱尤殷护稚龄。一事外堂愁绝甚，重泉何处返云軿。""珍重温柔少女风，馆甥时寄丈人峰。养疴心力常劳尔，错意功名几慰侬。替剪兰缸宵课永，互酬絮什别情浓。珠潭潭畔吟窗冷，从此含酸怕过从。""七旬床第痛呻吟，噩梦为妖最怆神。病莫能兴还抚姪，殁而犹视为思亲。拈花早脱长生愿，证果空留不坏身。安得鸿都仙士在，黄泉碧落叩前因。”“数遍弥留十二支，泪枯犹盼我多时。始知再造医无术，虚算三年偶结缡。含玉忍教卿目瞑，沉珠定与姊肩随。九泉寂寞如相忆，环佩须偕入梦迟。”“延龄北斗愿空求，万种情深付水流。小谪红尘刚浴佛，厌居白屋竟仙游。嫁衣成殓香犹护，宝镜封奁影亦愁。记得去年除夕谶，烛花双折旧妆楼。”“红销碧歇惹愁多，烂锦年华委逝波。残梦怕听鸡警旦，良缘空盼鹊填河。愧无骑省伤秋感，敢效蒙庄箕踞歌。賸有《翠螺遗稿》在，梓传我愿费编摩。”《感逝》诗云：“好春珍重系鸳丝，容易秋风剪断之。蝎运一重添设案，兔华三五不多时。生前耽误卿卿误，编者按：“误”字疑误。梦里周旋我我痴。留得袖中诗本在，开头便写《断肠词》。”“荼蘼花影出墙来，门巷依稀几度猜。闻说曹家娴内训，并知谢女号通才。背人手绣金缄帖，哭母声嘶玉镜台。刚把沈郎钱纳聘，可堪蝴蝶又飞灰。”“秋赛迎神乐市廛，天教泡影霎时圆。豫思玉管双眉画，乍卷珠帘一面缘。瘦骨恹恹凉药误，病根了了散花仙。阿香车返魂归鹤，别后情形梦里传。”“欲觅芳容纸上寻，带愁描出貌真真。深情错忤蓝田玉，小字模糊碧海珉。素旐迎酬新妇愿，聘衣补著殓时身。黄泉安得通双鲤，话旧谆谆了夙因。”

六

余最爱读香山，以其天真烂漫，不加修饰也。出其后者，首推东坡，工夫虽浅，亦自有真趣。余又最不喜放翁，其近体则坐填砌之病，其古体则多扭搦之态。顾今之诗人，多喜诵之，竟有称为工夫真实者，余实不解是何理？昔袁子才评山谷诗，引《世说》语云：“张茂才我所不解。”余今评放翁诗，仿子才语云：“放翁诗佳处，小生至今茫然也。”虽然，人心不同，各如其面。“公爱馒头婆爱面”，必强嗜好而一齐之，诗人真多事哉。编者按：以上载第十集。

燕子龛诗话

释曼殊 撰

一

废寺无僧，时听堕叶，参以寒蝉断续之声，乃忆十四岁时随母羁异地，有女郎手书丹霞笺，以红线系蜻蜓背上，使飞入余窗，意似怜予蹭蹬也者。诗曰："青阳启佳时，白日丽旸谷。新碧映郊垌，芳蕤缀林木。轻露养皇荣，和风送芬馥。密叶结重阴，毓华绕四屋。万汇皆专与，嗟我守茕独。故居久不归，庭草为谁绿。览物叹离群，何以慰心独？"读之饶有苍凉气，疑非闺阁手笔。

二

《寥天一阁集》中，《古意》两章最佳，诗曰："磷磷日照鸳鸯瓦，姑射仙人住其下。素手问谁雁柱争，花雨空向湘弦洒。""六幅潇湘曳画缯，珠帘垂地暗香凝。春风不动秋千索，独上红楼第一层。"

三

刘三工诗善饮，余画《文姬图》寄之，病蝉为余题飞卿句云："红泪文姬洛水春，白头苏武天山雪。"刘三以六言三章见答，曰："白头天山苏武，红泪洛水文姬。喜汝玉关深入，将安阗此胡儿？""东瀛吹箫乞者，笠子压倒眉梢。记得临觞呜咽，忽忽三日魂销。""支那音非秦转，先见婆罗多诗。和尚而定国号，国无人焉可知。"又贻余绝句云："早岁耽禅见性真，江山故宅独怆神。担经忽作图南计，白马投荒第二人。"时予将有印度之行，刘三诗故及之。

四

兵所以卫民，于粤中反为民害，真不祥之物也。力田《今乐府》有《梳篦谣》曰："东家抱儿窜，西家挈妇奔。贼来犹可活，兵来愁煞人。况闻府帖下，大调土司兵。此物贪且残，千里无居民。掠人持作羹，拆屋持作薪。莫言少为贵，国威尝见轻。无功害尚小，有功害更深。问谁作俑者，必有林中丞。萧条夔子国，城郭为荆榛。贼如梳，兵如篦。猡猸来，更如剃。保宁贼未除，霸州贼又炽。买马须快剑须利，从今作贼无反计。"仁人之言，满腹徘恻，读之令人扼腕抚膺。

五

海园湘南曹氏，天赋诗才，不幸短命。十四岁工艳体，有仙气，非寿征。十九岁牧牛村外，失足溺死。余仅忆其“滴翠满身弹竹露，落红双屐印苔泥”、“乐谱暗翻《金缕曲》，食单亲检水晶糖”数句。

六

自巴利八版出石叻途次，多悲感，晦闻见寄七律一章，温柔敦厚，可与山谷诗并读。诗云：“四载离悰感索居，似君南渡又年馀。未遗踪迹人间世，稍慰平安海外书。向晚梅花才数点，当头明月满前除。绝胜风景怀人地，回首江南却不如。”后一年，余经广州，留广雅书院，一醉而去。抵日本，居士复追赠一律云：“五年别去惊初见，一醉殊辜万里来。春事阴晴到寒食，故人风雨满离杯。拈花众里吾多负，取钵人间子未回。自有深深无量意，岂堪清浅说蓬莱？”居士旧有蒹葭楼，结构颇不恶，余因作《风絮美人图》寄之。不知爱我闲人者，又呕出多少心血也。

七

山寺中北风甚烈，熠熠逼人，读放翁诗，泪痕满纸，令人心恻。予最爱其“衣上征尘杂酒痕，远游无处不销魂。此身合是诗人未，细雨骑驴过剑门”一绝。尝作《剑门图》悬壁间，翌日被香客窃去。

八

昔人卖子句云：“生犹如雏凤，年荒值几钱。此行须珍重，不比阿娘边。”又女致母诗云：“挑灯含泪叠云笺，万里缄封寄可怜。为问生身亲阿母，卖儿还剩几多钱？”两诗真一字一泪也。

九

金堡祝发后，居吾粤丹霞寺，著有《遍行堂集》。昔余行脚至红梅驿，破祠龛旁，见手钞《澹归和尚诗词》三卷，心窃爱之，想是行客暂为寄存。余不敢携去，犹记其《忆吴梅村》一律，大义凛然，想见其为人矣。诗曰：“十郡名贤请自思，座中若个是男儿。鼎湖难挽龙髯日，鸳水争持牛耳时。哭倒冬青徒有泪，歌残凝碧竟无诗。故陵麦饭谁浇取，赢得空尝酒满卮。”当日名贤可知也。

一〇

“山斋饭罢浑无事，满钵擎来尽落花”，此境不足为外人道矣。

一一

余有《寄刘三白门》二绝云：“玉砌孤行夜有声，美人泪眼尚分明。莫愁此夕情何限，指点荒烟锁石城。”“生天成佛我何能，幽梦无凭恨不胜。多谢刘三问消息，尚留微命作诗僧。”

一二

“艳女皆妒色，静女独检衽。任礼耻任妆，嫁德不嫁容。君子易求聘，小人难自从。此志谁与谅，琴弦幽韵重。”此孟郊《静女吟》也。今者吾国女子，崇尚高乳细腰，羡慕昏姻自由者，将书诸绅可耳。

一三

秦淮青溪上，有张丽华小祠，不知何代初建，至今圮迹犹存。新亭王士禛有诗云：“璧月依然琼树枯，玉容犹似忆黄奴。过江青盖无消息，寂寞青溪伴小姑。”二十八字，可称吊古杰作。《后庭花》唱乐，天下事已非，当年风景，亦祸苍生之尤者耳。

一四

张宪《崖山行》云：“三宫衔璧国步绝，烛天炎火随风灭。间关海道续萤光，力战崖山犹一决。”余恒诵之。曩画《崖山奇石壁图》，太炎居士为录陈元孝诗曰：“山木萧萧风更吹，两崖云雨至今悲。一声杜宇啼荒殿，十载愁人拜古祠。海水有门分上下，江山无地限华夷。停舟我亦艰难日，愧向苍苔读旧碑。”风人之旨，无限爱国。此诗缠绵悱恻，读之令我黯然。

一五

英人诗句，以师梨为奇诡而兼流利。尝译其《含羞草》一篇，峻洁无伦。其诗盖合中土义山、长吉而镕冶之者，太炎亦谓予曰：“师梨所作诗，于西方最为妍丽，犹中土之有义山也。”其目光殆与余同。编者按：以上载第十三集。

唐宋诗别说

寄　禅撰

一

唐人诗，一家自有一家，声调高下疾徐，皆合律吕，吟而绎之，如闻箫韶。宋人诗，譬则村鼓岛笛，杂乱无伦。

二

或问余唐宋人诗之别，余答之曰：唐人诗纯，宋人诗驳；唐人诗活，宋人诗滞；唐诗自在，宋诗费力；唐诗浑成，宋诗饾饤；唐诗缜密，宋诗疏漏；唐诗温润，宋诗枯燥；唐诗铿锵，宋诗散缓；唐人诗如贵介公子，举止风流；宋人诗如三家村乍富人，盛服揖宾，辞容鄙俗。

三

唐人咏物诗，于景意事情外，别有一种思致，不可言传，必心领神会始得。此后人所以不及唐也。如陆鲁望《白莲》诗云："素花多蒙别艳欺，此花真合在瑶池。还应有恨无人觉，月晓风清欲堕时。"妙处不在言句上。宋人都识不得，如东坡咏荔枝、梅圣俞咏河豚，此等诗非诗，类俗所谓偈子耳。

四

唐人绝句，有重复字而不恤者，如杜牧《华清宫》云："晓风残月入华清。"又曰："朝元阁上西风急。"皇甫冉《酬张继》云："落日阴以问音信。"又曰："寒潮惟带夕阳还。"此等别是一例。唐人诗亦有不拘韵者，如王建《凉州歌》云："三秋陌上早霜飞，羽猎平田浅草齐。锦背苍鹰初出按，五花骢马喂来肥。""齐"字不在微韵。编者按：此四条诗话，俱从明人镏绩《霏雪录》钞出，非寄禅自撰者。又：以上载第十三集。

菜根书屋诗评

天　任撰

《菜根书屋诗评》数百则，先王父文恪公遗著也。久委蠹鱼，蚀过半矣。今春读书之馀，偶检校之，得完好者约二百则。旧本中有论及试帖体者二十馀则，因无用益，今不列入。其他次序，概照原稿，不敢以管窥之见，擅改先人编简也。四年六月天任谨志。

一

连用地名或故实，不觉堆垛，笔力足以运之也。

二

陈子昂律诗遒上，为近体之祖。

三

炼字是诗家一法，若标为格，则遂开竟陵纤仄之宗。

四

模写江山，古人不废，专于点缀风光，流连物色，毫无真意以贯之，遂为马首之路，而风斯下矣。剽窃盛唐者，多有此病。

五

凡费解者，即非第一等诗。

六

宋人以议论为诗，渐流粗犷，故有"史论"之讥。然古人亦不废议论，但不着色相耳，若以指点出之，则不碍。

七

李义山《筹笔驿》诗，机轴绝奇，酷似少陵《蜀相》篇。刻划之句，总以自然为佳，否则墨痕不化。

八

起句要飘忽，如"雀啄江头黄柳花"、"花近高楼伤客心"，(杜句)"春风疑不到天涯，二月山城未见花"，(欧句)皆是。

九

李太白秾丽之中，别饶神韵，非剪采花之比。

一〇

诗中间一语束，一语转，机轴最整齐生动。刘宾客《西塞山怀古》诗即是。

一一

起二句撇过一层落笔，擒题乃紧，取势乃遒，如“独有宦游人，偏惊物候新”是也。

一二

诗未有不用工者，功深则兴会象超妙，痕迹自融耳。

一三

醞酿不及古人，而剽其空调以自托，犹禅家所谓“顽空”也。

一四

诗须沉着，始见笔力。

一五

一句指事，一句设譬，诗中之奇变者也。如陈后山“辉辉垂重露，点点缀流萤”是。（谓柏枝垂露若缀萤然。）

一六

老杜岂以一字为高，然亦有炼字法，特不可以此为宗耳。

一七

诗最忌滑调。

一八

气脉要厚，神力要完足。

一九

感慨不难，难于浑厚不激，若愤愤不平，则非矣。

二〇

武库森然，不无利钝，虽少陵亦有绝可笑诗。

二一

盛唐律诗浑大，格高语壮；晚唐下细工夫，作“小结裹”，所以异也。

二二

诗在姿韵,岂必以楂枒怪丑为高。

二三

雕琢胜而浑朴失,宋末实有此弊。编者按:以上载第十三集。

无题诗话

榴　芳撰

无题诗系艳体诗之一部分，滥觞于齐梁，烂熳于唐宋，皆胎息《风》《骚》，芬芳悱恻，铿锵愧金石，彩焕却丹青，缘情不滥，体物不露，得蔽之曰："无邪也。"张藉诗云："桃溪柳陌好经过，灯下妆成月下歌。为是襄王故宫地，至今犹有细腰多。"李德裕诗云："松倚苍崖老，兰临碧洞衰。不劳邻舍邃，吹起旧时悲。"此为无题诗之作俑。陈与义诗云："圣人六经如日月，万事随时更故新。江南丞相浮云坏，洛下先生草木春。孟喜何妨改师法，京房底处有门人？旧爱读书今懒读，焚香阅世了闲身。"此为无题诗之变格也。然作无题诗者，群钦义山为泰斗，蚕丝蜡泪，芳馨愈酷，彩凤灵犀，风韵不销。于是鹿门先生翘之于前，玉山樵人踵之于后，宋代则杨亿、刘筠、钱惟演辈，元代则马伯庸、袁桷、薛汉辈，恒取无题诗，相为酬唱，驰骋风流，可谓盛矣。彼挦撦之诨，剪彩之诮，引作无题之批评，诚瞽说也。兹编所辑，要取裁于有清一代，丽则丽淫，兼收并蓄，所见虽夥，删者过半，谫陋之讥，仍难免焉。

一

金坛王彦泓先生，艳体诗家也，所著《疑雨集》四帙，传诵一时。其诗如蚌珠浴月，璞玉辉春，皆琅然可诵。开卷载《无题》四律，尤清芬袭人。录其一云："弄玉当年未嫁时，徘徊好影自矜持。怯从画府回娇靥，羞向花间曳绮綦。千蝶帐深萦短梦，九雏钗重困初笄。朝回夫婿鸣驺去，下却珠帘不肯窥。"他如："寒轻泥拔金钗饮，醉浅佯邀小玉扶。""歌筵歇拍偷回眼，花径前行细转腰。""朱门逼近推敲细，祖服缠绵脱著迟。"等句，风韵旖旎，虽和、韩亦为却步也。

二

郝溱，同邑诗人，考邑志称溱不尚崖异，历任兴国、泰安训导，所在皆春风。有集未刊，诗传数首，以轻圆流丽见长。《无题》云："来去浑疑云雨踪，楚王宫北数声钟。情当厚处翻成怨，泪到干时不觉浓。

烟缕湘裙飞蛱蝶，玉屏罗幕坠芙蓉。月中剩有森森桂，遮却清光第几重？”或疑此诗讥桂藩作也。

三

彭羡门少时，绮年风流，好以才华相骋驰，作《金粟闺词》、《香奁酬和集》等。虽皆跌宕风月之作，然润色鸿业，正复需此。所著《松桂堂诗集》中，载《无题同贻上作》云："银剪迟迟夜未央，紫鸳两两已成行。怀人独坐嫌宵永，待梦频来欲夜长。斜月窥窗屏半掩，行云何处幕虚凉。征鸿迢递文鳞绝，减尽深闺窈窕妆。""生翠文鸳不暂离，参差凤管好同吹。灯悬珠蚌新垂焰，衣剪冰蚕旧络丝。折尽南塘红菡萏，妆成北地紫胭脂。武皇未解当时意，却遣蓬莱太乙祠。"他如《才情集》中之"家同碧玉何妨小，体并昭阳几欲仙"；《南雅集》中之"玉暖乍抛新刺袜，香浓不散旧啼巾"，虽皆丰韵焯灼，然以"莺雅故残含蕊色"七字，尤为芳腻也。又文集中载《徐擅青和无题诗序》云："美人香草，初传要眇之音；落叶秋风，始发清微之响。离忧欲写，绮语斯标。以至平子《同声》，秦嘉《赠妇》，子建《闺情》之什，安仁《内顾》之篇，靡不淹抑深情，缠绵古意。掷芙蓉以怜子，饷芍药而将离。司马东邻，层波相属；修靡南户，媚体横陈。下及温李之俦，弥极哀淫之思。春蚕蜡炬，相如形似之工；彩凤灵犀，明远遥深之致。言情之制，亦为优矣。徐子擅青，人称比玉，才勒兼金。士秀之藻笔精华，独妍宫体；伟长之丽心文质，宁愧诗人？属和《无题》，一时绝调。湘毫未染，已有云烟；凤纸将舒，先闻芗泽。貌远山之隐约，翠黛纷流；状新月之纤妍，芳尘欲动。拟人固帝天之列，摛词亦春雪之班。非无紫褎吹箫，不少红绡持拂。蕙櫋蘅薄，地已异乎庚宗；绛树青琴，曲弥高乎《子夜》。洵乎双心一意，形影合而不离；万代千龄，情尘销而不灭。可以下驱北里，上驾《西昆》，屈宋含毫，和韩掩藻者也。"斯文亦香艳可诵。

四

黄莘田大令，永福人，嗜砚成癖，榜所居曰"十研轩"。花竹秀野，图史纵横，饮馔裙屐间，深得雅人深致。诗以菁芜韶蒨称，脍炙四方。

初下第时，作《无题》诗五首，除《随园诗话》所收一联外，佳者尚夥，汇记于此。如“已看梅忍孤更月，纵好花禁几信风”、“织锦已非坊机杼，穿杨别有楚人弓”、“翻借微瑕完赵璧，竞持朽骨市燕金”等句，皆极经营惨淡之作。

五

莘田既废，益耽于诗，与徐懒云等以香奁诗相唱和。如《惆怅词》，如《杂思诗》，秾情绮思，络绎行间，概于《香草笺》中备载之矣。懒云又有《无题》诗八首，摘其警句云：“残梦燕莺唯自笑，凉秋风月孰平分。”“赠枕几时亲绣虎，停梭不语怅栖乌。”倒叠韵句云：“更张琴操需山响，破费炉薰送月斜。”“真色岂须妆半面，清谈或可解双鬟。”此数联为诸什冠，清丽芊绵，何让十砚？

六

莘田有《和懒云无题诗序》一篇，洒洒约千言，起句云：“不解《风》诗，何以有草虫雄雉；每怜乐府，大都为《罗唝》《懊侬》。以王伯舆之枭雄，犹曰‘甘为情死’；如江文通之风雅，辄云‘仆本恨人’”。颇诡俶可喜。又云：“中门动锁，何嗔桃叶迎人；后院煎茶，不避鹦哥唤客。朝暮峡云，飞来屋后；东西沟水，流到门前。晚风杨柳，齐牵长板之桥；初旭芙蓉，不隔横塘之路。”又云：“愿脱臂金半钏，铸我浪仙；私缠色线千条，绣伊公子。磨翠黛半丸之墨，淋漓荳蔻长笺；吮绛唇一滴之珠，点染樱桃小扇。沉砚簪花，玉腕作学书弟子；拔钗载酒，朱颜为问字先生。笔床茶臼，都经芗泽摩挲；药裹诗囊，尽出葱尖裁剪。深巷卖花声，盈车载至；短墙残月影，急鼓催归。冰玉壶中，笑言何避；蘼芜山下，永矢弗谖。愿长斋绣佛以长生，亦小字乌丝而写恨。紫钗尽典，竟不逢马上黄衫；绿绮空弹，岂敢效垆头犊鼻。千丝蚕茧，只缫再世朱绳；七尺珊瑚，枉结三年铁网。”亦复词华并茂之作也。诗见《秋江集》中，无庸再志。

七

钱塘袁香亭太守，作《无题》多首，萩园谓其效《疑雨集》体，词或过于绮靡，自所弗检，然至末首，忽以庄语结之，尚有曲终奏雅之意。此语洵然。诗云："《碧城》《锦瑟》恨偏长，咏到《无题》事渺茫。明月未妨呼作姊，青山原可唤为郎。诗笺罪孽留遗稿，襟袖嫌疑惹暗香。朝暮阳台神女梦，古人词赋已荒唐。""回廊百折转堂坳，阿阁三层锁凤巢。金扇暗遮人影至，玉扉轻借指声敲。脂含垂熟樱桃颗，襟解重襟编者按："襟"字疑误。荳蔻梢。倚烛笑看屏背上，角金钗索影先交。""窗下停针竹下吟，暂时小别亦追寻。羞闻软语情尤浅，许看香肌爱始深。他日悲欢凭妾命，此身轻重恃郎心。须知千古文君意，不遇相如不听琴。""一帘花影拂轻尘，路认仙源未隔津。密约夜深能待我，吃虚心细善防人。喜无鹦鹉偷传语，惟有流莺解惜春。形迹怕教同伴妒，嘱郎见面莫相亲。""窗外闻声暗里迎，胆娘有胆亦心惊。常防过处留灯影，偏易行来触瑟声。条脱光寒连臂颤，流苏春暖放钩轻。枕边梦醒低声唤，消受香郎两字名。"（第六、七、八首略。）"碧桃花下访临邛，一见开门有病容。带一分愁情更好，不多时别兴尤浓。枕衾先自留虚席，衣扣迟郎解内重。亲举纤纤偎颊看，分明不是梦中逢。""知郎无赖喜诙谐，刻意承欢事事偕。学画鸳鸯调翠黛，戏签蝴蝶当荆钗。减他绣事来磨墨，助我诗情坐向怀。百种温柔千婉转，不留踪迹与同侪。""惺惺最是惜惺惺，拥翠偎红雨乍停。念我惊魂防姊觉，教郎安睡待奴醒。香寒被角倾身让，风过窗棂侧耳听。天晓馀温留不得，隔宵密约重叮咛。"（第十二首略。）"惭愧题桥乏壮才，枉将心事诉妆台。津非少妇偏能妒，山嫁彭郎易起猜。底事妄传仙子降，何曾亲见洛神来？劝君莫结同心结，一结同心解不开。"绘画横陈，不已傎欤。编者按：以上载第十五集。

八

侯官张钦臣肇修，博洽群书，诗境清峻。《射鹰楼诗话》录其《无题》诗云："丹枫湛湛遍江干，芳草天涯结古欢。欲托蹇修通款素，夫容摇落暮江寒。""早拚团扇弃难留，谣诼何须尚未休。欲画蛾眉羞揽镜，美人颜色不禁秋。"皆工。

九

华亭黄石牧太史，著《香屑集》十八卷，集中载古近艳体千馀首，俱集唐句，冠以骈体序，亦掇唐文成之，洒洒数千言。所集《无题》诗殊夥，各体皆备，独以《和韩冬郎》五首为最。至近体中，五言如："解吟怜芍药，隐语笑芙蓉。""摘莲红袖湿，拾羽翠翘翻。"七言如："蜡炬有心还惜别，明珠无颗亦羞圆。""碧天月落琴声断，石径无人藓色交。""卓瑟不能邀卓氏，浊泥犹得葬西施。""蝉髩凤钗慵不整，牙床角枕睡常迟。"等，锦绣班联，如出己杼。考《四库全书总目》中，列入此书，谓其词皆艳冶，千变万化，不出绮罗脂粉之间，于风骚正轨不合。然就诗论诗，则其记诵之博，运用之巧，不可谓非一世之才也。

一〇

上海赵璞函先生，诗名海内，"江南七子"中人，殁于金川之役者也。刊《娵隅集》十卷行世，有《和云岩无题韵》云："清歌莫是定风波，云似轻绡水似罗。看取茜红衫子上，泪痕应比酒痕多。""玄都观里旧时花，一线红潮晕晚霞。似说东风送归夜，不将艇子载琵琶。"

一一

宁化张轼，字未瞻，幼有逸才，工诗古文词，著述甚富，俱未梓行。《无题》云："兰香深处画堂东，冉冉阳春午夜风。岂为蒹葭依玉树，只教鹦鹉恋金笼。丝窗静掩榆光白，重幄高悬蜡照红。散序霓裳谁复念，分明月殿与珠宫。""岂意人间萼绿华，襜褕只合望天涯。空闻素柬传香字，未见青云降宝车。宿海有源风正急，星河无路月长斜。黄姑惯作经年别，犹自清狂待晚霞。"轼又有《花间曲》，风致极佳，恐轶出本编范围外，不暇录也。

一二

《坚瓠戊集》存沈郎倩《无题》诗云："海底尘生晓未扬，三春珠树拂扶桑。安期手摘鸡心果，萼绿鬟输鹿角浆。花死不随明月葬，燕来密与好风商。依稀梦冷仙姝庙，鞋底微闻带露香。"诗境幽蒨，仿佛种放《无题》诗也。《丁集》又载戴振之《无题》多首，其警句如："天上有星临薄命，人间无药治相思。”“看花和泪思长好，对月伤心说再圆。”“难将白璧调苏小，何用黄金铸牧之？”“一尺难挨回首路，千金莫买隔帘心。”“芳草凄迷人事改，孤云明灭此心存。”皆沈挚语也。

一三

仁和龚自珍，字瑟人，劬于经史篆籀之学，识力孈深。诗亦奇境独辟，多艳情之什，一藁才脱，传遍万目。如《世上光阴好》云：“世上光阴好，无如绣阁中。静原生智慧，愁亦破鸿濛。万绪含愁待，三生设想工。高情尘不滓，小别泪能红。玉茁心花嫩，珠穿耳性聪。芳香笺艺圃，曲盏数窗栊。远树当山看，行云入抱空。枕停如愿月，扇避不情风。昼漏晨千刻，宵缸梦几通。百年辛苦始，何用嫁英雄？”《秋心》云：“秋心如海复如潮，但有秋魂不可招。漠漠郁金香在臂，亭亭古玉佩当腰。气寒西北何人剑，声满东南几处箫。斗大明星烂无数，长天一月坠林梢。”“我所思兮在何处，胸中灵气欲成云。槎通碧汉无多路，土蚀寒花又此坟。某水某山迷姓氏，一钗一佩断知闻。起看历历楼台外，窈窕秋星或是君。”此诗摘诗中字为题，与《无题》等，故录之，聊备一格。

一四

太原铁蟾，好以《香区》艳体，寓不遇之感。尝谒某公未见，因作《无题》诗云：“垩粉围墙罨画楼，隔窗闲拨细箜篌。分无信使通青鸟，枉遣游人驻紫骝。月姊定应随顾兔，星娥可止待牵牛。垂杨疏处雕笼近，只恨珠帘不上钩。”

一五

赵国宾香缏，金州人，著《种香斋集》行世。有《无题》云：“春到红楼事事妍，绣屏乌几篆炉烟。弹棋玉腕松金钏，斗草芳丛落翠钿。刺就鸳鸯神欲动，教成鹦鹉语初圆。那堪星渚填桥后，憔悴韶华各一天。”“芜城碾绿共云车，惆怅东风柳絮斜。画扇香浓留芍药，绮窗梦永断琵琶。输他紫燕双飞翼，赚我银缸夜合花。两地相思何处寄，化成暮雨绕天涯。”诗才风华，旖旎独绝。

一六

王条山鼎，华亭人，著《兰绮堂诗钞》十七卷，每卷别自为集。诗以秾郁为主，近体最长。记其《南归集》中《无题》云：“停针不语旭高时，闲笑邻娃扑蝶痴。昨夜轻雷催谷雨，春浓信许牡丹知。”“蔷薇盥讫晓妆迟，补绣山花睡露时。暗唾红绒轻配色，嫌人过半重胭脂。”“暑懿桐林虹影收，一湾新月射帘钩。下阶吟拂秋兰露，暗喜墙根茁并头。”“花香风外袭轻衫，妆淡谁欺骨相寒。寂寂春深贪绣佛，掩园懒唤侍儿看。”《南屏集》中《无题》云：“纹窗六六敞琉璃，慵整金钿掠鬓迟。梁燕怜逢初乳后，庭花爱吐晚晴时。隔云三叠《湘灵曲》，映日双钩幼妇词。果否芳馨能寄远，风前不尽涉江思。”“黄金为屋玉为阶，明月谁□早入怀。踯躅兰皋晴拾翠，沈吟薇露晓侵鞋。珠能照夜灯频撤，犀辟游尘镜损揩。怪底穿林春易晚，飞英片片衬松钗。”纯乎闺阁腻语也。

一七

《天真阁外集》，孙昭文先生所著。昭文少具别才，故其诗抒写性灵，无烦藻绘。艳体诸什，亦极缠绵尽致之作。有《无题》云：“就使楼头响佩环，娟娟秋影隔银湾。如今影也无从见，学到双星夙分难。”又《纪缘尽日》诗云：“未通眉语已通情，只隔湘帘不隔声。临别回眸重一顾，累余惆怅到今生。”丁当清逸，视前为胜，故连类及之。

一八

侯官陈绳，字骝季，高怀冲澹，工于词赋。初以庠廪举孝廉方正，旋令贵州清镇，政绩颇优。性耽禅宗，著《礼园诗钞》行世。其《无题》有序云：“尝闻山榛隰苓，怀美人也；沅芷澧兰，思公子也。夫何以列之于经，著之于《骚》，而千百世后咸指其拳拳忠悃也。古之贤士君子，每自晦其情于君父，而托言优俪，兴寄遥深，因而期之殷，望之切，迨至于无可奈何，莫之收拾。斯极乎妄也而返乎真，驰于浓也而归于淡，所由逃空门而托羽化也。然则其夸美艳，侈金粉，奈何？曰：是犹《华严经》之述须密女，绀发金瞳，一切香云鬘云妒罗云也。《列仙传》

之记萼绿华未遇杨羲，冠簪披骕；杜兰香喜逢张硕，巾帔飘扬也。惟是苦轮未了，一尘尚隔，而花丛诳言天女，月夜虚指姮娥，证素心于牟尼，托青鸟于王母，游谈无根，口业未除，他日当瓣香兜率宫、蓬莱阙，礼金粟如来、漆园蒙叟而忏悔也。”诗云：“嫣然倚竹杳难亲，相望宁徒隔一尘。有术帐中还见帝，多情墙上屡窥臣。韩凭妻化为蝴蝶，甄后身归作洛神。到底虚同幻泡影，爱河迢递悔知津。”诗微艰涩，然亦根柢槃深，吐属自无凡近，非仅藉口别才所能仿佛也。

一九

程晋《无题》云：“卍字阑干亚字墙，玉梅花下小兰房。金环低扣声先透，银烛轻摇影故藏。入座渐闻香子细，隔帘徐听佩丁当。等闲未肯轻相见，半是销磨杜牧狂。”“沉沉良夜解明珰，细数闲愁睡不遑。惯作长吁眉锁黛，时闻小语口生香。银缸焰冷还相对，铁马声凄更自伤。知道夜深寒气重，褪将半臂却分郎。”词极柔腻，微以丽淫为嫌。

二〇

张留埜前辈，邑之诗人，隐居龙山下，家贫而瞽，犹不绝吟。诗与闽派为近，《即讴草》中载其《无题》句云：“荷叶拗来空有盖，茧丝抽尽已无蚕。”“残唾溅花侵袖角，远山叠恨压眉尖。”“信他市虎肠回九，疑此弓蛇肱折三。”“樽倾绿竹心先醉，盘贮青梅齿欲酸。”殊觉芳艳无伦也。

二一

钱塘吴昇，字秋渔，著《小罗浮山馆诗抄》。诗以端庄馥郁见长，所作《无题》两绝，与罗一峰《无题》诗，同一机杼，唯曲折过之。诗云：“脉脉檀心只自知，蜂憨蝶浪最难持。春风未老花枝脆，半夜江郎唤醒时。”“可意人如可意香，肯将躯壳认檀郎。谁知幻里还生幻，打麦声中唤一场。”

二二

王采薇女史，字玉瑛，武进孙季俅之室也。髫龄即娴书史，兼耽吟咏，有《长离阁诗稿》梓行，惜才慧早卒。《春夕检季俅诗》云：“一院露光团作雨，四山花影下如潮。”幼时酷爱诵之。又《无题》一绝云：“欲曙疑当曙，凉春侣早秋。青山独归处，花暗一层楼。”丁当清逸，闺秀中所罕觏也。

二三

挚友孙凤，生小工诗，随父侨日者有年，忽以《无题》诗两首见寄，谓系日本文士松浦桢卿所作，诗云：“霓裳舞罢泪潸然，残月枝头哭杜鹃。红褪香销空有恨，一从弦断忆华年。”“三山路断恨沉沉，鸾凤飞飞不可寻。洛浦风流已销歇，到今离思在瑶琴。”末后复云：“凡作《无题》诗者，或兴会激荡，或寄托遥深。惟其兴会激荡，措词易妙，故随园句云：‘诗到无题是化工。’惟其寄托遥深，用意转晦，故雨材句云：‘咏到无题只自知。’”阅者殆许为知言乎。

二四

钱塘梁应来云：“无题诗与香奁诗，界若沟鸿。李义山之诗，无题诗也；韩冬郎之诗，香奁诗也。盖无题之什，不必尽写情怀；而香奁之篇，则竟专作腻语，若闲情、风怀，则指实事矣。海澄邱炜萲云：“古有无题诗，有香奁诗，无题须风格性情并茂，乃不卑靡。若一味缘情而作，风流靡曼，取悦听者，是香奁也。”综此两说，划分无题、香奁之界限，颇为昭晰，故并系之于末。编者按：以上载第十七集。

秋爽斋诗话

经　生 撰

一

太白登华山落雁峰曰:“此山最高呼吸之气,可通帝座,恨不携谢朓惊人句,来搔首问青天耳。”山峰高峻,所不必言,登者岂一太白哉,乃独想到呼吸通帝座,奇矣;又想到携谢朓惊人句问青天,更奇。其胸次空旷,偶一吐露,俱超超脱尘。故其为诗,大概如此。

二

陆士龙《谷风》诗云:“闲居物外,静言乐幽。绳枢增结,瓮牖绸缪。和神当春,清节为秋。天地则迩,户庭已悠。”钟伯敬评之曰:“眼中极静,胸中极廓。”予所爱尤在末二句,天地本悠也,反言“迩”,不言“悠”;户庭本“迩”也,反言“悠”,不言“迩”。此等笔墨,此等胸次,亦岂是流辈可几?

三

程子云:邵尧夫襟怀放旷,如空中楼阁,四通八达。如:“须信画前原有易,自从删后更无诗。”这个意思,元古未有人道。

四

上蔡谢氏曰:邵尧夫直是豪才,尝有诗云:“万物之中有一身,一身中有一乾坤。能知造物备于我,肯把天人别立根。天向一中分体用,人从心上起经纶。天人安有两般义,道不虚行只在人。”

五

朱子谓邵尧夫胸能包括宇宙终始古今,做得大,放得下。因诵其诗云:“日月星辰高照耀,皇王帝霸大铺舒。”真可谓人豪矣。

六

《六念斋笔记》述张句曲《涧阿》诗一首,最豪迈。诗云:“驾鳌截流安尺宅,客来如入市檐壶。(句奇创。)百年身外樗蒲局,四月山中樱笋厨。雉雊烟从朝日上,鱼潜瓦影夕凉初。自馀眠食都忘却,更拟求观后世书。”

七

陈拾遗子昂《登幽州台》诗云:“前不见古人,后不见来者。念天地之悠悠,独怆然而涕下。”诗仅二十四字,而能包括上天下地,前古后今,气势何等浩瀚!“怆然涕下”一语,自视正不小,直可作一篇大文章读。

八

晚唐李文山《赠魏某》绝句云:“名珪字玉净无瑕,美誉芳声有数车。莫放焰光高二丈,来年烧杀杏园花。”只二十八字耳,而形容出无限文彩,闪烁射人,见者称怪。

九

东坡与客游金山,适中秋天宇四垂,一碧无际,加以江流倾涌,月色如昼,登妙高台,命歌者歌《水调歌头》曰:“明月几时有,把酒问青天。”歌罢,公自起舞,此一派兴会甚好。作诗临文,神游其际,自有绝妙好辞,奔投腕下。刘仲修作《槎翁诗序》,有云:“陶潜、李白、杜甫、孟浩然、韦应物,皆魁垒奇杰之士,不得于时,而其胸中超然,无穷达之累,故能发其豪迈隽伟之才,高古冲淡之趣,以成一家之言,名世而垂后。”可知诗之有豪气者,未有不从旷爽得来也。

一〇

陆放翁诗有云:“老去已忘天下事,梦中犹看洛阳花。”神情何等舒逸!又有句云:“万卷古今消永日,一窗昏晓送流年。”趣味何等酣适!每咏此,使人眉宇欲轩。

一一

邵尧夫《夜吟》绝句云:“月到梧桐上,风来杨柳边。夜深人复静,此景共谁言?”盖谓天光晶莹,天气和凉,此时一种静趣,止堪自领,俗子何可与言?又诗云:“月到天心处,风来水面时。一般清气味,料得少人知。”月到天心,则万境空明,风来水面,则点尘无著。清味自是一般,而知之者绝少,吾自得其趣耳。

一二

唐子西有诗云:“山静似太古,日长如小年。馀花犹可醉,好鸟不妨眠。世味门常掩,时光枕已偏。梦中频得句,拈笔又忘筌。”辞旨隽永，可想其居心不染点尘。

一三

毗陵郡士人李姓，有女年十六，能诗，多佳句，吴人多得之。有《咏破钱》云："半轮残月掩尘埃，依稀犹有开元字。想得清光未破时，买尽人间不平事。"

一四

《广异记》载：郑泽家，一日忽有美人降临，吟诗云："忽然湖上片云雨，不觉舟中飞湿衣。折得荷花浑忘却，空将荷叶盖头归。"憨态可掬，人咸以为神女云。

一五

吴江钮易庵，著有《贞白楼诗稿》，中有《明乐府》，咏明叔季之事。《权门犬》云："权门犬，吠权门。好官我自为，笑骂谁复论？嗥以南，嗥以北，权门有窦恣出入。卤簿都城天地黑，徒令志士空叹息。一朝权门冷落车马稀，群犬狺狺失所依。犬兮犬兮良可悲，摇尾权门空尔为。"《椒山胆》云："椒山胆，何壮哉。一月官四迁，远自狄道万里来。君恩一何渥，臣心安敢灰？一腔热血不敢冷，九死百折终不回。宁与夏曾同日死，不顾权奸怒若雷。捐此七尺躯，上报明天子。忠臣之心聊复尔，刀锯鼎护甘如旨。十罪五奸义不移，疏草一入人人危。椒山自有胆，何用委蛇为？"其写忠奸之不同处，所谓痛快淋漓，直抉无遗。

一六

四川灌县有杨妃池，黄茶村先生为令时，有诗云："翠黛千年馀暮柳，胭脂一点漾朝霞。"注云："妃父曾为灌州司户，相传妃堕池中，天癸适至。至今日出时，池中有红一点云。"

一七

闺秀有才无行，至李清照儿可惜，所著《漱玉集》词，有云："帘卷西风，人比黄花瘦。"闵夫人尝题其上云："错玉编珠万斛舟，从来才女更谁俦？自言人比黄花瘦，可似黄花耐晚秋？"

一八

焦氏，宣城陆某妇，夫以赌倾家，将售妻以偿赌。焦侦知，赋诗八章，投环死。其一云："百结鹑衣冷不支，郎归休在五更时。风酸月苦空闺里，犹有床头四岁儿。"字字酸辛，令人不忍卒读。

一九

元李洞有《舞姬脱鞵吟》，为应制作也，君臣相谑，其时之风尚可见。吟云："吴蚕越茧鸳鸯绮，绣拥彩鸾金凤尾。昔时梦断晓妆慵，满眼春娇扶不起。侍儿解带罗袜松，玉纤微露生春红。翩翩白练半舒卷，笋箨初抽弓样软。三尺轻云入手轻，一弯新月凌波浅。象床舞罢娇无力，雁沙踏破参差迹。金莲窄小不堪行，自倚东风玉阶立。"

二〇

嘉兴徐简，字文绮，吴子庭副室也。有诗云："沉香亭子玉勾阑，植遍名花取次看。第一莫栽红芍药，此花开日已春残。"

二一

海门第一关，在小孤山，元天历中立铁柱于此，长三丈有奇，壁立江心，控扼吴楚。小孤去海千里而遥，其称海门第一关者，或云为皖之海口而设也。海口在皖治西十五里，亦名海澜，揭傒斯有"乾坤上下雄孤柱，吴蜀东南壮此关"之句。又云：海潮至此而止，故名海门。清彭玉麟破太平军于此，有"彭郎夺得小姑回"之句。

二二

皖口即海口，在安庆府十五里，怀、潜、太、望四邑之水，都从此入江。独名皖口者，因旧郡在皖水之间，故独尊皖水也。唐李涉泊此遇盗，盗知为涉，曰："不用摽夺，久闻诗名，愿赐一篇足矣。"涉即投一绝云："风雨潇潇江上村，绿林豪客夜知闻。相逢不用相回避，天下而今半是君。"盗得诗，拜谢而去。

二三

荆山一云在皖之怀远县西南一里，周回十七里，上有启王庙，山顶西北有玉坑，卞和得玉处也。其中白石，晶莹异常，他石色皆青黑。

东有卞和洞，即抱璞岩，中可容数十人。石上凿有“青螺石帐”四大字，内有《泣玉论》，明御史李循义笔。上有瀑布，下有流水，激石如碎。琼山下有圆石，镌二十字云：“元帝仙桃石，往来人不识。略剖与君知，万古留踪迹。”句亦古奥，类五言绝。

二四

武穆被收，幼女抱银瓶赴井死，按察梁大用作亭，覆其井，榜曰：“孝娥”。刘铭之铭云：“天柱觥，日为月。祸忠烈，奸桧孽。娥痛父冤冤莫雪，赴井抱瓶泉化血。血如霓，愤如铁，曹江之娥符尔节。噫嘻，井泉可竭，名不可灭。”编者按：以上载第十五集。

二五

诗有如神龙拏空、鲸鱼横海之不可方物者，宋徐积《咏李白杂言》似之。其诗云：“噫嘻欷奇哉，自开辟以来，不知其几千万馀年。至于开元间，忽生李诗仙。是时五星中，一星不在天。不知何物为形容？何物为心胸？何物为喉咙？开口动舌生云风。当时大醉骑游龙，开口向天吞玉虹。玉虹不死蟠胸中，然后吐出光焰万丈凌虚空。盖自有诗人以来我未见，深山大泽，雪霜冰霰。晨霞夕霏，万化千变。雷轰电掣，花葩玉洁。青天白云，秋江晓月。有如此之人，有如此之诗。屈子何悴？宋玉何悲？贾生何戚？相如何疲？人生胡用自缧绁，当须荦荦不可羁。乃知公是真英物，万叠秋山耸清骨。当时杜甫亦能诗，恰如老骥追霜鹘。戴乌纱，著宫锦，不是高歌即酣饮。饮时独对明月中，醉来还抱清风寝。嗟君逸气何飘飘，枉教谪下青云霄。大抵人生有用有不用，岂可戚戚反效儿女曹？采蟠桃于海上，寻紫芝于山腰。吞汉武之金茎沆瀣，吹弄玉之秦楼凤箫。”吾读此诗，吾无以名之，名之曰“谪仙替人。”

二六

明姑孰范学士常赐，宅有花，朝红午紫暮碧，名之曰“文官”，夸艳一时。陶安诗云“如何颜色都更换，别有工夫染得成”之句。人虽称以为奇，亦可悟其为物理之退化。

二七

诗贵典雅，若俗题能雅，尤可贵。阮芸台抚浙时，课士毕，加试《鼠嫁女》七律，内一卷先成云："迨吉宛同人有礼，于归谁谓汝无家？"同人为之搁笔。

二八

昔有一士人，姓黄，致书者误为王，士人作诗答之云："江夏瑯琊未结盟，卝头三画最分明。他家自属周吴郑，敝姓曾联顾孟平。须向九秋寻鞠有，莫从五月问瓜生。右军若把涪翁换，辜负笼鹅道士情。"可谓诙谐入妙。

二九

宋闺秀郑允端《咏杨妃袜》云："轻轻小袜软香罗，三寸量来不较多。斜缕细匀裁制好，鸦头休诧马嵬坡。"有人《咏杨妃菊》云："命委嵬坡万马泥，惊魂飞上傲霜枝。西风落日东篱下，薄倖三郎知未知？"

三〇

诗须不凋不斫，古色古香，自性情流出，令读者油然生不匮之思，洵属品诣超乘，得《三百篇》之遗响。如鄞县李邺嗣之咏《绣州孝女》诗云："远我父母，事人父母。谁无父母，谁有父母？"(一解)"少慕事亲，十年不字。长慕事亲，终身不字。"(二解)"谓我女子，谓我男子。宛然孝子，宛然处子。"(三解)"有父子伦，无夫妇伦。婴儿之后，惟此一人。"(四解)"暮雨梨花，年年寒食。麦饭一盂，父母之侧。"(五解)先生字杲堂，以著书为事，鄞人多师事之。按孝女李氏，志在事亲，遂终身不嫁，年四十七卒。

三一

先族叔挚甫公，以文章名海内，馀事为诗，亦在宋贤之列。曾于癸卯年返里，瞻其言论丰采，恂恂如也。近读遗诗，殆未能喻其精微。爰择余之所爱者，录数章于下，以志馀慕。如《诒甫生子喜而有作》云："辛年嘉平月，见此宁馨儿。阿翁四十馀，官贫无遗资。为民出死力，上官邈不知。前年下一檄，夺县使不治。今年使家符，又令更代之。流闻里父老，感德自嗟咨。生平所遇官，历数不用枚。好官多慈惠，当路多瑕疵。恶官贪又横，乃反见谓才。好官不暖席，恶官久恣睢。好官起又废，恶官印纍纍。好官垂橐返，恶官捆载归。贵人与贫贱，好恶各有宜。再见我公去，吾徒何赖依？受德不能报，感激在寸私。天公傥有知，玉麟来蛇蛇。斯言岂敢任，先德或未衰。候代未及谢，已闻呱呱啼。昔我先君子，文行高巍巍。萧条四壁中，天瑞生灵芝。长老作歌颂，以为乡党规。休祥亦何验，竟死郁不施。有四丈夫子，荆花今年萎。诸孙复几何，二雏方卑飞。常恐世祚薄，无人光门楣。何意睹英物，剖此明月胎。阿翁不媚世，折肱成良医。自非脂与韦，安能取世资？不愿汝公卿，愿汝无害灾。家有万卷书，祖父之所遗。六籍逮诸子，文彩足娱娭。盛汉两司马，刘杨班踵随。中间陶阮曹，风骚亦未亏。唐世盛文章，开元元和时。惟李杜韩柳，前空后难追。欧王苏黄元，明代惟一归。吾县方与姚，国初所宗帅。此人皆千岁，至精有留遗。学者如牛毛，成比麟角稀。汝伯所师友，曾张多文辞。惜哉冉求画，垂老无能为。愿汝继所志，挥鞭籋云驰。传家有大业，好爵安足縻？”又《次韵姚慕庭冬柳》云：“道是枯荄不作丝，春来空有绿归枝。那堪骚客悲秋渡，更遇我龙编者按：“我龙”集作“神龙”。入蛰时。往日浓阴成瓠落，向来生意让冰澌。盘空孤秀何为者，为问寒凋有后知。”《往岁六月藤花再开，戏用欧公镇阳残杏原韵，作诗示姚叔节。今年六月多雨，藤又再花，仍用前韵志喜且示畴九》云：“陂塘一雨六月寒，阴阴万树坐瘖顽。老藤复时鼓馀勇，造化机变谁能原？往年藤花岁再放，亦值夏雨流淙潺。我时哦诗为花寿，怪花失势心不阑。岂其妄发不自敛，强争妍媚俄顷间。故知凭气偶一泄，有若得宠不蔽轩。岂期今夏袭故迹，雨中烂漫仍红繁。心知非时愿久假，过眼飘堕难追攀。留香忍待明岁发，为召婚友罗衣冠。”《依韵答燊甫兄》二首云：“小时妄意画凌烟，老觉狂谋百不然。绕树看花风送雨，褰裳投岸浪吞天。可能绝世成孤愤，谁把牢骚问大圜？君看长安冠盖地，何人发迹自祁连？”“十年宾客散为烟，独有园林尚蔚然。榆柳当檐成旧隐,藤萝映月惯秋天。极知阴薄复谁庇,空使觚刓未遽圆。远道相存休更别,故乡真与白云连。”

三二

山阴秋瑾,偶事韵语,亦有佳者。尝有句云:“诗思一帆海空阔,梦魂三岛月玲珑。”置之《玉楮集》中,当莫能辨。时一吟玩,恍如神游蓬瀛三岛间也。秋生无足敬,而死实可怜,遇难之后,余曾有绝句吊之云:“断头台上雨风秋,不斩权臣斩女流。欲叩九重天帝醉,乘槎且泛海西头。”编者按:以上载第十七集。

澹园诗话

太　牟撰

番禺澹园主人，姓沈氏，字太年，风流倜傥，工诗词。寓居京都，卖文供生活，著述颇富。《澹园诗话》为主人著述之一种。今搜检箧中所得，以饷阅者，惟乱离之后，全稿散佚，次序杂乱之虞，或所不免，阅者幸垂察焉。

一

满清彭玉麟，幼时风流潇洒，裙屐翩翩。邻女梅仙，见而悦之，托媪致意，愿委身以从。彭氏感其意，已首肯矣，后格于势，事遂寝，女因而致死。彭氏伤之，誓画十万幅梅花以报。故其《题采石矶太白楼》诗云："诗境重新太白楼，青山明月正当头。三生石上因缘在，结得梅花当蹇脩。""到此何尝敢作诗，翠螺山拥谪仙词。颓然一醉狂无赖，乱写梅花十万枝。""姑孰溪边忆故人，玉台冰澈绝纤尘。一枝留得江南信，频寄相思秋复春。""太平鼓角静无哗，直北旌旗望眼赊。无补时艰深愧我，一腔心事托梅花。"儿女英雄，千秋韵事，正无庸为昔人讳也。

二

宛平胡介祉，字智修，以"槛外乱云奔远岫，江间急浪送归舟"句得名，乃登晴川阁之作也。全首流丽俊爽，并录于此："晴川高阁俯洪流，望里苍茫爽气收。槛外乱云奔远岫，江间急浪送归舟。寒风瑟瑟千山暮，冷雨潇潇万叡秋。此日登临舒醉眼，凭高吊古不胜愁。"

三

槟榔、茉莉，皆吾粤产，恰是天然巧对，正拟拈之入诗，及读东坡集，则已有"紫麝袭人簪茉莉，江潮登颊醉槟榔"之句，好景佳典，前人皆已用尽，翻新出奇，是在善学。

四

蔡梅菴先生诗，悱恻忠爱之诚，自然流露，即偶写性灵，亦自加人一等。如"豪侠气多缘学少，神仙分浅为情多"二语，足见先生之生平耳。

五

同光时诗人程芷舸，忘其名，七古奇横，尤不可及。《三闾大夫庙古柏歌》云："武侯庙前古黛苍，鄂王坟上南枝长。灵物盘踞贵得所，何况此柏离奇怪丑非寻常。此柏不知植谁手，小枝无算大枝九。枝枝拏空画不成，横攫云飞逆风吼。霜皮剥尽老骨坚，森森碧影高参天。神灵终古默相守，空庭僵立忘其年。我来瞻庙貌，更访庙中树。得地因知托根固，爱此摩挲未忍去。夕阳荒径何凄迷，狐狸出没猩猩啼。有时雷雨助声势，便欲破壁成龙飞。倔强由来世所弃，十围千尺材空异。并无香叶露文章，賸有坚心立天地。栋梁莫处岩穴深，荒烟蔓草共消沈。精灵不为凋枯没，孤洁难辞蠹蚀侵。吁嗟乎，木兰椒桂非奇者，得附《离骚》重声价，惜尔迟生千古下。"先生怀才不遇，抑塞磊落，赍志以殁。诗中"倔强由来世所弃"以下十馀句，盖自为写照也。

六

冯己苍论律，极不服西江派，而于黄陈之作，尤诋驳不遗馀力，谓如农夫指掌，驴夫脚根，本臭硬可憎，而西江派中以为强健；如老僧衾枕，嫠女床席，本秽恶可恼，而西江派中以为孤高；如村妪训媳，塾师训徒，本迂腐可厌，而西江派中以为规矩；若山谷等再起，我必远避海外，否则别寻生活，永远不作韵语。其痛恨如此，持论之偏，吾不敢附和也。

七

作诗之道有三：曰寄趣、曰体裁、曰脱化。夫碧海鲸鱼，自别于兰苕翡翠，此体裁也。唐人应制之作，皆合于西方象教，此寄趣也。少陵为诗人宗匠，从"熟精《文选》理"中来，此脱化也。

八

作诗须有师承，若无师承，必须妙悟。虽然即有师承，亦须妙悟，二者不可偏废也。是由师承得者，堂构宛然；由妙悟得者，性灵独至。

九

诗乃清灵之府，众妙之门，非鄙秽人可学。洗去名利二字，天机活泼，无在不舒，然后学诗，庶乎可矣。

一〇

太白之诗，以气韵胜；子美之诗，以格律胜；摩诘之诗，以理趣胜。太白千秋逸调，子美一代规模，摩诘则精大雄厚，篇章字句，皆合圣教，合三长而学之，斯无愧《风》《雅》矣。然犹未也，学诗而止学诗，则非诗；学诗而止学三家之诗，亦非诗。要必天地间之一物一名，古今人之一言一动，《国风》汉魏以来之一字一句，大而至天地造化，阴阳生杀，西方象教，一切皆涵于胸中，充然沛然，而后因物赋形，遇题成韵，必如此，始称诗人之能事。

一一

歌行最重顿挫，下句及接上之处，尤要警策，用意必须精密，收纵得宜，调度合拍。譬如跳狮子，锣也好，鼓也好，球也好，而后三四五转跳出来，方见全副精神。学古人诗不可过离，亦不可过即，离则伤法，即则伤气。必须先从法入，后从法出，能以无法为有法，斯为得之。

一二

吴紫玮《即事》云："虫灯孤焰灭，蝶梦半床圆。"刘辰生《纵目》云："地拥千林小，天围四野圆。"姚赋秋《赠友》云："客愁灯影逼，诗梦酒杯圆。"陈慧娟《秋兴》云："鱼游秋水阔，蝉唱夕阳圆。"邹翰飞《怀友》云："风线吹夜细，月影抱秋圆。"金子久《行春桥》云："云动青山活，风旋碧浪圆。"葛兰生女史和人韵云："江上琴心杳，风前笛韵圆。"七押"圆"字，各有思致。

一三

偶于佛寺见题梅二绝云："收拾群芳锦绣堆，独从冷淡见孤梅。华光旧谱都零落，更取生绡写照来。""时有清香绕佛龛，十分春色静中参。痴心愿化身千亿，一朵梅花一剑南。"下书"衮轩馀近作。"余爱其诗，曾手录之，后知为吴县刘辰孙诗，名廷禧，道光时人。

一四

吾邑张南山维屏，幼时在某翁席上赋白莲，有句云："银塘风定玉生香。"翁激赏之，以爱女字焉。近人山阴黄问梅，年十二，能诗。曾有"一帘明月妥花影，满树春风摇夕阳"之句，叶春生广文见而赏之，招至家，出《双飞蝴蝶图》命题，将欲试其才以选东床也。问梅立成一律云："曲折雕阑丽日光，双飞双宿醉群芳。几重帘幕迷花影，一角楼台恋夕阳。抱得痴情寻旧梦，偷来金彩袭衣香。上林不少句留景，莫怪春风绮思长。"广文大悦，即以季女玉娱妻之。此与南山事相类，而皆在髫年，尤为难得。

一五

数十年前，浙中诗家，首推樊榭。然樊榭之诗，虽长于用书，慎于选句，终不若渔洋之风华典丽，而又波澜壮阔，使人读之，皆能称快。尝见钱塘汪韩门跋樊榭集云："先生之诗，搜讨精博，蹊径幽微，取材新则有独得之奇，使事切则无寡情之采，自成情理之高，不关身世之感。至若典僻而意或晦，藻密而气为伤。一丘一壑之胜，登临少助于江山；一觞一咏之情，怀抱勿观于今古。以云追汉魏而近《风》《骚》，岂其薄而不为？夫所谓幽人之贞，独行其愿者耶？然先生全集，要无一字一句不自读书创获，所以雄视一时，后人效之者，不效其读书而惟其割缀诗词内新异之字，以供临时之攒凑，望之眩目，按之枵腹。昔人云：所作不可尽难，难便不知所出。是又不得以学者之不根，而并咎作者之非法也。"韩门此跋，颇得樊榭真相，后人效之者云云，尤为痛下针砭，切近日学者之病。噫，是又岂特作诗者为然哉。

一六

《补续高僧传》：道济，号湖隐，又号五员叟，临海李文和远孙，受度于佛海禅师。初居灵隐，后主净慈。状貌风狂，人称济颠。按《洞霄诗集》载其《游洞霄宫》诗，沈郁苍秀，非学语禅和子可及。又于某人诗选中，见其偶题一绝云："几度西湖独上船，篙师识我不论钱。一声啼鸟破幽寂，正是山横落照边。”是善知识语，亦是诗人语。

一七

扬州平山堂方丈僧星悟，又字六一头陀，工诗善画兰。十年前余随宦扬州，尝与唱和，今尚存其墨兰四帧。上月扬州天宁寺僧僧文希字亚髡者来京，托友人询星悟踪迹，云已化去。星悟诗，画帧上当有之，暇当采入诗话，以存其人。

一八

浮山诗人张道渥，字水屋，任监州于蜀之崇化。其地羌僰杂居，夙称难治，水屋推诚敷教，深得诸酋之心。去任时，竞携麦酒泣送，属道攀辕，水屋诗云：“须知此日千行泪，都是连年一片心。”可想见其为政之美矣。所著诗，名曰《水屋賸稿》，思致清逸。如《述怀》云：“借狂存直道，仗懒谢浮名。”《游西山》云：“秋树酿成山五色，才苔编者按：“才苔”疑当作“水苔”。侵入木三分。”《赠刘澄斋》云：“古子无官原是福，美人薄命始堪怜。”《答张豳原》云：“强解愁非真旷达，最消福是小聪明。”《遣兴》云：“狂夫不作身家计，才子能当酒色名。”可采者尚不止此。惜笔力稍弱，古体无甚可视耳。编者按：以上载第十六集。